アウトクラッシュ
組織犯罪対策課 八神瑛子Ⅱ

深町秋生

幻冬舎文庫

アウトクラッシュ

組織犯罪対策課　八神瑛子II

1

「そろそろ始めましょう」

八神瑛子《やがみえいこ》は後部座席を振り返って告げた。

狭いミニヴァンには、部下の井沢悟《いざわさとる》が笑顔で出番を待っていた。冬の張り込みにそなえて厚着したうえ、防刃ベストまで着用しているため、身体《からだ》が雪ダルマみたいに膨らんでいる。

「待ちくたびれましたよ。バーッと終わらせて、生ビールでもガーッとやりましょうや」

井沢がホストみたいな長い茶髪を搔《か》きあげる。額にうっすら汗をにじませていた。

夜中こそ師走《しわす》らしく冷えこんだが、夜が明けてからは朝日がさんさんと照りつけていた。エンジンは昨夜から切っているが、今の車内は暖房いらずの暖かさだ。ダッシュボードのデジタル時計は、午前九時三十分を指している。

瑛子は、運転席にいる隣の花園《はなぞの》を見やった。全員が防刃ベストで着ぶくれしているなかで、彼だけがブルーの長袖シャツという軽やかな恰好だった。大手運送会社のユニフォームだが、若手刑事である彼にはよく似合っていた。フットサルが趣味のまじめな男で、肉体はよく絞られている。アウトローじみた姿の井沢と異なり、髪を短くカットしているため、街を駆けずり回っている配達員にきちんと見える。

瑛子は花園にうなずいてみせた。彼は小さな段ボール箱を抱えている。ガムテープで封をした箱には、運送会社の伝票が貼りつけてあった。花園は車を降りる。

花園が道を駆けるのを確認してから、瑛子と井沢がミニヴァンを静かに降りた。

台東区《たいとうく》小島《こじま》の古い住宅密集地だ。車がどうにかすれ違えるほどの狭い道。両側には小型のビルと住宅が、ぴったりと隙間なく軒を連ねている。下町の路地らしく、建物の前には盆栽や自転車などが雑然と並んでいる。人気《ひとけ》はほとんどなかった。

瑛子は深呼吸をした。乾燥した風が胸にしみる。一晩中、車のなかでじっと張り込みをしてきた。新鮮な空気を体内に取りこんでおきたかった。

瑛子と井沢はミニヴァンの後ろに回った。車の陰に隠れながら、ある建物へ向かう花園を見守った。

ミニヴァンから三軒離れた古い家の前で花園は足を止めた。壁が波トタンでできたバラックみたいな建物だ。壁のペンキは色褪《あ》せ、雨どいは錆《さ》びて穴が開いている。昭和のころから、時間が止まっているかのようだ。

花園は玄関の引き戸をノックした。サッシ戸の磨《す》りガラスがコツコツと鳴る。

「嶋中《しまなか》さん、お届け物です！」

花園は大声を張り上げた。瑛子らはじっと待つ。引き戸が開いた瞬間を狙《ねら》っていた。

家主の嶋中等《ひとし》は、元暴力団員の老人だ。覚せい剤取締法違反の罪で五年を府中刑務所で過ごし、仮釈放されて二年ほどおとなしくしていたが、またぞろ商売を再開させたのだ。

花園が再びノックをする。

「嶋中さん、いらっしゃいますか！」

なかから反応はない。家には嶋中と妻の和枝《かずえ》がいるはずだった。昨夜からの張り込みで確認済みだ。和枝が、健康食品と化粧品の通販に目がなく、家にしょっちゅう運送業者が出入りしていることも。

花園が三度目のノックをしたところで、家のなかからしわがれた男の声がした。瑛子の耳にも届く。

「誰だ」

「どうもすみません。嶋中さん、お届けものです」

花園が引き戸に手をかける。だが施錠されているのか、サッシ戸はびくともしない。

嶋中らしき男が、なかから言った。

「いつもの配達の人じゃねえな」

「すみません。いつもの鈴木は今日、風邪で休んでまして。ぼくが代わりに、このエリアを回ることになったんですよ」

花園は用意していたセリフを口にした。瑛子の隣にいる井沢が呟《つぶや》く。

「とっとと開けろ。くそったれめ」

嶋中は前科六犯の筋金入りの密売人だ。刑務所に何度ぶちこまれても、ドラッグの世界から離れようとしない。久々にシャブの密売を再開させると、ここ一年でまたたく間に顧客を増やした。

上野周辺だけでなく、鶯谷《うぐいすだに》のホテトル嬢や日本堤《にほんづつみ》に住むホームレス、クラブに集う若者たちを相手に、広範囲にわたってシャブを売りさばいている。瑛子ら組対課は、覚せい剤を入れた小袋《パケ》を路上で客に渡す彼の姿を確認していた。

嶋中は咳払いをした。

「……またべつの日に来てくれ。おれは年寄りだ。いつもの人じゃねえと怖くて受け取れねえ。最近、おっかねえ訪問販売の押し売りに遭ったもんでよ」

花園の背中が強張《こわば》った。

「いやあ、そう言わずにお願いしますよ。鈴木がいつ出勤できるようになるのかもわかりませんし、ここ数日はぼくが、このエリアを受け持つことになっています」

花園の口調が硬くなる。引き戸は依然として動かない。嶋中はのんびりとした声で返事をした。

「そうは言ってもよう……女房は今、家にいねえしなあ。前にもそう言われて扉を開けたら、しつこいヤクザみたいなセールスマンが飛びこんでよ。家のリフォームだのシロアリ退治だのって、無理やり勧めてきやがって……」

「まずいわね」

瑛子は呟くと、車の陰から飛び出した。井沢が後に続く。

瑛子は駆けながら腰のホルスターの特殊警棒を抜く。警棒を引き伸ばす。

玄関前の花園を押しのけると、ためらうことなく警棒を引き戸めがけて振り下ろした。けたたましい音とともに、ガラスが派手に砕け散る。

家のなかから悲鳴がした。ガラスにできた大穴の向こう側では、股引《ももひき》と腹巻姿の嶋中が大きく口を開けていた。トラディショナルな極道の姿だ。冬だというのに上半身は裸で、刺青《いれずみ》だらけの青い身体をさらしている。あばら骨を浮かせ、口には歯がほとんどない。

瑛子は穴から手を入れた。内側からロックを外して、引き戸を開ける。

「てめえ！　なんだ！　なにしやがんだ！」

嶋中は怒声をあげた。のんびりとした口ぶりから一転して、極道らしく巻き舌で怒鳴りあげた。髪の毛のない頭が、茹《ゆ》でたタコみたいにまっ赤に染まっている。

一階の部屋は荒れていた。かつてはなにかの作業場だったらしく、コンクリート製の大きな土間が、室内の半分以上を占めている。残りは板の間だが、もっぱら物置として使われているようで、雑然と段ボールやゴミ袋が屋根近くまで積み上げられていた。衛生管理が悪い場末の食堂みたいな臭いがする。

瑛子は部屋の奥にある階段へと進む。

「おはようございます。上野署よ」

嶋中が大股になって立ちはだかった。

「ざけんじゃねえ、このアマ！　ひとんち、めちゃくちゃにしやがって。ポリだからって好き勝手に暴れていいってのか？」

嶋中の顔は黒ずんでいた。目は落ちくぼみ、肌はガサガサに荒れている。派手にシャブをさばいているが、商品のつまみ食いが止《や》められない半端者だ。

嶋中は床に落ちていたビール瓶を拾い上げた。横にいる井沢が身構える。

嶋中はビール瓶の首を握り、がに股になって瑛子と向き合った。盛大に唾《つば》を飛ばしながらわめく。

「刑事《デコスケ》なら刑事《デコスケ》らしく、ちゃんと手順踏みやがれ！　まず捜索令状《フダ》だ！　捜索令状《フダ》見せろ！　指一本、この家には触れさせねえからな！」

瑛子は警棒を勢いよく横に払った。嶋中が持っていたビール瓶が根本から砕けた。茶色い瓶の破片が飛び散り、なかに残っていた液体が、嶋中の刺青や腹巻を濡らす。

「おお？」

手にしていた武器を一瞬で粉砕され、嶋中は首だけと化した瓶の欠片《かけら》を不思議そうに見つめる。

瑛子は嶋中の横を通り過ぎながら、後ろの部下に声をかけた。

「井沢」

「おいっす」

井沢が前に出た。動きを止めた嶋中に組みつくと、やつの脚をすばやく払って、土間に叩きつけた。

「お爺ちゃん、あんまかっこつけちゃダメだよ。思わず絞め殺したくなっちゃうだろ。おい」

マル暴生活が長い井沢は、歌舞伎町のホストのようなチャラい恰好を好むが、青春時代を柔道一本に捧げただけあって、その実力は折り紙つきだ。ビール瓶の首を嶋中の手からもぎ取り、やつの腕の関節を極める。

嶋中の悲鳴を耳にしながら瑛子は階段を上った。二階は嶋中夫妻の住居であるらしく、畳敷きの茶の間と台所に通じる入口があった。茶の間に目を走らせる。

壁の漆喰《しっくい》はところどころ剝《は》げ落ち、古臭い柱時計がカチカチと時を刻んでいる。日光で茶色に焼けた畳は毛羽立っている。

しかし、汚い物置と化した一階と違い、それなりに掃除がなされている。部屋の窓辺には最新型の薄型テレビが、隅の小机には二台のノートパソコンが置かれてあった。

年季の入った古簞笥《だんす》のうえを、複数の携帯電話やタブレット型端末が占めていた。畳のうえには、無数のコード類が蛇みたいに這《は》いずっている。

瑛子は台所を覗《のぞ》いた。生ゴミとしょう油の臭いが漂っている。テーブルには、たくさんの健康食品の小瓶が置かれてある。一般的な高齢者の台所と変わらないが、テーブルの中央には、工場や店舗でしか見かけないステンレス製のデジタル秤《ばかり》があった。ただし、目当てのものは見当たらない。

一階にいる井沢が、嶋中を黙らせたらしく、家のなかは静けさを取り戻している。

瑛子は足音をたてず、静かに移動した。台所を出て再び廊下へ。

廊下の突き当たりにあるドアまでたどりつくと、ドアノブを摑《つか》み、力をこめて一気に引いた。ドアには針金式の簡単な留め金がついていたが、ドアごと留め金を引っこ抜いていた。

タイル床の便所。アンモニアとベンゼンの芳香剤の臭いが鼻をついた。

スウェット姿の老女が背を向けて、和式の便器のうえにまたがっていた。嶋中の妻の和枝だ。痩せた夫とは対照的に、狭い便所のなかで、あざらしみたいな巨体を縮めている。

瑛子は、和枝の背中を警棒で突《つつ》いた。

「ひさしぶり、また会えてうれしいわ」

和枝は首をひねった。相撲取りのようなつやのある丸顔が現れる。夫と違って商品のつまみ食いはしないが、健康食品とプチ整形に、稼いだ金をみんな注《つ》ぎこんでいる。そのためか、目と唇が不自然に大きかった。

和枝のアーモンド形の目は怒りに燃えていた。

「警察ってのは、本当に変態野郎ばかりだね。人のクソたれてる姿が、そんなにおもしろいかい？」

「最高よ。あとで旦那さんと一緒に、小便姿も拝ませてもらうわ。おしっこがほしくてたま

らないの」

瑛子は微笑を浮かべた。和枝の巨大な尻を警棒でつつく。

「それに、あなただって変わってるわ。服着たままでクソをたれるの？」

和枝は歯を食いしばった。スウェットパンツを穿《は》いたままだった。

「あんた……ツラはいいのに。心は相変わらず腐ってるね。絶対に地獄へ落ちるよ」

「茶番はおしまい。さっさとどいて」

瑛子は警棒をホルスターにしまうと、和枝の右腕をつかんだ。

土に埋まった大根を引き抜くようにして、彼女を便器から引きはがす。和枝は腰をどっかり落として抵抗したが、瑛子の腕力がそれを上回った。和枝は痛みに顔を歪《ゆが》める。

和枝を立たせ、便所から無理やり追い出した。和枝の両手を後ろに回して手錠をかける。

「九時三十六分ね」

彼女を逮捕したのは二度目だ。上野署に赴任し、最初に捕まえたのがこの和枝だった。夫が塀《へい》のなかで過ごしているときに、食いつめた元暴力団員とつるんで、上野二丁目の盛り場で、ぼったくりスナックを経営していた。元暴力団員に罪をおっかぶせて、短い刑期で上野に舞い戻ってきた。

改めて便所を見やる。和式便器は粉まみれだった。金隠し付近のタイル床には、破けたビ

ニールの小袋が無数に散らばっている。便器には小さなザラメ糖のような粒が、水のなかに沈んでいる。警察の奇襲に気づいた和枝が、夫に一階で時間稼ぎをさせ、証拠隠滅を図ろうとしたのだ。

階下から配達員姿の花園が上ってきた。彼が抱えている段ボールのなかに、覚せい剤用の検査キットが入っている。勢いこんで便所に駆け込もうとする彼を制した。

「待って」

瑛子が先に便所に入る。隅に設置されている水洗用のタンクに触れ、入口にいる和枝に目をやった。和枝はタンクに険しい視線を送っていたが、あわてて顔をそらせた。

和枝の当惑を観察してから、瑛子はタンクの陶器製のフタを持ち上げた。洗浄用の水がたっぷりと入っている。その中にレジ袋にくるまれた丸い物体が沈んでいた。

瑛子はポケットから手袋を取り出す。それを手にはめてから、物体を引き上げた。

レジ袋の結び目を解くと、なかからビニール袋が出てきた。覚せい剤らしき粉がぎっしりとつまったジャムの瓶が三つ。おそらく六百グラムはあるだろう。きれいに売りさばけば、このボロ家を新しく建て替えられるほどの金になる。

「今度は長い旅になりそうね」

瑛子はジャムの瓶をかざしながら和枝に言った。

顔を青ざめさせた和枝は、居心地悪そうに身体をもぞもぞ揺すっている。

「知らない。あたしはなんにも知らないよ」

「あんたたち、ずいぶん出世したのね。いつから、こんな量を扱えるドラッグディーラーになれたの？　元締めはよほど大物みたいだけど」

和枝は身体の揺すりを止めた。急に無表情になって、瑛子を見返す。

「弁護士を呼んで」

まともな答えが返ってくるとは思っていなかった。親切に喋《しゃべ》ってくれるような連中ではない。

ただし流通ルートが不透明なのは確かだ。札つきの無法者である嶋中が、これまで短い刑期で済んでいたのは、あまりに小物だったからに過ぎない。暴力団員の使いっぱしりとして、自分の子供や孫みたいな若いヤクザにこきつかわれ、自分が嗜《たしな》む分のドラッグを得て満足していたゴロツキだ。

「まあ、いいわ」

瑛子はジャムの瓶を花園に渡し、手錠をはめられた和枝の手を握った。

「署に行ったら、久しぶりに再会を喜びあいましょう」

思いきり力をこめると、和枝は叫び声をあげた。

2

瑛子らが上野署組織犯罪対策課の部屋に戻ると、課長の石丸敏雄《いしまるとしお》が、ホクホク顔で出迎えた。

椅子から勢いよく立ち上がると、オペラを見終えた客みたいに、大げさな仕草で拍手をする。

「よおよお、瑛子ちゃん。ご苦労だった。あやうくブツを便所に流されちまうところだったんだって？」

井沢が口を挟んだ。配達員姿の花園《ゾノ》の頭を小突く。

「そうなんすよ。花園の演技がえらく大根だったもんですから、あんな爺さんにすら見抜かれちまって。姐《ねえ》さんがドアをぶち破らなかったら、どうなってたことやら」

「すみません」

花園は恥ずかしそうに首をすくめた。

「おいおい、後輩いびりはよくねえな。警察学校だって、演技のやり方までは教えちゃくれねえ。仕方ねえさ」

石丸は花園の肩をやさしく叩いた。

課長の石丸は、派手なスカイブルーのスーツを着た、坊主頭のいかつい大男だ。よその土地を歩けば、高い確率でヤクザと間違われて職務質問に遭う。

昨日までは、花園や井沢に対し、極道顔負けの雷を落とし続けていた事実を忘れ、慈愛に満ちた笑みを浮かべている。結果が出て、もっとも喜んでいるのは、この上司かもしれない。それほど上から、きついノルマを課せられている。

今年の秋から警視庁は、都内に大量に出回っている覚せい剤に神経を尖《とが》らせていた。各所轄署に取締りの強化を呼びかけ、市民に対しても大々的なキャンペーンを実施している。本庁の組対課はもちろん、どこの署のマル暴刑事も、結果を出すために必死になっている。

警察庁は、入国管理事務所や厚労省の麻薬取締部と連携し、大規模な水際作戦を展開させている。その結果、三週間前には、メキシコ船籍の貨物船から百二十キロの覚せい剤の押収に成功するなど、大きな戦果を挙げている。

だが、それを上回る量の覚せい剤が、依然として流入し続けているらしく、都内のドラッグ市場は、供給過多な状況にあった。

嶋中夫妻のような小物が、大量の薬物を隠し持っていたのがいい証拠だ。東南アジアや北朝鮮ルートに代わり、近ごろは覚せい剤の一種であるメキシコ産のメタンフェタミンが、日本国内で幅を利かせていた。

メキシコ産がどのような道をたどって日本国内にまで流入してくるのか。実態はまだ解明されていない。警察庁刑事局の薬物銃器対策課の分析によれば、メキシコ最大の麻薬組織であるソノラ・カルテルが、販路を従来のアメリカだけでなく、ヨーロッパや日本にまで広げているという。アメリカの国境警備隊と麻薬取締局《DEA》が攻勢を強めている。ソノラ・カルテルはアメリカへの密輸が厳しくなった分を、他国のマフィアや反社会勢力と手を組み、別のルートを築くことで、勢力維持を図るつもりでいるらしかった。

世界の主要な麻薬生産国で、流通国でもあるメキシコには、政府を脅かすほどの力を有した巨大麻薬組織が、いくつか存在している。メキシコ国内の多くのエリアを勢力下に置き、政治的な影響力を持つ一方、司法当局や警察を買収するなどして、政府の腐敗を著しく進行させた。

歴代の大統領が、組織壊滅を狙って軍隊を派遣したが、莫大な麻薬マネーを背景に、強力な武力を有するカルテルとの紛争は果てしなく続き、暴力はエスカレートするばかりだった。多くの兵隊や警察官、一般市民が犠牲となっている。

メキシコ北部を支配するソノラ・カルテルは、ここ十年で一気に勢力を拡大させた新興の麻薬組織だ。政府軍の特殊部隊員をそっくり金で引き抜くと、精強な私兵集団を作り上げ、対立するギャング組織を容赦なく攻撃した。所有する兵器は軍隊並みで、対空ミサイルや戦闘用ヘリコプター、無線傍受部隊や諜報組織まで抱えているという。

ことさら残忍な性質でも知られている。警官や検察官といった政府関係者、麻薬栽培を拒《こば》んだ農民らを虐殺すると、死体をバラバラに損壊《そんかい》させ、その模様を写真や動画に収めては、インターネットのサイトに掲載。自分たちの残虐性をアピールし、市民を暴力と恐怖で支配していた。

カルテルが、どのようにして日本国内に密売ルートを築きあげたのか。水際作戦による覚せい剤の押収で、一定の打撃をカルテルに与えたものの、まだほんの一部の販路を潰《つぶ》したにすぎなかった。

石丸は拝むようにして手を合わせた。

「いやはや、また瑛子ちゃんの情報網に助けられたな。神さま、仏さま、瑛子さまさまだ」

「ただ、あの二人から、簡単に供述を引き出せるとは思えません。完全黙秘《カンモク》する気でいるでしょう」

「そりゃそうさ。やつらにとっちゃ生命線だからな。だが、焦《あせ》ることはねえ。証拠は充分摑んでるし、嶋中の尿からシャブの陽性反応も出た。夫婦揃ってダンマリ決めこんだところで、やつらのケータイやパソコンから、顧客リストも入手できるだろう。おまけに、今度は間違いなく長期刑《ナガムシ》が待ってる。老い先短い連中だ。シャバの畳のうえで死にてえと思うだろう。あんがいペラペラ喋るかもしれん」

　肩の荷が下りてほっとしたのか、石丸は楽観的だった。同じく組対課の部屋で待機していた宇野《うの》の背中を叩いた。

「そこらへんは、辰兄《たつにい》、お任せしますよ」

　宇野辰己《たつみ》警部補は、上野署組対課の長老だ。寿司屋用の大ぶりな湯呑みを摑み、緑茶をすすると、ぼんやりと呟いた。

「アサテンの等《ひとし》か」

「アサテン？」

　井沢が尋ねた。

「嶋中等のことだよ。若いころ、浅草界隈でクスリ売りの見張り《シキテン》をしていたんで、野郎についたあだ名さ」

「昭和の骨董品みたいなやつですね」

　ヤクザ映画のファンである井沢は、感心したようにうなずいた。

　宇野は億劫《おっくう》そうに自分の肩を叩いた。薄くなった白髪を丁寧に横分けにしているが、茶色の遮光メガネを愛用しているため、石丸や井沢と同じで極道じみた匂いをかもしている。

「アサテンね……あの手の三下《さんした》は、ゴキブリみたいにしぶといんだ。刑務所《ムショ》に何度も送られちゃ、規則正しい生活を送って健康をしっかり取り戻すからな。まさかこの歳になって、まだあんなくたばりぞこないを、相手にせんといかんとはね」

「どうか、うまくひとつよろしくお願いします」

石丸は宇野に深々と頭を下げた。

その昔、若輩者だった石丸に、刑事のイロハを厳しく叩きこんだのが、この宇野だったという。いくら石丸が上役だといっても、かつての上下関係の名残が垣間見られた。

「やつからたどれるルートなど、たかがしれていると思うが、気合を入れて頑張るよ。一番槍で突っこんだ瑛子ちゃんの顔を、潰すわけにはいかんからね」

「お願いします」

瑛子も頭を下げた。本来なら係長である瑛子が、嶋中夫妻の取り調べをするのがスジだ。上野署で群を抜く検挙率を誇る瑛子ではあるが、取り調べに関しては宇野の長年の経験に裏打ちされた手法にはかなわなかった。

組対課が相手をするのは、筋金入りのアウトローばかりだ。とくに大きな歓楽街を抱える上野署には、海千山千のヤクザや悪党が集まってくる。

怒号と暴力のなかで生きているこの手の連中には、いかつい強面《こわもて》の刑事が怒鳴り散らしたところで馬耳東風だ。極道の論理を熟知した宇野は現場刑事としての体力はなくても、落としの職人として、署員から敬意を払われている。

井沢は顔をにやつかせながら、上司の石丸の腕を肘で突いた。

「とりあえず、あの夫婦の送検が済んだらどうすか？　松戸にいい遊び場があるんすよ。わりといい娘《こ》が揃ってて」

「なんだと……そうか。そりゃ悪くないな」

石丸が顎をなでながら目を輝かせる。二人とも夜の世界にはひどく目がない。

瑛子は石丸にそっと耳打ちした。

「祝杯もいいでしょうけど、今月の支払いもお忘れなく」

「わ、わかってるよ」

夜遊びを趣味としていたら、警官の給料など軽く吹き飛んでしまう。懐が常にさみしいこの上司は、彼女にとって上客でもある。

瑛子は、多くの警官に低利で金を貸しつけていた。上野署員だけでなく、交通巡視員から本庁の幹部までと、幅広く顧客を抱えている。

警察官の金にプライバシーはない。持っている口座が警察信用組合であれ、普通銀行であれ、預金額やローン残高はひんぱんに調査される。貧乏や借金は不祥事を招く要因となりかねないからだ。消費者金融から金を借りるだけで、懲罰の対象になり得る。金の動きに対するチェックが厳しいため、瑛子にこっそり借りにくる警官は後を絶たない。

井沢は石丸に言った。

「課長、大丈夫っすよ。先週、競艇《へいわじま》でだいぶ勝たせてもらったばっかですから」

「本当か、おい」

石丸が再び目を輝かせる。宇野の顔が険しくなった。

「おい、まさか、このおれをハブにするつもりじゃないだろうな」

「も、もちろんっすよ」

井沢は自慢げに胸をそらせる。後輩の花園の背中をどやしつけた。

「お前も来い。これも勉強だ」

「わ、わかりました」

井沢は、自分のデスクのうえに積んである風俗誌や下品な実話系雑誌を手に取った。花園の胸にそれらを押しつけて先輩風を吹かせる。

「おめえはもっともっと勉強しねえとな。頭で考えるんじゃねえ。もっとポルノ読んで、盛り場うろついて、極道の気持ちを感じ取るんだ」

「はい！」

石頭の花園は元気よく返事をした。警察学校での成績は優秀で、もともとは名門の本富士《もとふじ》警察署に配属されたエリートだ。二十代半ばで巡査部長の昇任試験に合格し、刑事の登竜門である看守係を丸の内署で務めた。格式のある所轄署を渡り歩いた品行方正な警官だったが、この上野署組対課に来てからは、石丸や井沢のような荒くれ者の色に、どんどん染め上げられつつあった。

瑛子が井沢に言った。

「それで？　私は誘ってくれないの？」

「え？　いいんすか？」

「一次会だけ。女の子のいる店まで、ついていくつもりはないわ」

「ホントすか。姐さんが来るんだったら、えーと、奮発してフグチリに熱燗《あつかん》なんかどうです？　かなりやばくないすか？　亀有《かめあり》に安くて超うめえ店があるんですよ」

井沢の声がいっそう弾んだ。嶋中夫妻を四十八時間以内に検察へ送らなければならない。面倒な仕事が控えているにもかかわらず、井沢のテンションはやけに高かった。

ふいにドアをノックする音がした。主張するような硬い音が、組対課の祝賀ムードを打ち破る。

開けっ放しのドアの横には、いつの間にか署長の富永《とみなが》が突っ立っていた。気難しい表情を浮かべている。

組対課の課員たちとは異なり、こざっぱりとした姿だ。七三に分けた頭髪と剃り残しのない顎。クリーニングしたばかりの制服を着用している。融通のきかない実直な青年将校を思わせる。ジョギングで身体を鍛えているため、三十八歳という年齢にしては、青年の面影を色濃く残していた。

室内は一転して緊張が走る。井沢は露骨に口をへの字に曲げ、機嫌がよかった石丸は、緩んでいた頬を引き締めた。

組対課の猪突猛進な男たちは、このキャリア出身の署長をひどく嫌っている。富永も組対課をならずもの集団と見なしている。

黙ったままの富永に瑛子が尋ねた。

「なにか」

富永は咳払いをひとつした。全員に語りかけるように、あたりを見渡すと、急に笑顔を見せた。

「今朝はご苦労だった。君らをねぎらいたくて寄っただけだ。むろん、密売ルートの解明にも引き続き取り組んでもらう必要があるが、ともかく諸君らの奮闘が実を結んだことを、所属長として誇りに感じている。差し入れだ」

　富永は手に大きなレジ袋を提げていた。それを瑛子に手渡す。ずしりと重い。なかには一ケースの栄養ドリンクが入っていた。

　瑛子は一礼した。

「ありがとうございます」

　井沢が眉をひそめた。

「こりゃ……明日は大雪が降るな」

　石丸が声を張り上げた。

「大量のメタンフェタミンの押収に成功したとはいえ、末端の密売人を捕えただけに過ぎません。流通ルートの全容解明に向け、気持ちを新たにして臨む所存です」

「頼む。なんといっても組対課は我が署の要《かなめ》だ。これからの成果も大いに期待している」

　富永は力強くうなずくと瑛子に言った。

「あとで私の部屋まで来てくれ。そのドリンクを飲んでからでかまわない」

「わかりました」

　富永が部屋を去ると、組対課の男たちは、放課後の女子高生みたいに、きゃあきゃあと騒ぎ出した。花園がケースの封を開け、井沢が注意を呼びかける。

「フタをよーくチェックしとけ。開封した跡がねえか調べろ。変なもんを入れてるかもしれねえ」

「下剤……とかですか」

石丸が真剣な顔で考えこむ。

「猫いらずかもしれん。どういう風の吹き回しなんだろうな。こいつは一応、鑑識に回したほうが……」

「バカなことを言ってないで、ごちそうになりましょう」

瑛子は花園の手から瓶を取り上げた。男たちの心配をよそに、ドリンクを飲み干す。

「もっとも、私たちを署の要だと思っているとは、考えにくいけれどね」

瑛子は、組対課の部屋を出ると、同じ階にある署長室へ向かった。ノックをすると、室内から富永の声が返ってくる。

「どうぞ」

署長室に入ると、すでに富永は椅子に腰かけ、ハンコを手にしながら執務机の書類と格闘していた。未決済のトレーには、紙の束が山と積まれている。

机の前まで近寄ったが、彼は手を止めずに言った。

「年末に入ってこの有様だよ。行事や会議も盛りだくさんで、なかなかデスクワークに集中できない。この日曜には、特別警戒活動の出動式も控えている」

「お疲れさまです。さきほどはありがとうございました。さっそく一本いただいたところです」

「組対課員には、これからも奮闘してもらう必要がある。とくに現場指揮の中心である君にはな。さきほど部屋を訪れたとき、なにやら飲み会の相談をしていたようだが、君も加わるのか？」

「鍋でも囲む予定です」

「それはいい。ただでさえ激務を強いられる部署だ。そのうえ君には、私と同じでワーカホリックな面がある。たまにはハメをはずして、英気を養うのもいいだろう」

富永は、また別の書類にあわただしく目を通すと、ハンコをついた。

瑛子は直立の姿勢を崩して腕を組んだ。署の頂点である上司を冷やかに見下ろし、ぞんざいな口調へと変える。

「それがあなたの新しい戦略なの？」

「なんのことだ」

「年末で忙しいのはお互いさま。なにもこんな多忙な時期に、遠回りな褒め殺しなんかしなくてもいいでしょう。こっちのボロが出るのを待つつもり？」

本来なら、階級が格段に違う上司に、そんな口を利くことなど許されてはいない。だが、ふたりの間では激烈な暗闘が、すでに繰り広げられている。

富永が上野署にやって来て九か月。彼は、瑛子が法を無視し、危険な捜査を行っていることを知った。それ以来、彼女を目の敵にし、警察社会から追い出す機会をうかがっている。

そして今年の秋、富永はひそかに公安時代の元部下に瑛子を監視させ、彼女の不正の証拠を握ろうとした。

だが、彼の目論見は失敗に終わっている。動きは瑛子に読まれていた。富永の目をまんまとかわし、瑛子は己の目的に向かって行動し続けた。

それから三か月近くが経《た》った。しかし今日にいたるまで、ふたりとも目立った動きを見せていない。いわば冷戦状態にあった。

富永は初めて顔をあげた。瑛子の顔を不思議そうに見つめる。

「戦果を挙げた部下をねぎらうのは、私の役目のひとつだ。それにメキシコ産の存在は、私も頭を痛めていた問題だった。方面本部からは、とにかく結果を出すよう、催促されていたからな。ようやくそれに応えることができて、石丸課長と同様に、私も胸をなでおろしているところだ。それに被疑者《マル被》の性格なら、宇野警部補がよく把握していると聞いている。興味深い供述を得られると信じているよ。酒好きの君らには、栄養ドリンクなどではなく、薦《こも》かぶりの樽酒《たるざけ》を振る舞っても、惜しくないとさえ思っているほどだ」

「あら、そう」

瑛子は気のない返事をした。富永のつまらない腹芸につきあうつもりはない。熱心で頭の切れる警察幹部ではあったが、育ちがよすぎるせいか、いちいち人を食ったような、子供じみた問答を好む傾向がある。

瑛子は机を指で突いた。

「お気持ちだけいただくとして、わざわざヨイショするために呼びだしたわけじゃないでしょう？　それとも本格的に、私を追い出すのをあきらめることにしたの？」

富永は黒革の椅子に背を預けた。わざとらしく肩をすくめる。

「まさか。興味深い話を耳にしたので、君に伝えておこうと思っただけだ」

「…………」

「一昨日の話だ。下谷《したや》署の生活安全係が、鶯谷のマッサージ店にガサ入れをかけた。ひそかに性的サービスを行っていたらしい。風営法違反の疑いが濃厚とのことで、以前から下谷署は目をつけていたようだ。令状を請求し、いよいよガサ入れとなったところで、店は見計ったように閉店した。署の動きを察知したらしい。きれいさっぱり引き払っていた。網にかかったも同然の魚を、船に引き上げる寸前で逃がしてしまったということだ」

「それは残念だったわね」

「店長は台湾人だ。変造テレカや裏DVDをさばいていた前科のあるチンピラだよ。下谷署によれば、実質的な経営者はその台湾人ではなく、〝ケイ・ウェーブ〟の日本人社員らしい。ケイ・ウェーブを君はよく知っているな」

「ええ」

ケイ・ウェーブは上野を中心に、風俗店やキャバクラといった夜の遊び場をいくつも抱え持つサービス企業だ。飲食店のコンサルトやタレントプロダクションなど、幅広く事業を展開させている。

「言うまでもないが、ケイ・ウェーブの実態は、千波《せんば》組の企業舎弟《フロント》である可能性が高い。なにしろ、そこのオーナーは新しく若頭補佐《ホサ》となった甲斐道明《かいみちあき》の義弟だ。つまり、下谷署が狙っていたそのマッサージ店は、甲斐道明が所有する店のひとつだったというわけだ」

「それが?」

瑛子は無表情で応えた。なんの動揺も見られないのが不満なのか、富永の眉間に皺が寄る。

「甲斐は、君の有力な情報提供者《エス》だ」

瑛子は苦笑して見せた。富永が訊《き》く。

「おかしいかね」

「ええ、とても。そのうち本庁の人事一課が、この部屋に乗りこんでくるでしょうね。憶測と思いこみだけで、部下を不当に追いつめる署長がいると。もしかすると、メディアも一緒についてくるかもしれない。キャリアの公務員というのは、なにかと世間のネタにされがちだから」

「嶋中夫妻の逮捕は、君への密告《タレコミ》がきっかけだったと聞いている。それは甲斐側から提供された情報じゃないのか？」

「さあ、どうだったかしら」

千波組の甲斐道明は、たしかに瑛子の重要な情報提供者だ。印旛《いんば》会《かい》系千波組は上野や鶯谷、御徒町《おかちまち》や秋葉原といった、東京東部の下町や繁華街を縄張りとする老舗《しにせ》の暴力団だ。関東の広域指定暴力団である印旛会のなかで、大きな影響力を持つ。

甲斐は千波組の有力幹部のひとりだ。おもに風俗業や飲食業をシノギとし、ケイ・ウェーブのようなサービス業の企業舎弟《フロント》を、いくつも抱えている。最近では三十代後半の若さで、ナンバー3の若頭補佐の地位についた。

三か月前、上野署管内で女子大生が殺害される事件が起きた。その被害者が、千波組組長の愛娘であったため、殺害犯を見つけ出すため、甲斐は瑛子に事件に関する情報を積極的に流した。結果、瑛子は真犯人の正体にたどりつけたのだ。

　瑛子は静かに答えた。

「私への密告《タレコミ》があったのは確かよ。だけど、その情報《ネタ》の提供者が誰なのかを、私も把握していない。公衆電話から、匿名でかかってきただけなのだから。おおかた、嶋中夫妻の商売敵か、嶋中に金が払えなくなったシャブ中でしょう」

「甲斐も、嶋中の商売敵のひとりだ」

「千波組の誰かが密告したのかもしれないし、密告者は甲斐の関係者かもしれない。在京の暴力団は、大量に流れこむメキシコ産の存在に、大いに腹を立てているのだから。おかげでドラッグ市場は値崩れを起こしているし、取締りの強化で、ますます商売がやりづらくなっている。共存共栄を重んじる千波組のような東京ヤクザにとっては、メキシコ産は自分たちの縄張りを荒すネズミや害虫のようなものでしょう」

　富永が口を開きかける。しかし瑛子は手を上げて、それをさえぎった。

「つまり、私がその下谷署の捜査情報を流したと言いたいんでしょう。甲斐に知らせたお礼として、私は嶋中夫妻の情報《ネタ》を受け取った。あなたのオツムのなかでは、そんなストーリーができあがっている。たしかに私の情報提供者《エス》には、現役の暴力団員《マルB》が少なからずいるわ。だけど、よその署の捜査情報なんて、私が知り得るはずがない」

「誤解するな。これは警告だよ。あの殺人事件の尻拭いに追われて、君をしばらく野放しにしていた。だからといって、君に屈服したと思われては困るからな。改めて告げておこうと思っただけだ。私がこの署にいる間に、必ず君を――」

瑛子は小指で自分の耳をほじった。

「追い出してみせる。何度も、ご忠告ありがとうございます。話は終わり？」

富永は答えなかった。苦々しい顔をしながら瑛子を睨《にら》むだけだ。

瑛子は深々と頭を下げた。部屋の出口へと向かう。ドアノブに手を触れたところで振り向いた。

「ひとつだけ、よろしいですか？」

再びハンコを握った富永は、虚をつかれたようだ。顔に当惑の色が浮かぶ。

「なんだ」

「署長も、さきほどのドリンクを飲んだらいかがかと思いまして。組対課員が怯《おび》えて誰も口をつけられずにいるものですから。毒味をしてくださると、みんなが安心して飲めると思います。薦かぶりの樽酒なんかより、そちらのほうが、よっぽど部下へのねぎらいとなるでしょう」

富永の顔が朱に染まる。それを確かめてから、瑛子は署長室を出た。

3

瑛子は豊洲《とよす》の自宅マンションから出ると、職場である上野ではなく、地下鉄で日本橋まで向かった。

嶋中夫妻の送検を済ませ、組対課の打ち上げにつきあった翌朝のことだ。

駅の階段を上りきると、巨大なビルが建ち並ぶビジネス街が目に入る。

街は閑散としていた。朝だというのに、兜町《かぶとちょう》の証券マンやＯＬの姿はない。今日が日曜だったのを思い出した。不規則な勤務体制のおかげで、曜日の感覚を失いかけている。見かけるのは、スーツ姿のビジネスマンではなく、カジュアルな恰好をした観光客や家族連れぐらいだ。

駅の出口のそばにある都市銀行へと向かう。正面玄関のシャッターは降りていて、小さなＡＴＭのコーナーだけが、ひっそりと営業している。

銀行があるビルの裏手に回った。日光が建物で遮られた暗い裏道。人気はまったくない。裏道の脇には月極駐車場があった。四、五台停められる程度の小さなパーキングだ。その中央には高級外車が停まっている。ブルーのセダンタイプのジャガーだ。

瑛子は、約束の時間の十五分前に着いた。しかし、甲斐はすでにいた。心理的に有利な立場に立つために、人と会うときは相手よりも早く到着する。極道の基本ルールのひとつだが、甲斐は出世してからも忠実に守っている。

ニキビ面の若い運転手が瑛子に気づき、後部座席に座る甲斐に知らせた。

甲斐は、タブレット型端末をいじっていた。ディスプレイを凝視していたが、瑛子の姿を認めると、軽くうなずいてみせた。瑛子はごく当たり前のように、ジャガーの後部ドアを開けると、甲斐の隣にすばやく腰かけた。

ドアを閉めると同時に、ジャガーは走り出す。甲斐は端末の電源を落とし、脇のブリーフケースにしまった。

瑛子は言った。

「久しぶり。八王子の墓地で会って以来かしら」

「そうなるな」

甲斐は蜘蛛《くも》のように長い脚を組んだ。

なで肩に薄い胸板。メタルフレームのメガネと濃紺のスーツ。白いYシャツと地味なブラウンの革ベルトと、まったく一般人と変わらない恰好だ。

昔から極道じみたファッションを避けていたが、その傾向により拍車がかかっている。せいぜいブライトリングの高級時計をつけているぐらいで、それ以外に派手なアクセサリー類はない。ノーネクタイだったが、シャツの第二ボタンを留め、肌の露出も控え目にしていた。瑛子の同僚たちのほうが、よほど極道と勘違いされるだろう。高級車のシートに座る姿は、羽振りのいい新興企業の役員に見える。

ハンドルを握るニキビ面の若者も、地味なグレーの背広姿だ。耳にはピアス用の穴が、蜂の巣みたいにいくつも穿《うが》たれている。おそらく甲斐の指示で、ピアスを取るように命じられたのだろう。兄貴分と同じで装飾物はなく、黒い髪をショートに整えている。就職活動中の学生に見えなくもない。

瑛子は後ろを振り向いた。尾行の有無を確かめる。

署長の富永の言葉が引っかかった。育ちのいいエリートらしく、彼の心には奇妙な騎士道精神がある。わざわざご親切に警告をしてきた以上、なんらかの手を打っているのかもしれなかった。

リアウィンドウに目を走らせながら尋ねた。

「景気はどう?」

「悪くない。おかげさんでな。リーマンショック以来、銀座でお高くとまってた女たちが、上野のほうにまで流れてきている。きちんと銀座で教育を受けた女たちが、良心的な上野価格で相手してくれるんで、客も喜んでいる」

「それはなにより」

甲斐はひっそり笑った。

「おまけに先日もやけについていた。鶯谷にマッサージ店を持ってるんだが、どこぞの誰かが知らせてくれたおかげで、急なガサ入れからも逃れられた。かなりギリギリのところだったんだ、キューバ危機のようにな。助かったよ」

「へえ」

瑛子は素知らぬフリをしながら聞いた。

富永の読みは間違ってはいなかった。下谷署の捜査情報を、甲斐に売ったのは瑛子だ。下谷署には、息子を私立の名門小学校に入学させた地域課の巡査長がいる。バカ高い養育費と自分の小遣いをやりくりするため、瑛子からだいぶ金を借りている。生活安全係の情報を売ってくれた報酬として、彼の借金の利子を帳消しにしてやったところだ。

そうして彼女は甲斐に借りを返した。嶋中夫妻の商売を知らせてくれたのは、やはり彼だったからだ。

瑛子と甲斐が、情報交換するようになって数年が経つ。上野署のマル暴担当となって、協力関係を築くようになった。

世間から見れば、癒着以外の何物でもない。しかし、それでもふたりの間にはルールがある——貸し借りは作らない。お互いに性格も行動パターンもわかっているが、相手は極道であり、こちらは警官だ。知らぬ間に罠《わな》が張りめぐらされていたとしても、文句は言えない。

しばらくリアウィンドウを睨んでいた瑛子だったが、前を振り向くと、シートにふんぞり返った。尾《つ》けられている様子はなかった。

「その誰かさんには、礼だけじゃなくて、お詫びも言う必要があると思うけれど？」

「済まなかった。組長《オヤジ》の具合が、ずっと思わしくなかったんでな。予想以上に回復に時間がかかった」

甲斐はため息をついた。

組長の有嶋章吾《ありしましょうご》は、白髭と頬傷がトレードマークの、戦国武将のような風格を漂わせた老人だ。関東ヤクザの顔役だが、三か月前に愛娘を殺害され、悲しみのあまり体調を崩し、しばらく都内の病院に入院していた。退院してからは、郷里である南伊豆の温泉旅館で静養しているという。そこが瑛子らの今日の目的地でもあった。

瑛子が言った。

「いろんな噂が飛び交ってるわ。いよいよ組長の座から退いて、このまま伊豆で隠居生活に入るつもりだとか。あんたのところの若頭《カシラ》もそのつもりでいるようで、印旛会の兄弟分に吹聴するだけじゃなく、次期組長になる予定だと、関西や九州まで足を延ばして、ひんぱんに顔を売っているとね」

甲斐は苦笑した。

「よせよ。そんなのは、あんたら警察《ポリ》の常套《じょうとう》手段じゃないか。あの殺人事件に乗じて、組をバラバラにするためのガセネタさ。幹部連に疑心暗鬼を植えつけて、『仁義なき戦い』をさせたがってるのさ。真実はまるっきり逆だ。組長《オヤジ》の舎弟や若頭《カシラ》にしても、おれたち若頭補佐《ホサ》にしても、ここが正念場だと珍しく一枚岩となっている。つまらん派閥争いなんかにかまけていたら、それこそうちはジ・エンドだ」

「まあ、そういうことにしておくわ」

組長の娘が殺された事件は、同時に千波組の内紛劇へとつながった。事件の真相を暴いた瑛子に、組長の有嶋が会いたがっている。甲斐からそう聞かされて、もう二か月以上が経っていた。

甲斐はメガネをハンカチで磨いた。

「あんたに嘘をついても仕方がない。そもそも、組長《オヤジ》は簡単に引退するようなタマじゃないんだ。たとえ娘を失い、組織が揺らいでいるからといってな」

「隠居生活に入ったわけじゃないのね」

「それが組長《オヤジ》流の経営術だ。危機が起きたときこそ、離れたところで、静かにじっと黙ってるんだ。そうすると、浮足立つ子分が必ず出てくる。他の組織に色目を遣うやつや、組の金庫に手をつけたりするやつ。そういうお調子者が出るのを待ってるのさ」

瑛子は窓を見やった。師走にしては気温が高く、太陽がまぶしく照りつけている。首都高は日曜で空いていた。すぐに渋谷のビル街を通り過ぎ、東名高速道へと入った。

「有嶋組長は現役バリバリということね。だとしたら、お目通りがかなったとしても、こちらのお願いをすんなり聞いてくれそうにないわね」

甲斐はメガネをかけ直し、何度も瞬《まばた》きをした。

「あんたらしくないな。当然だろう。おれとあんたも、今までそうしてきた。刑事《デカ》のあんたが、なにかを得たいのなら、それに見合った土産を用意しなきゃならない」

「私になにをさせたいの？」

「悪いがなにも聞いていない」

「とんでもない要求をされそうね」

「死んだ旦那の件を訊くんだろう。簡単にいくはずはないさ」

甲斐はゆっくりと首を振った。彼は彼女の目的を知っている。

夫の八神雅也《まさや》は、出版社の雑誌記者だった。瑛子と結婚してから、たった一年でこの世を去った。三年前、奥多摩の鉄橋から身を投げた、ということになっている。遺体は数十メートル下の谷底で発見された。捜査一課は彼の死因を自殺と断定した。

事故当日、雅也はトレッキングの準備もせず、普段着のまま山中をうろついていたという。彼を目撃した者は何人かいたが、雅也はずっとひとりだったらしい。周囲に争ったような形跡はなく、橋のうえには彼の革靴がきちんと揃えてあった。また、下戸《げこ》だったはずの彼の血液から、高濃度のアルコールが検出されている。

それゆえ飛び降り自殺と判断されたが、妊娠四か月だった瑛子は、その見立てを頑《かたく》なに否定した。突然、夫を失って我を忘れた新妻。周囲からは憐みの目を向けられるだけだった。夫を亡くした一か月後、瑛子は流産している。

甲斐はブリーフケースに手を入れた。

「前にも言ったが、あんたの旦那は、かなりやばいゾーンにまで足を踏み入れていた。組長《オヤジ》なら知っているかもしれんが、善良な市民とはほど遠いんでな。特別な情報《ネタ》を得たいのなら、高くつくのを覚悟したほうがいい。ちょうどうちは、やっかいな問題を抱えているしな」

甲斐がブリーフケースから取り出したのは、ドライフルーツがたっぷり入ったビニール袋だった。干したナツメやアンズ、グレープフルーツなどが、ぎっしりつまっている。瑛子は尋ねた。

「それは？」

「見ての通り。干した果物さ。タバコを止めたんでな。頭を使う仕事が多いんで、糖分を多めに摂《と》るようにしている」

甲斐は袋を瑛子に向けた。

「ナツメは肝臓にもいい。大酒飲みのあんたには、ぴったりだろう」

瑛子は、ドライフルーツをいくつかつまんだ。口に入れる。乾燥したオレンジが、まるで羊羹《ようかん》みたいに歯にしがみついてくる。凝縮された甘味と柑橘類のさわやかな香りが、鼻を通り抜けていく。

瑛子は奥歯で噛《か》みながら、手にしている果物に目を落とした。ドライフルーツの表面には、凝固した果糖が白く粉をふいている。

瑛子は片頬を歪めた。

「白い粉ね」

「そういうことだ」

甲斐は顎を動かしながら言った。

瑛子は彼の意図を理解した。フルーツを覆う果糖を見ているうちに、嶋中の家で押収した覚せい剤を思い出した。大量に流入したメキシコ産に、千波組も頭を悩ませている。甲斐が瑛子に嶋中夫妻を売ったのも、警察と同じく、そのドラッグの蔓延《まんえん》を許していないからだ。

瑛子は尋ねた。

「メキシコ産の情報《ネタ》なら、あなたたちのほうがずっと詳しいはず。親分さんに、どんなお土産を持っていけば喜んでもらえるのか、皆目見当がつかない」

「あのシャブを扱ってる黒幕なら、すでにわかっている」

甲斐はプルーンを口に放ってから言った。

「いくら組長《オヤジ》が腹を立てようと、物事ってのは単純にはいかない」

「有嶋組長が容易に手が出せないとなると、外国人マフィア？　それとも半グレ集団？」

日本の闇社会の勢力図は、急激に変化しつつある。それは共存共栄をモットーとしている東京の暴力団でも同じことだった。

厳しさを増す暴対法と暴力団排除条例によって、暴力団の活動は著しく制限されている。もはや組の看板である代紋《だいもん》は、権威を示すものではなく、むしろ商売をやりにくくしている障害物でしかない。暴力団がますますマフィア化し、裏社会の統制が取れなくなるなか、極道とは距離を置く元暴走族OBや、日本の法律など目もくれない外国人マフィアが勢力を拡大させている。盃や代紋とは無関係な無法者が、宝石店強盗やドラッグ密売の組織犯罪に関わっているケースも目立っている。

暴力団幹部の甲斐にしても、持っている会社の経営者の名義は、すべて一般人にしている。勤務している社員のなかには、実質のオーナーが暴力団幹部だと知らずに働いているもののほうが多い。

瑛子は答えを待った。だが、甲斐はしばらく黙ったまま、窓を眺めるだけだった。日曜でごった返すサービスエリアを見ている。

ややあってから、甲斐は口を開いた。

「どちらでもない。この意味がわかるか？」

瑛子は甲斐の横顔を見つめた。メキシコ産覚せい剤の大量流入は、有嶋組長だけでなく、都内の親分衆も腹を立てている。

元暴走族でも外国人マフィアでもないとなると、おのずと答えは限られてくる。

「関西ってこと？」

有嶋のような大親分のメンツを無視してまで、密売を続けられる組織となれば、おのずと限られてくる。千波組や、その上部団体である印旛会を超える勢力が、密売に関わっているということだ。

関西には、日本最大の暴力団の本拠地がある。

甲斐がうなずいた。

「そうだ。華岡《はなおか》組だよ」

4

富永昌弘《まさひろ》の機嫌は悪くなかった。

改めて自分がいる上野駅のパンダ橋を見渡す。浅草方面の中央口と公園口を結ぶ広大な連絡橋だ。橋には駅構内へとつながる入口があり、その横にはガラスケースに入ったジャイアントパンダのぬいぐるみが鎮座している。

パンダ橋はごった返していた。十二月にしては、ポカポカ陽気の日曜とあって、行きかう人々に上野署員が誘導灯を振るい、交通整理に励んでいる。

連絡橋の広場には、交通課や地域課の署員が集結している。補導員や防犯協会の会員、蛍光色のキャップとジャンパーを着用したパトロール隊らも整列していた。

礼装の富永の横では、演台に立った台東区長が、あきれるほど長々と挨拶をしている。

今日は、上野署による年末年始の特別警戒活動の出動式が行われていた。師走にかけて増加する飲酒運転の撲滅《ぼくめつ》、それにせわしい時期を狙った振り込め詐欺防止を呼びかけるための催しだ。出動式の後は、上野駅のそれぞれの出入り口でビラや風船を配り、昼から中央通りで、音楽隊やカラーガードらとともに、パレードを行う予定だ。

本来こうしたPR活動には、有名人による一日署長の起用などが欠かせない。しかし署にそれだけの予算は残されていなかった。

重大事件が発生し、捜査本部が組まれた場合、その費用は所轄署が負担しなければならない。三か月前に発生した殺人事件では、大規模な捜査本部が組まれ、会計課が悲鳴をあげている。式に用意した予算は充分といえなかったが、それでも天気に恵まれ、つつがなく始められて満足だった。

混雑を回避するために、例年よりも一時間早くスタートしたのも正解だった。動物園の開園時間に配慮して、午前九時から開始したが、それでも公園やアメ横へと向かう家族連れやカップルたちで混雑していた。式の関係者と通行人の間に挟まれた交通整理役の制服警官が、忙しそうに歩行者たちをさばいている。

区長の長広舌も、混雑自体もむろん好ましくはない。しかし年末が近づくにつれて、賑わう上野独特のお祭りじみた喧騒が微笑《ほほえ》ましく思えた。

今年四月には、二頭のジャイアントパンダが動物園にやって来たため、上野を訪れる観光客は増加傾向にある。墨田区の東京スカイツリーの存在もあり、浅草などとセットで東京東部を訪れる外国人の数も多い。

　三か月前の殺人事件は、そんな観光ブームに冷や水をかけた。事件に関連した犯行声明文が、テレビ局に届いたために報道は過熱。しかも事件の背後に暴力団がからんでいたため、街のイメージに少なからずダメージを与えた。事件発生から解決するまで、動物園への遠足を見合わせる学校が出たほどだ。

　事件が解決してからは、地域課にパトロールを徹底させ、富永自身も積極的に運動会やイベントに顔を出し、住民に自主的なパトロールの必要性を説いて回った。

　富永の熱心な呼びかけや、地域課の奮闘が功を奏したのか、窃盗やひったくりの検挙率は上昇。地元パトロール隊が、ゴミ集積場に火をつけようとした放火犯を取り押さえたりと、努力の結果が表れつつあった。

　区長の挨拶が終わり、富永が壇上に立った。

　通行人の何人かが足を止めた。ベビーカーを押している母親や、中年女性の観光客が、富永を意外そうに見やる。大規模な署の署長にしてはずいぶん若々しい。そう思っているのかもしれない。

　キャリア組の同期たちに比べれば、富永の出世欲は格別強いほうではないが、自尊心をくすぐられる瞬間でもあった。体型も悪くはない。日々のジョギングのおかげで、学生のころから一貫してスリムなままだ。

「——地域、行政等と一体となって、犯罪防止に努めていきます。とくにこの師走の時期は、飲酒の機会が増える時期です。すでにご承知のことと思いますが、飲酒運転が発生した場合、酒類を提供した飲食店等に対しても捜査が行われ、厳しい処罰を受けることになります。提供される方々には、この年末のお忙しい時期ですが、飲酒運転根絶に向けて、よりいっそうのご協力を賜りたいと思っております」

富永は、予定していた内容の半分程度でスピーチを切り上げた。短い挨拶で終えると、聴衆の顔がほっと緩む。高年齢者が多いパトロール隊は、退屈な挨拶が続き、露骨にうんざり顔を浮かべていた。

出動式のセレモニーが終わると、富永のもとには様々な人間が挨拶しにやって来た。PTAの役員である水谷《みずたに》もそのひとりだ。上野署近くの浅草通りで、仏壇屋を営んでいる若旦那だ。

水谷はパトロール用のジャンパー姿だ。春のような暖かさだというのに、かなり厚着しているのか、小太りの体型をさらに丸々と膨らませている。

「やあ、どうもどうも。富永署長、おはようございます」

彼が近寄ってくると、ぷんと熟柿のような臭いがした。飲酒運転根絶を目的とした広報活動だというのに、水谷はひどい二日酔いのようだ。彼は上野界隈では知られた顔で、よく言えば地域活動に熱心といえるが、それにかこつけて飲んでばかりいる商店街の宴会部長だ。

「だいぶ飲まれたようですね。朝早くからご苦労様です」

「いや、面目ない。署長の挨拶のとおり、なにしろ年末ですからね。昨日はうちらの業界の忘年会だったんですよ。それにしても短い挨拶で助かりました。あのおバカ区長ときたら、どういう頭をしていたら、ああも空気を読まずに、朝からペラペラ喋れるんだか」

富永は苦笑してみせた。

ＰＴＡの役員である水谷とは、月に一度の防犯対策懇談会で顔を合わせている。三か月前の殺人事件では、さんざん職務怠慢だのと、富永たち署員に嚙みついたが、事件が解決し、富永がひんぱんに地域のイベントに顔を出すうちに、だんだんと態度を軟化させた。警察幹部と知り合いだというのは悪くないと、考えを変えたのだろう。

富永は言った。

「そういうあなたもスナックじゃ、なかなかマイクを離そうとしない」

水谷は照れたように頭を搔いた。

「それを言われるとつらいね。昨日も二時まで歌っちゃって、もう声がガラガラなんだよ。また近いうちに、署長さんの喉を聴かせてくださいよ」

「ひどい音痴なのを、みなさんに知られてしまって。顔から火が出る思いですよ」

富永は自分の喉に触れた。

殺人事件が解決してから、何度か地元連の飲み会にも参加した。国家公務員の職務規定では、飲食代を奢《おご》ってもらうことはもちろん、たとえ割り勘であったとしても、一般人との夜の会食には、厳しい制限が設けられている。場合によっては、倫理監督者である本庁の警務部長に伺いを立てなければならない。それでも富永は、地元衆との交流に重きを置いた。

キャリア組である以上、上野にいられるのはせいぜい一、二年だ。まるで渡り鳥のように、全国の警察組織や他の官庁への異動が宿命づけられている。赴任地の仕事に慣れたころには、もう次の職場が待っているのだ。

それゆえ所轄署や田舎の県警本部では、富永のような高官は、地元の職員から神輿《みこし》として扱われ、そのセクションの本質に触れられないまま、次の赴任地に飛ばされてしまう場合が多い。地元有力者との癒着や、組織ぐるみの不正を見過ごしてしまうことになる。

そうした状況にさして疑問を覚えず、自分の職場や土地をろくに知ろうとせず、上層部への売り込みと派閥争いに明け暮れる同僚も少なくはない。

激烈な権力闘争を経つつ、数多くの職場を渡り歩き、日本全国を幅広く見渡せる視野を獲得する。あくまで中央の人間として、地方の隅々にまで、分け隔てなく睨みを利かせられるだけの、揺るぎのない姿勢と風格を身につけるのが、キャリア組の本来の役割なのかもしれない。

所轄署員とともに現場で汗を流したり、地元衆とつるむような人間は、むしろ日本の頭脳集団としての役割を、きちんと自覚していないと判断され、管理責任能力が問われかねないのだ。

だからと言って、富永はただの神輿に甘んじるつもりはなかった。所轄署の長となったからには、地元衆との連携を重要視し、閉鎖的になることなく、風通しをいつもよくしておく。それこそが治安の安定につながると考えていた。そのためには前提として、クリーンで信頼される組織でなければならないのだが……。

マナーモードにしていた携帯電話が、ポケットのなかで震えた。水谷に断りを入れて、携帯電話を取り出した。富永は人混《ひとご》みの外れにまで移動する。

ケータイのディスプレイには、十一桁の番号が並んでいる。西義信《にしよしのぶ》からだとわかった。

富永は口を手で覆いながら、ケータイに出た。

「富永だ」

〈おはようございます、署長さん。挨拶を終えたところかい?〉

西はなれなれしい口調で訊いた。

「この時間はかけるなと言ったはずだ。セレモニーの最中だぞ」

〈だが動きがありゃあ、あんたは至急連絡しろとも言っていたはずだ。そうだろう?〉

富永はケータイを握りしめた。やつはガムを噛んでいるらしく、クチャクチャと不快な咀《そ》嚼音《しゃくおん》をたてている。

「ふたりが接触したのか」

〈ええ、ちょうど今ね。しかし、びっくりしましたよ。甲斐の野郎の出世ぶりにも驚かされましたが、八神警部補はそのうえを行く。いつの間に、あんな暴力団員《マルB》と、仲良しこよしな関係になったんでしょうかね。三十半ばの女盛りで未亡人となりゃ、なにかと欲求不満やストレスが溜まるでしょうし、あれだけのいい女とくりゃ、周りだって放っておかねえ。ヤクザってのは、女のスケベ汁でメシ食っている輩《やから》ですからな。なんたってアレがべらぼうにうまい。八神女史も、やつらの真珠入りチンポコにメロメロにされたってことでしょうかね〉

受話口からは、西のダミ声だけでなく、轟々《ごうごう》と雑音が耳に届いた。やつは運転しながら電話をしているようだ。エンジンと走行音が騒々しい。

「無駄口はいい。どこへ向かってるんだ」

〈ええと、ここはどこだろうな……〉

西の答えを待った。だが、やつからの返答はなかなか返ってこない。轟音と咀嚼音が聞こえるだけだった。

　富永は周囲を見回した。ビラや風船を配るために、署員やボランティアたちが、駅の複数の出入り口へと散っていく。早く富永もそれに加わらなければならない。

「おもしろいか。私をからかって」

　富永は冷ややかに告げた。

「図に乗るなよ。報酬はおろか、留置場に放って、昔の同僚たちと面会させてやってもいいんだぞ。叩けば埃《ほこり》が出る身だろう」

〈無駄話はおれの悪い癖だ。なにせ『刑事コロンボ』が好きだったからね。許してくださいよ。ひとことで言うなら、署長さん、あんたの読みは正しかったってことです。甲斐の野郎が、八神女史を車で拾いました。東名高速道に乗って、ひたすら西へと向かっています。もうすぐ小田原インターに差しかかりますから。静岡へ向かうつもりなのか、それとも箱根か伊豆の温泉で、しっぽりやるつもりなのか、まだ不明ですがね〉

「伊豆……」

　富永は思考をめぐらせる。署員たちの視線が、いつの間にか富永に集中していた。電話が終わるのを待っている。

「行先が判明したら、また報告しろ。つながらない場合は、忘れずにメールで送るんだ。いいな」

西に一方的に告げて電話を切った。表情を引き締めて署員たちのもとへと駆ける。

「すまない」

「もう、ボランティアのみなさんも、準備を終えています。急いでください」

総務課長が焦り気味に言った。富永がビラ配りをする予定地の広小路口《ひろこうじぐち》へと案内する。小走りになりながら考えていた。西が報告した地名に引っかかりを覚えた。

思わずひとり言が漏れる。

「そうか。有嶋か」

「へ？」

総務課長が富永を見やる。富永は手を振った。

「いや、なんでもない」

甲斐が所属する千波組の組織図を頭に浮かべる。やがて答えが弾き出された。千波組の組長である有嶋章吾だ。彼の郷里は、熱海からさらに南に進んだところにある、伊豆半島の南端の町だ。娘が殺されてから、しばらく都内の病院に入院していたが、今は郷里で静かに過ごしているという。

東京の裏社会を牛耳る大物には違いない。富永の呼吸が荒くなる。

もはや八神がなにを企《たくら》もうと、驚くことはないと思っていた。彼女にはルールなどないのだ。必要とあらば、署長である自分にも平気で罠をしかける。

八神は暴力団や外国人マフィアとつながっている。ただし、はっきりとした癒着の証拠はない。彼女の銀行口座や共済組合の口座には、たいした預金額はなく、大きな金の出し入れもない。所有しているものといえば、夫が持っていた古いスカイラインと、豊洲のマンションぐらいだ。その豊洲の部屋の住宅ローンを今も払い続けている。彼女は、多くの警官を相手に金融業を営んでいる。営業資金やその副業で得た資金は、かなりの金額になるはずだが、どこかの銀行の架空口座か、外国人マフィアの地下銀行にでも預けているのだろう。

だが、八神は欲望まみれの悪徳警官ではない。私腹を肥やすマル暴刑事と見なしていたが、もっと危うい目的のために奔走している。公安時代の自分が対峙《たいじ》してきた筋金入りのテロリストや過激派に近い。だからこそ、なおさら彼女の存在を認めるわけにはいかなかった。

そのため再び監視をつけさせた。三か月前は、署長室に盗聴器が仕かけられ、彼女に情報が筒抜けだった。その後、自宅マンションを調べたところ、リビングのコンセントから盗聴器が見つかった。八神に飼われた何者かが仕かけたに違いなかった。以来、定期的に自分の部屋と署長室をクリーニングするようにしている。機密情報に触れる話をするときは、場所を選ぶようになった。

八神の監視には、再び公安時代の部下を起用するつもりだった。外事一課の田辺《たなべ》。尾行や監視の専門家だ。

だが、彼は元上司の頼みをにべもなく断った。二週間前のことだ。彼は電話口でそっけなく富永に告げた。

〈私ではもう不可能ですよ〉

「どうしてだ」

田辺はプライドが高い。八神に監視がバレたときに、彼は自分の監視能力を疑う前に、富永の情報漏れを指摘してみせた。

〈八神瑛子は、あのとき初めから私の監視に気づいていた。私の顔を記憶しているでしょうし、私はマークされていると考えるべきです。あの女なら、公安のほうにもコネを持っていたとしても不思議じゃありません〉

「私と君では、かなわないということか」

〈はい〉

田辺はきっぱりと言った。

〈我々、警察関係者では難しいでしょう。署長による独断での監視活動ですから、他の警官にうかうかと話を持ちかけるわけにはいかない。富永署長の交友関係は、もう八神に洗いざらい調べられていると思ったほうがいいです〉

富永は低くうなった。上野署に赴任する前なら鼻で笑い飛ばしていただろう。一介の所轄の女性刑事が、それほど強固なコネと力を有しているという。バカげた笑い話だ。しかし、三か月前に対決してからは、田辺の言葉には真実味が感じられた。

「私の手に負えないのなら、もはや人事一課に報告するしかないか」

〈それもお勧めできません。暴力団員《マルB》との明確な癒着の証拠はありませんし、かりに人事一課が監察に乗り出し、八神の尻尾を摑んだとしたら、所属長であるあなたのクビも危うい。私がこうして協力してきたのも、あなたに出世してもらいたいからです〉

「だとすれば、どう手を打てばいい」

田辺は間を置いてから告げた。

〈推薦できるやつがひとり……人格的には問題ありですが、腕はなかなか悪くありません。なにしろ、上野の事情に明るい〉

「何者だ」

〈上野署の生活安全《セイアン》課にいた男です。四年前に、退職に追いこまれてます。八神が上野署に来たのは三年前ですから、接点はありません。面は割れていないはずです〉

田辺が勧めたのが西だ。やつは生活安全課によくいる腐敗刑事の典型だった。富永がもっとも忌み嫌うタイプの男だ。

生活安全課は、風俗産業の認可に関わり、売春や賭博の取締りなどを受け持つため、誘惑の多い部署だ。西はその誘惑に負けている。上野署管内の違法風俗店に出入りし、営業を黙認する代わりに性的サービスや賄賂を受け、外国人売春婦の街娼を捕えると、鶯谷のホテルに連行し、性行為を強要した。田辺の推薦がなければ、こんな男に仕事を任せたりはしなかっただろう。

上野は男色文化が盛んな街でもある。上野駅前や署の周りには、男性同士の出会いの場となっている名物サウナや飲食店が軒を連ね、夜の上野公園には男娼もうろついている。ゲイ嫌いの西は、オカマや男娼に徹底的に嫌がらせをした。男娼をしょっぴき、ゲイバーの店長を、風営法違反で難癖をつけて点数稼ぎをした。

やつの退職のきっかけとなったのも、ゲイ男性への暴行が発覚したからだ。上野七丁目の路上で、西に色目を遣った新参者の男娼に殴る蹴るの暴行を働いた。それが人事一課に知られ、調査によって風俗店との癒着も発覚し、依願という形で退職に追いこまれた。今は保険会社のフリーの調査員として働いているという。

元の職場から声をかけられ、ひどく図に乗っているが、千波組の内部事情にも明るく、今のところ手際よく仕事を進めていた。成果を出せたときは、富永のポケットマネーで報酬を払う予定だ。

富永はまず西に、甲斐の監視を命じた。最初から八神に張りつけば、勘の鋭い彼女に気づかれる恐れがある。

八神の情報提供者である甲斐を見張れば、やがて八神のほうから接触してくると考えた。風俗産業を主なシノギとしている甲斐を、西はよく覚えていた。甲斐が出入りする職場だけでなく、行きつけのショットバーや高級クラブまでを。甲斐の愛車であるジャガーの下部に、GPS機器を改造した高機能発信機を取りつけたという。手際のよさは認めざるを得なかった。

富永は上野駅の広小路口へとたどりついた。すでに飲酒運転根絶を呼びかけるビラ配りが始まっていた。

女性警官らが横断幕を広げ、ピーポくんの着ぐるみを着た若手署員が、精いっぱいはしゃいで見せている。高齢のボランティアたちが、子供に風船を与えていた。

署員からビラの束を受け取ると、富永はさっそく腰をかがめてビラ配りを始めた。いかめしい礼装姿の警察官が相手なので、通行人は困惑した顔をしつつも、ビラを受け取ってくれる。

年末とあって、午前中から多くの買い物客が、この広小路口からアメ横へと向かっていく。忙《せわ》しさを感じさせながらも、クリスマスも近づいているため、昂揚した空気が上野を覆っている。富永はビラを配りながら、無事に年末年始が過ぎるように祈った。そのためには八神と決着をつけなければならない。

「しょ、署長！　富永署長！」

突然の声に富永は我に返った。地域課長の根岸《ねぎし》が、ビラを放り出して駆け寄ってきた。青い顔をして目を剝《む》いている。

あまりの剣幕に富永は後じさった。

「どうした」

「本部の通信センターから指令です。上野公園の植え込みに、なにやら不審物が落ちていると、たった今通報がありました」

気がつくと、地域課の警察官がビラ配りの手を止め、警察官用携帯電話《ピーフォン》を睨んでいた。あるいは無線のイヤホンに耳を傾けている。通信センターから、一斉連絡が入ったようだ。

根岸は続けた。

「通報者は七十歳男性の地元住民です。飼い犬の散歩中、西郷隆盛像の広場で植え込みのなかに、不審なボール箱が置いてあるのを発見。なかを開けたところ……人体の一部らしきものが出てきたとのことです」

「なんだと？」

「通報者によれば……どうやら人間の手らしきもののことで……公園前交番の署員二名と、署の鑑識係を急行させ、確認させています」

富永は唇を嚙んだ。それが事実だとしたら、せっかくのイベントが台無しだ。

「動物園前交番からも行かせるんだ。ここでビラ配りしている署員にも向かわせろ」

「しかし……まだ、不審物の確認が取れてません。単にネズミの死体か、マネキンといった悪戯《いたずら》かもしれませんが」

「二度も言わせるな」

富永は厳しい口調で命じた。現場である公園広場は、人の往来が激しい場所で、今日はしかも日曜日だ。帰る家のないホームレスや酔っ払いが、ふだんから多く佇《たたず》んでいる。通報内容が正しかった場合、迅速に現場を保全し、居合わせた人間たちの住所氏名を記録しなければならない。そのためには、多くの人員が必要だ。不審物の確認を待ってからでは遅い。

遠くからサイレンが響いてくる。警察車両が広小路口にいる富永たちの前を通り過ぎ、上野公園へと走っていく。地域課長の根岸は、署員たちに現場へ向かうように指示をした。

お祭りのような空気が一転、緊迫したものへと変わる。ボランティアや商店街の店主たちの顔が強張っていた。

富永は公園のほうを見やる。広小路口から西郷像の広場までは、目と鼻の先の距離だ。だが、JRの高架橋が邪魔で、様子はよくわからない。

総務課長がおずおずと近づいてくる。

「もし……事件だとしたら、この後のパレードのほうは、どういたしますか？　まもなく鼓笛隊やカラーガードが到着すると思いますが」

「即刻、中止だ。決まってるだろう」

富永は声を荒らげた。警察官用携帯電話《ピーフォン》を握っている地域課長に尋ねる。

「不審物は確認できたのか？」

「いえ……人混みが激しく、まだ確かめられないようです」

富永は奥歯を嚙みしめた。

「わかった時点で、私に連絡を入れろ」

持っていたビラの束と礼帽を総務課長に渡すと、上野公園へと駆けだした。

JRの高架下を通過して、大きな中央通りへと出る。ちょうど歩行者用信号が青に変わり、公園へとつながる横断歩道が渡れるようになった。信号待ちをしていた制服警官たちと一緒に車道を駆ける。富永が履いているのは革靴だったが、銃や警棒をベルトに吊るした署員たちを追い抜き、広場へといたる階段を駆けのぼった。階段の手前には、警察車両が到着している。

階段を上り終えると、富永は顔を思わずしかめた。やはり予想通り、広場の一角は人でごった返していた。

いつもは仕事にあぶれた労務者やホームレスが溜まり場としているが、接触を避けたのか、ほとんどが姿を消している。代わりに、若いカップルや観光客らがごちゃごちゃと集まり、携帯電話やカメラを手にして、やじ馬と化している。署員たちが、そのやじ馬たちを植え込みから遠ざけようと、ホイッスルを派手に鳴らし、バリケードテープで現場を囲おうとしていた。

富永は肩で息をした。顔の汗を袖で拭きながら、張られたばかりのバリケードテープへと近づく。すでに到着していた鑑識係や上野分駐の機動捜査隊が、捜査の準備に取りかかっていた。

「大久保《おおくぼ》班長！」

富永はバリケードテープの外から声をかけた。同じ警察官といえども、現場捜査官でもない富永が、おいそれとテープの内側に入るわけにはいかない。

植え込みのあたりで、キャップを後ろにかぶりながら、しゃがみこんでいる大久保が振り向いた。

大久保は上野署鑑識係の現場班の担当で、指紋や髪の毛などの遺留品採取を受け持っている。細やかさが求められる仕事だが、大久保は元機動隊所属の大男で、制服のズボンが巨大な尻によって今にもはちきれそうだった。

呼ばれた大久保は息を呑んでいた。なんで現場に署長がいるのかと。やじ馬の整理にあたっていた交番の警官らも、広場まで走ってきた富永を、ぎょっとした顔で出迎える。

大久保が立ち上がって近づいてくる。富永は荒い息をつきながら尋ねた。

「不審物の正体は、わかったのか？」

「いやあ、そうですね……」

大久保の顔が曇った。貧乏クジを引いたような湿った表情だ。通報者の見間違いであってほしい。走りながら思っていた。

大久保は植えこみのほうを指さした。

「見てみますか？」

「かまわないのか？」

「署長自らの臨場ですからね」

大久保は部下の鑑識官を呼び止めると、ビニールカバーとマスクを持ってくるように命じた。彼は自分のヒップポケットから、手袋を取り出して、富永に渡した。

鑑識官がビニールカバーを持ってきた。富永は自分の靴と頭にカバーをかぶせ、マスクと手袋をして身を固めた。バリケードテープをくぐる。

大久保は言った。

「人間の右手に間違いありません。ナタのような大ぶりな刃物で、骨ごとぶった切った感じです」

富永は青空を睨んだ。せっかく天気にもめぐまれたというのに。今日の苦労は水の泡だ。

猟奇色の強い事件となれば、観光業へのダメージは避けられない。早期解決しなければ、かりに捜査本部を立ち上げるとしたら、署はまた大きな出費を迫られる。区議員や地元衆からどんな罵声を浴びせられることか、わかったものではない。

大久保とともに植え込みへと向かう。空き缶やガムの包み紙といったゴミに混じって、無地の白い箱が湿った地面のうえに置かれていた。ケーキ屋がテイクアウトで使うような小さなボール箱だ。

「これ、ちょっとやばい事件《ヤマ》になるかもしれません」

大久保が身体を屈ませ、ゆっくりとボール箱を開けた。

富永は股間が縮むのを感じた。公安畑を歩んできた富永は、死体や損壊した人体を見慣れていない。

開けられた箱から、マスクを通じて、濃厚な血の臭いが漂ってきた。それと焼け焦《こ》げたような臭気。

「これは」

富永はなかを凝視した。

それはたしかに人間の右手のような形をしていた。掌を上に向けた状態で箱に収まっている。血は流れきり、肌は青白く変色していて、まるでマネキンみたいに見える。前腕部の手首に近い位置で切断され、断面からは叩き割られた橈骨《とうこつ》や尺骨《しゃっこつ》が斜めに飛び出している。

焦げた臭いの正体は、手の指先にあった。

火で炙《あぶ》られたのか、五本の指の先端が、すべて黒焦げにされていた。指紋を消すための処理だろう。

そして白色の掌の中央には、厚さ一センチくらいの、小さな肉塊が載せられてあった。凝固した血で赤黒く染まり、厚く切ったサラミのように見える。

富永は尋ねた。

「この肉片、なんだと思う」

「持って返らんと、正確なことは言えませんが……」

大久保はだしぬけに口を開けて、舌を大きく突き出した。

「これです、これ」

「うん？」

大久保は、眉をひそめる富永に告げた。

「人間のベロですよ」

5

瑛子らを乗せたジャガーが、南伊豆町にたどりついたのは、東京を出て三時間後だった。

瑛子も甲斐も休憩を必要としなかったが、ドライバーである若い運転手が小便をこらえきれなくなり、途中のサービスエリアに一度だけ寄った。東名高速道小田原インターを降りると、ひたすら海沿いの国道を走り続けた。熱海や伊東といった派手な温泉場を抜け、伊豆半島を南下する。ときおり、柔らかな日光に輝く太平洋が目に入った。

南伊豆町に入ると、海辺のほうには向かわず、山のほうへと進んだ。

ヤシの木が植えられた道の駅を通過し、下賀茂温泉へといたる。国道からは湯煙をもうもうとあげる泉源が、あちこちで見られた。冬ではあるが、山の木々は緑色のままだ。道路沿いには旅館がいくつかあったが、熱海や伊東よりもさらに半島の先にあるせいか、のんびりとした空気が漂っていた。

組長が滞在している旅館に向かうのかと思ったが、ジャガーは意外なところで車を停めた。温泉場のなかにあるガラス張りの大きな建物だ。丸みを帯びた洒落《しゃれ》た形をしている。敷地の周りには、南国であるのをアピールするように、ここにも何本も大きなヤシの木が並んでいる。地元の観光地である熱帯植物園だ。極道の大物と会談するのにふさわしい場所とは思えない。

「ここが?」

瑛子が尋ねた。駐車場に目をやると、大きなベントレーが一台停まっていた。品川ナンバーで〝8〟の数字が四つ並んでいる。ヤクザは車のナンバーにこだわりを持ち、ぞろ目やゴロ合わせをやたらと好む。有嶋の車と思われた。

「初対面の極道とは、パブリックな場で会うのが、あんたのセオリーじゃなかったのか?」

「私に気を遣ってくれたの?」

「いいや、組長《オヤジ》がここを気に入っているだけだ。さあ、来てくれ。待たせるわけにはいかない」

甲斐がさっさと車を降りた。瑛子が後に続く。ドライバーの若者は駐車場でふたりを見送った。

植物園の入口で、甲斐が料金を払った。なかに入ると、カラフルな花々や、大きな葉をつ

けた植物が目に飛びこんでくる。

　ハイビスカスやブーゲンビリアが花を咲かせ、パパイヤやバナナが実をつけていた。むせかえるような湿った甘い香りがした。温泉の熱を利用しているらしく、室内は汗ばむくらいに暖かい。客の数は少なく、ちらほらと観光客やカップルが、通路を散策しながら、色彩豊かな花々を眺めている。

　甲斐はそれらの植物に目もくれずに歩みを進めた。テーブルが四つあるだけの小さな喫茶コーナーへと向かう。そのうちのふたつを、千波組らしき男たちが占めていた。他には客がいない。

　ひとつのテーブルには、赤いセーターにスラックス姿の老人が腰かけていた。彼の前には、フルーツのジュースが置かれてあった。写真や映像では何度も顔を確認しているが、実物を拝むのは初めてだ。

　特徴的な鷲鼻と眼光鋭い吊り目は変わっていなかったが、長大な傷跡がある頬は、げっそりと削《そ》げ落ちている。薄くなった長い白髪をオールバックにしているが、トレードマークだった白い髭は、きれいに剃り落としている。そのおかげで、細くなった顎が妙に寒々しく感じられる。カジュアルな平凡な恰好をしているが、背筋を伸ばして座るその姿は、東京の裏社会を牛耳る首領の威厳を感じさせた。体調はいかにも悪そうだったが、弱った姿をあくまで見せまいとする気迫が漂っている。

隣のテーブルには、ふたりのスーツを着たボディーガードが控えていた。頭髪を短く切り揃え、ともに地味な背広姿だ。しかし、金のロレックスや足先の尖った革靴、蛇革製のベルトなどを身に着け、極道臭さを消せずにいる。どちらも巨漢で威圧感があり、親分と同様に背筋を伸ばして控えている。どんな能天気なカップルでも、彼らがいる間は、喫茶コーナーに近寄らないだろう。

ボディーガードのふたりが勢いよく立ち上がる。甲斐に向かって深々と頭を下げた。逆に瑛子には、射るような視線を投げかける。

甲斐は、親分である有嶋に一礼した。

「お連れしました」

有嶋は重々しくうなずいた。八神は言った。

「八神です」

「わざわざ、こんな遠くまで足を運ばせてすまなかった。疲れただろう」

「いいえ、それほどでも」

有嶋が、テーブルに手をついて立ち上がろうとする。覚束ない足取りだ。隣のボディーガードが近寄るが、有嶋はそれを苛立《いらだ》たしげに追い払った。

彼は右手を差し出した。瑛子は手を握る。彼の右手には小指がなかった。

「有嶋だ。話には聞いていたが、思ったよりもずっと別嬪《べっぴん》さんで驚《おど》れたよ。上野《ノガミ》の刑事《デカ》も、ずいぶん変わったもんだ」

有嶋は昔気質《かたぎ》な江戸弁を口にし、ゆっくりとした動作で椅子に腰を下ろした。膝が悪いのか、テーブルについた手を震わせながら、慎重に座る。それから、八神と甲斐に椅子を勧めた。

ウェイトレスの若い女が、硬い表情で注文を取りに来る。

有嶋はウェイトレスに微笑みかけた。嗄《か》れた声だったが、腹にまで響くような声量があった。

「ここは生ジュースとフルーツが、お勧めなんだよな。お嬢さん」

「は、はい」

八神はメニュースタンドを手に取った。

「それなら私はマンゴージュースを」

「同じものをくれ」

甲斐が言った。有嶋が手をあげる。

「それとフルーツの盛り合わせをもらおうか」

瑛子は、隣のボディーガードたちのテーブルに目を走らせた。火酒が似合いそうな強面たちの前にも、甘ったるそうなフルーツジュースが置かれてある。ずいぶんとちぐはぐな光景だった。

有嶋はストローに口をつけて言った。

「いいところだろう、ここは。冬だろうと夏だろうと、いつ来ても派手できれいな花が静かに楽しめる」

「ええ。ちょっと意外に思いましたけど」

瑛子も運ばれたジュースに口をつけた。南国の果物の濃厚な甘さが口に広がる。この南伊豆まで来るまでに、甲斐からドライフルーツをもらっている。甲斐が甘党なのは知っていたが、親分までそうだったとは知らなかった。

有嶋は小さく笑った。

「そういえば、あんたは酒豪だってな。うめえ魚と日本酒が揃った旅館がある。そっちのほうがよかったかい」

「こちらのほうが、肩が凝らなくて済みそう」

「そりゃよかった。一杯やりてえところだが、あいにく身体にガタが来ててな。酒もタバコも医者から止められている」

有嶋の表情に翳《かげ》がさした。隣の甲斐も暗い表情になる。

今年は千波組にとって、正念場の一年だった。三か月前、有嶋の娘である女子大生が殺害された。それをきっかけに、千波組で内紛劇も起きている。極道関係者も組対課の誰もが口を揃えて言った——有嶋はもう引退するだろうと。

たしかに娘を失った悲しみが尾を引いているのか、急速に身体が弱っているように見える。しかし……。

「あんたにはもっと早くに会いたかった。できりゃあ、こんな田舎じゃなく、都内の近場でワイングラスでも傾けながらな。しかし、東京の冬がこたえるようになった。とくに今年はな」

「お察しします」

「苦難や厄介事が降りかかるたびに、この郷里に戻って心身を休めることにしている。今回ばかりは、ちいと長引きそうだよ。しばらくは、甲斐のような若い衆に頑張ってもらうつもりだ」

瑛子は首を傾けた。

「私が聞いた話とは少し食い違うわ。ここに戻るということは、戦いの準備を進めているのだと」

有嶋は笑みを消した。植物園で時間を潰す老人から、目をぎらつかせた現役の顔へと変わる。大きな鷲鼻のおかげで、猛禽《もうきん》類を思わせる。たとえどんな病魔や不幸に襲われても、容易に極道を辞める気はなさそうだ。

甲斐が有嶋にうなずいてみせた。

「おおむね、車のなかで伝えています」

「そんなら話は早《はえ》え。病み上がりの身だ。あんたのような別嬪さんとなら、このまま夜まで一緒にいてえところだが、お互いそうもいかねえだろう」

有嶋は隣のテーブルに手を軽く振った。ボディーガードたちが、無言で喫茶コーナーから立ち去る。

有嶋は椅子の背もたれに背中を預けた。

「まずはあんたの話を聞こう。おれに尋ねてえことが、あるんだってな」

「ええ」

「なにが知りてえ」

有嶋は、大皿に盛られたフルーツにフォークを刺した。パイナップルを口に入れる。

「訊きたいのは山々だけど、教えてもらえるだけの土産を持ってきていない」

「そんなこたあねえ。娘の件じゃ世話になった。香澄《かすみ》を殺った人間を炙りだしたのは、あんただと聞いている……おかげで娘も成仏できたはずだ」

瑛子は首を振った。

「税金分の仕事をひとつこなしただけ。犯人をあなたに差し出したのなら、別でしょうけれど」

「あんたにとっちゃ、単なる一仕事でしかなかったってことか？」

「そう。世話をした覚えなんてない」

瑛子はそっけなく答えた。有嶋の表情が険しくなった。静かな喫茶コーナーに緊張が走る。

「それなら、なぜこのおれが、あんたみたいな所轄の刑事《デコスケ》に会うのを許したと思う」

「私に頼みたいことがあるからでしょう。少なくとも、お礼を言うためだとは思えない」

有嶋は首の後ろをぴしゃぴしゃと叩いた。表情が和らぐ。

「昔のマル暴には、あんたみてえに道理をわきまえた男がよくいたもんだよ。一応、スジってもんを知っているようだな。かりに娘の件を恩着せがましく持ち出すようなら、話はそれきりにするつもりだった」

「あなたの娘はあくまで一般人《カタギ》だった。それを持ち出すのは、フェアじゃないと思っただけ」

有嶋の目がわずかに潤む。娘に母親姓を名乗らせ、普通の女子大生として、育てるつもりだったという。彼女を失ってからも、その考えは変わらなかったようだ。八王子に彼女の墓があるが、大親分の娘にしては、敷地も墓石も平凡なものだった。

有嶋はうなずいた。

「おれとあんたとは、なんの貸し借りもない。それを踏まえたうえで聞こう。おおよそのことは、すでに耳に入っている。あんたの夫は雑誌記者だった。堂論社の社員で、『週刊タイムズ』の記者だった。そうだな」

「ええ」

夫の雅也は中堅出版社の堂論社に勤務していた。所属先は『週刊タイムズ』編集部。手がけていたのは、中年男性を主な読者対象にした総合誌で、瑛子の部下の井沢が愛読している。

つまり内容は上品とは言いがたい。堅苦しい政治経済や知的な話題よりも、ヘアヌードや風俗情報、芸能人のスキャンダルやエロ劇画を掲載している。そして裏社会のネタも多く扱っているため、極道や極道ファンの読者も多い。

瑛子は言った。

「当時、夫が追っていたのは、高杉会の芦尾《あしお》勝一《かついち》会長の自殺だった」

「芦尾の兄弟か……」

有嶋は意外そうに目を開いた。

「……懐かしいな。おれの身体がこの有様で、あいつの三周忌には出られなかったが」

芦尾勝一は、有嶋と同じく印旛会系の二次団体を仕切る親分だ。高杉会の会長。歌舞伎町を縄張りとして、印旛会きっての武闘派として知られ、九〇年代には新宿の中国マフィアと抗争事件を起こしている。凶器準備集合罪や恐喝などで、何度も刑務所に出入りしている懲役太郎だ。

ピットブルをそのまま人間にしたような、いかつい面構えと固太りした頑丈そうな身体つき。いかにも切った張ったでのしあがったヤクザらしく、有嶋と同様に、関東ヤクザの顔として知られていた。

三年前の春、その芦尾が歌舞伎町のビルから飛び降りた。その死因については様々な噂が流れた。警視庁の徹底した浄化作戦によって、シノギを次々に潰され、会の運営がままならなくなった。持病の糖尿病が悪化して鬱状態にあった。また恐喝容疑で逮捕が間近に迫っていた、など。

遺書も見当たらなかったことから、他殺の可能性も視野に入れられたが、捜査一課は最終的に自殺と判断した。

関東ヤクザの名物組長の不可解な死。探っていた雅也が、芦尾と同じく飛び降り自殺をしたと思われている。

「芦尾会長も、夫の八神雅也も自殺だとは考えられない。二人とも、何者かによって殺害された。夫は、芦尾会長の秘密を知ったがゆえに、何者かに奥多摩まで呼び出され、そこで消されたのだと思ってる」

有嶋が瑛子に問う。

「秘密……どうして芦尾が殺されたと思うんだ」

「わからない。それを探るために、もう長い時間を費やしている。芦尾会長の高杉会が、警視庁の浄化作戦でひどくダメージを負っていたのは事実で、糖尿病を患っていたのも本当だった。だけど、会長周辺の人間は、みんな口を揃えて言っていたわ。自殺を考えるような男ではないと。私の夫もそうだった」

「あんたの旦那のことは知らんが……この稼業はあんたが思っている以上に過酷なんだよ。このおれにしても、いっそ首でもくくっちまうかと、思いつめたことだって何度もある。芦尾の兄弟にしてもそうだろう。武闘派だとか、歌舞伎町の闘犬だのと言われたが、やつにだって、そんな魔が差すときもあったかもしれん」

瑛子は首を振った。

「高杉会の関係者が証言してた。『おれには起死回生の手があるんだ』。芦尾会長が死ぬ前に、よくそう言っていたと。それがなにを意味をするのかはわからない。歌舞伎町で打撃を受けても、びくともしない経済力を有していたのか、それとも新しいビジネスを展開させるつもりだったのか」

有嶋は腕を組んだ。潤んでいた目はもう乾いている。

「どうだろうな。兄弟はなにしろ懲役暮らしが長かった。昔気質の極道ってやつで、商売人ってわけじゃない」

「その一方で、芦尾会長は外交の手腕に長《た》けていた。長い刑務所暮らしの間で、独特の人脈を築いていたようね。極道界の大物たちと兄弟の盃を交わしている。そのなかには、世間をあっと言わせた人物もいた。芦尾会長の〝起死回生の手〟というのは、そのあたりにあると睨んでる」

有嶋は無表情で聞いていた。隣の甲斐を横目で見やると、彼の額には、いくつもの汗の粒が浮かんでいた。高温多湿の植物園のなかだが、理由はそれだけではなさそうだ。

「……いい線をついている。きっとあんたの旦那も、頭のキレる記者だったんだろう。しかしキレすぎる人間ってのは、時として寿命を縮めちまうもんだ」

「じゃあ――」

有嶋は、小指のない右手をあげてさえぎった。

「とはいえ、すべて昔のことだ。老いってえのは悲しいもので、昨日食べた夕食のことさえ忘れちまう。三年も前となると、なおさらだ」

「今度は私が聞かせていただく番ね」

瑛子は、フォークで皿に盛られたメロンを突き刺した。

「思い出してやりたいのは山々だが、やっかいな問題がおれの頭を蝕《むしば》んでる。そいつの片《カタ》がつけば、脳みそがすっきりして、なにか思い出してやれるだろう」

瑛子はメロンを口に入れた。直訳すれば、情報が欲しいのなら、与える仕事をこなせということだ。

「メキシコ産の白い粉でしょう。都内でさばいているのは、関西の華岡組系らしいわね」

有嶋がうなずいた。

華岡組は日本最大の関西系暴力団だ。神戸を本拠地とし、北海道から沖縄までを勢力下に置き、数万人の構成員を抱えている。現在では、日本の暴力団員の半分以上が華岡組系の組員と言われている。その華岡組は、すでに東京にも根を張っていた。

暴力団抗争が激化した昭和三十年代。華岡組の東京進出を防ぐために、千波組の上部団体である印旛会を始めとして、関東系暴力団による親睦団体〝関東七日会〟が結成された。

それから長年、印旛会ら関東系暴力団が睨みを利かせ、「華岡組が、多摩川を越えるのはご法度」という不文律が、極道社会には存在した。昭和四十年代には警察による頂上作戦がスタートし、抗争による勢力拡大が不可能となった華岡組は、関東七日会の盟主であった印旛会とトップ会談を実行。大物右翼からも争いを避けるように命じられ、関東との共存共栄の道を選ばざるを得なくなった。

しかし、時代は流れて、裏社会の状況は大きく変わった。バブルが弾け、暴対法が施行されると、中小規模の暴力団は次々に大組織に吸収され、もしくは解散へと追いこまれた。リストラによって組織の寡占化《かせんか》が進むと、その不文律を過去のものとし、華岡組は関東七日会の切り崩しにかかった。

華岡組の都内進出が、顕在化したのは七年前だ。銀座や六本木、新橋といった、有数の繁華街を縄張りとする指定暴力団東堂会《とうどうかい》で、内部抗争が勃発したのがきっかけだ。

関東七日会に属する東堂会は、共存共栄でしのいできた東京ヤクザの見本のような組織だ。もともと親分同士が横につながる連合体だったが、リストラが進む極道界の流れに乗って、当時の会長が組織の一本化を計ろうとした。他の親分衆に対して、自分の子分になるよう要求したのだ。しかし複数の親分たちが、異議を唱えて反会長派を結成。東堂会による暴行事件や銃撃事件が、一都三県にわたって数十件と続いた。

本来なら関東七日会の大親分が、すぐに仲裁に入るべきだった。だが関東七日会内部でも政治的駆け引きが続き、仲裁役はなかなか決定しなかった。

その隙を関西は見逃さなかった。華岡組が仲裁を買って出たのだ。抗争中の東堂会の親分たちを、軒並み神戸へと半強制的に連行し、無理やり手打ちへと持ちこんだのだった。

これは関東側の油断が招いた失態だった。複雑かつ巨大な利権が渦巻く東京では、都内の大親分たちも東堂会の弱体化を狙って、抗争を意図的に放置し、彼らの縄張りを虎視眈々《こしたんたん》と狙っていたのだ。華岡組は、東京ヤクザたちの不協和音を見抜いたのだ。

二〇〇四年に襲名した華岡組五代目の琢磨栄《たくまさかえ》組長は実力者として知られていた。名古屋の小組織からのしあがった彼の目標は、極道界の全国統一を果たすことだ。華岡組の悲願である首都制覇を着々と進めている。

そんな巨大勢力である華岡組が間に入るとなれば、東京の一組織に過ぎない東堂会としては、仲裁を蹴ることなどできない。手打ちは、華岡組と親交があった東堂会会長に有利に進み、反会長派の親分たちは引退を強いられた。

意に反するものを追放した東堂会会長は、華岡組の琢磨組長の舎弟になった。関東七日会からは除名処分となったが、彼は華岡組という最大組織の傘下に入るほうを選んだ。華岡組としても、東京の中心に強力な橋頭堡《きょうとうほ》を築きあげることに成功した。首都の繁華街から生まれる莫大な金が、今では関西へと届けられている。

瑛子は言った。

「流れているメキシコ産は、華岡組の傘下となった東堂会が、さかんに売りさばいているということね」

隣の甲斐がうなずいた。

「華岡組はメキシコのソノラ・カルテルと手を結ぶと、傘下団体に密輸ルートを周到に築かせ、東堂会にいくつも密売グループを作らせた。むろん表向きはシャブや薬物なんてご法度だ。扱ったもんは破門や絶縁処分を食らうことになっている。末端の三下がさばいていただけで、上の上までしょっ引かれる時代だからな。いくつもの貿易会社や商社のダミー企業を作り、東堂会の組員には直接密売にはタッチさせない。六本木や渋谷の愚連隊、不法入国の外国人や元暴力団員にさばかせている」

「あなたがたはどうするの？　嶋中夫妻みたいなケチな売人を、警察にタレコミをするだけ？　それとも東堂会の事務所の窓ガラスでも割りにいくの？」

有嶋が瑛子に笑いかけた。目だけは笑っていない。

「あわてる乞食はもらいが少ねえというだろう。あんたの話は聞かせてもらった。今度はおれたちの考えを、耳の穴かっぽじって聞く番だ。気を引き締めんと、旦那の真相に近づけぬまま、この世とおさらばすることにもなりかねん。注意するこった」

「それで？」

有嶋の迫力に満ちた注意を受け流し、瑛子は甲斐を肘で突いて話を促させた。甲斐は呆れたように息を吐いた。

「末端の売人をいくら密告《チンコロ》したところで、メキシコ産の勢いは止まりゃしない。いくらでも代わりはいるからな。組員同士の抗争も論外だ。事務所のガラスを割っても意味がない。拳銃《ハジキ》をぶっ放しただけで、長期刑を背負わされる時代だ。命《タマ》の獲り合いも意味がない。実行犯が無期か死刑になる時代だ」

「しかし……戦いはすでに始まっているんだよ、お嬢さん」

有嶋が、テーブルを這い回る羽虫を指で潰した。

「あんたにも加わってもらう。旦那が追っていた芦尾の兄弟が、それに見合うだけの秘密を持っていたのは、確かだからな」

「覚悟はしてるわ」

「よろしい」

有嶋は甲斐に目を向けた。甲斐はブリーフケースから、タブレット型端末を取り出した。電源を入れ、ネットにつなぐ。

彼は瑛子にディスプレイを見せた。新聞社のニュースサイトが表示されている。

瑛子は眉をひそめた。見出しには〝上野公園でバラバラ死体か　切断された人間の手が遺棄〟とある。記事によれば、公園の植え込みのなかにボール箱が置かれ、人間の右手が発見されたという。

反射的に富永の姿が浮かんだ。今ごろ忙しく動いているだろう。今日は、特別警戒活動の出動式がある。せっかくの晴れ舞台だというのに、こんな事件が起きたのでは、セレモニーは台なしだ。

「この事件とメキシコ産が、なにか関係しているというの？」

甲斐がコンピューターをタッチしながら答えた。

「ソノラ・カルテルはシャブだけじゃなく、とびきりヤバい虫も送ってよこしたってことだ」

甲斐はログインIDとパスワードを入力すると、どこか海外のサイトにつないだ。写真や画像があるわけでもない。スペイン語の小さな文字が長々と綴《つづ》られているだけのサイトだ。瑛子には理解できない。

ただ黒々とした文字の列のなかに、ひとつだけ赤字で記された単語があった。甲斐がそこを人差し指でなぞった。

「これが虫の名前だ」

瑛子はそれをたどたどしく読み上げた。

「……グラニソ《granizo》」

6

富永の口のなかで鉄錆の味がした。

歯茎が痛みを訴える。舌で触れただけで、歯茎が腫《は》れ上がっているのがわかる。頰の裏側がじんじんと熱を持っていた。出血もしているようだ。

三か月ぶりの歯肉炎だった。過度にストレスが溜まると、決まって歯茎が燃え上がる。痛みが治まったからといって、仕事にかまけて、放置していたのがよくなかった。富永は歯医者が大の苦手だった。

正月を迎える前に、一度は通院しなければならない。鎮痛剤ぐらいはもらわなければ。痛みのあまり、思考力が落ちそうだ。

会議室の前の廊下では、誰かが常にバタバタと走り回っていた。夜の上野署は内も外も大混雑だ。

政治や芸能でめぼしいニュースが最近ないせいか、外は脚立に腰かけたカメラマンや記者らでいっぱいだ。署の横を走る浅草通りの車道にまで、人があふれそうになっている。それを交通課の署員が、さかんにホイッスルを鳴らして堰《せ》き止めている。

上野署の刑事課や鑑識係はもちろん、地域課の多くに上野公園の捜索にあたらせている。残りの人体を見つけるために。本庁は上野管内だけでなく、隣接する本富士署や浅草署、下谷署などの署員にも、捜索の指令を出した。だが、他の人体や犯行に使われた凶器なども発見されていない。

富永は、小会議室の革椅子に腰かけながら食事を摂っていた。出前のタンメンを頼んだが、硬いキャベツや豚肉を口に入れるたびに、ずきずきと歯茎に痛みが走った。

隣の大会議室では、捜査本部の準備が行われていた。捜査一課のなかで庶務を担当する第一係が中心となり、多くの椅子やテーブルを運び込み、電話の設置を行っている。

発見されたのは右手と、それに舌と思《おぼ》しき部位だけだ。それのみで捜査本部を開設すべきか。富永は判断に迷ったが、本庁の捜査一課と合議のうえで、捜査本部が設立されることが決まった。捜査本部の本部長には、所轄署のトップである富永が就くことになる。

すでに小会議室には、捜査一課の面々や上野署の刑事課長や係長らが顔を揃えていた。捜査本部の設立が完了するまでに、食事を済ませておこうと、出前のラーメンや丼ものを口に運んでいた。

刑事たちは総じて食べるスピードが速い。みんながあっという間に平らげるなかで、富永だけが、硬い野菜だらけのタンメンと格闘していた。

「それにしても、お察しします。せっかくの出動式の日に、とんだ事件に出くわしてしまいましたね」

捜査一課の沢木《さわき》哲男《てつお》管理官が、口をハンカチで拭いてから言った。学者みたいな知的な容貌の中年男だが、泣く子も黙る殺人捜査の専門家だ。富永も一目置いている。捜査本部が開かれれば、彼が捜査主任として、捜査を実質取り仕切ることになる。

富永は冷めた緑茶をすすり、熱く痛む歯茎をなだめた。

「ここは都内有数の繁華街です。なにが起きても不思議ではないと、常に覚悟はしていますよ」

富永は虚勢を張った。もう身体はくたくただ。

初動捜査の指揮を取りつつ、特別警戒活動の出動式を中止させた。近隣の署に本庁経由で応援を要請し、上野公園の捜索と一般人の立ち入り制限にあたらせた。午後からは事件の臭いを嗅ぎつけて、署に集まった記者たちに事件の概要を伝えた。そして、これから捜査本部の会議に加わらなくてはならない。

沢木の隣には、捜査一課の川上修平《かわかみしゅうへい》班長がいた。こちらは沢木とは対照的に、冷蔵庫みたいな分厚い体格の持ち主で、強行班の刑事らしい岩のような強面の大男だ。奇《く》しくも本庁からやって来たのは、三か月前の殺人事件と同じメンバーだった。

　不幸中の幸いというべきで、前の事件のおかげでふたりの性格をよく知っている。職人の沢木には敬意を払っているし、川上のタフネスぶりもわかっている。ふたりともスーツ姿で、襟《えり》には捜査一課員を示す金文字入りの赤バッジをつけている。

　富永は箸を止めた。

「しかし君らに出張《でば》ってもらったわけだが、発見されたのはまだ右手と未確認の肉片だけだ。殺人と断定できる材料は少ない。頭部や胴体が発見できれば、被害者の特定もできるだろうが……」

　川上が楊枝《ようじ》で歯をせせりながら唸《うな》った。彼は大盛りのカツ丼を頼んだが、今では米粒ひとつない空の丼だけが残されている。

「こいつは殺しですよ。しかもやっかいな類です。なにかとご負担をかけることになるでしょうが、ある程度の人員と予算が必要になると、前もって署の総務や副署長に、知らせたほうがよろしいでしょう」

　隣の沢木がうなずいた。

「私も川上班長と同意見です。むろん思い込みは禁物ですが、殺しを前提とした布陣で挑むべきです。私も箱の中身を拝見しましたが、鑑識の大久保班長の見立てどおり、あれは人間の舌でしょう。東京周辺の病院すべてに確認を取りますが、舌と右手が同じ人間のものであれば、まず被害者《ガイシャ》は死亡していると思われます。それに……」

沢木が言葉を濁した。富永は訊いた。

「なにか？」

「これは私見ですが、あの箱からは過剰なまでの残忍さと周到さを感じました。指を黒焦げにして指紋を消しただけでなく、掌の肉も鋭利な刃物で削いだ痕がありました。つまり掌紋をも消すためです。手慣れた印象さえ持ちました」

「しかし、そうして念入りに細工を施す一方、なぜ人の目がつくような場所に箱を捨て去ったのか。見つけてくれと言わんばかりに。まるで自分の犯行をアピールしたがっているとしか思えない」

富永の頭のなかを、ボール箱のあの中身がよぎった。

鑑識係の大久保から、人間の舌だと知らされたとき、全身の肌が一気に粟立った。

「また、犯人《ホシ》は、猟奇殺人のサイコ野郎でしょうかね」

上野署刑事課の中畑《なかはた》課長が天井を睨んだ。頭をつるつるに剃り上げた中年男だ。組対課の石丸課長と並んで歩けば、渋谷だろうと歌舞伎町だろうと、通行人が怖がって、どんなに混雑した歩道でも、海を割るモーゼのごとく、悠々と歩けるだろう。上野という土地には、腕自慢や強面の男が配属されてくる。

沢木は顎に手を当てた。考えこむ表情になる。

「どうでしょう。犯行を見せつけたいという欲望よりも、ただ単に仕事を済ませたというか……妙なそっけなさを感じたんですよ。右手に関しては、ナタのような大ぶりな刃物で叩き切ったような切り口でしたが、一方で舌のほうはとてもきれいでした。よく研いだナイフか、医療用メスのような鋭利な刃物で切り取っている。一種の解体といいますか……そんな冷たさを感じましたね。人体の一部をわざわざ人目につくところに置いたのも、犯行の自慢というより、仕事を済ませた証《あかし》として見せたというか」

沢木は淡々と説明する。富永は聞いているうちに、胃のあたりにひどいむかつきを覚えた。

「仕事……そうなると、暴力団《マルB》絡みということですか？」

川上は首を振った。

「暴力団《マルB》は、こんなやり方はしません。さっさと路上で命獲《タマ》って逃げるか、身柄《ガラ》をさらって、石灰と一緒に山にでも埋めるか、海に捨てるかのどれかです。あんな薄気味悪い犯行の誇示は、足がつくリスクが高まるだけで、なんの得にもなりませんからね」

富永は顔を掌でぬぐった。昼からあちこち駆けずり回ったせいで、顔はベタベタと脂ぎっていた。いずれにしろ証拠が少ないまま、この段階で論議を重ねたところで意味はない。だが、捜査方針は決定しつつあった。殺人を視野に入れながら、死体遺棄事件として捜査を開始する。

やることは山ほどあった。右手と舌の持ち主の割り出し。公園や周辺店舗、公道に設置された防犯カメラの映像分析。公園や周辺地域での遺体捜索、目撃者探し。有力な手がかりが早期に発見されるのを祈った。

年末の上野は、アメ横の書き入れ時でもあって、ただでさえ人でごった返す。犯罪が増加する時期でもあり、署にとってもやっかいな季節だ。そのうえ捜査が長引き、正月にまで持ち越されれば、署全体の士気に影響を与えかねない。単身赴任で暮らしている富永にしても、正月は久々に自宅へ帰省するつもりでいた。

富永の自宅は京都にあった。単身赴任といえば聞こえはいいが、妻とはほとんど別居状態にある。いつ離婚届を出されてもおかしくはない状況で、だからこそ六歳のひとり息子に会っておきたかった。この正月の機会を逃せば、父親の顔をすっかり忘れられてしまう気がした。

沢木が思い出したように言った。

「暴力団《マルB》といえば、例の彼女は元気ですか？」

「彼女？」

「八神警部補ですよ。三か月前の事件《ヤマ》は、彼女の奮闘のおかげで解決にこぎつけたようなものです。能代《のしろ》刑事部長とうちの課長が、いたく彼女を気に入ったようで、もしかすると来年あたりには、うちからスカウトの声がかかるかもしれません」

「それは困りましたな。彼女は我が署の要ですから」

富永は微笑を浮かべながら、川上と目で合図しあった。川上の目の奥には、困惑の色が広がっている。

川上は富永と同じく、八神を危険視している。もともと彼は、八神の大学時代の剣道部の先輩だ。

大学時代の八神は一本気な性格で、スジの通らぬことを許さぬ女性剣士だったという。女子剣道部の主将として、多くの後輩からも慕われていた。

そのため川上は彼女に警察の道を勧めた。だからこそ、夫を失ってからの八神の変貌ぶりに驚き、違法捜査の疑いが濃い彼女に厳しい目を向けている。

三か月前の事件では、連続殺人の線で捜査が進められ、被害者が暴力団絡みであったことから、本庁に設けられた合同捜査本部に八神も捜査員として投入された。合同捜査本部の副本部長だった富永は、川上と八神にタッグを組ませている。八神の行動を監視させるためだ。

しかし、八神はその川上をも出し抜いた。結果的に犯人逮捕へとつながったが、どれだけの違法捜査が行われたか、わかったものではなかった。

被害者が千波組組長の娘であったため、犯人を捕えたことで、八神は千波組とさらに関係を深めている。現に今日は組幹部の甲斐とドライブに出かけている。

沢木はそんな八神の裏の顔を知らない。結果を出す優秀な刑事だと思っている。

彼は笑った。

「今回も、かりに暴力団《マルB》絡みだとしたら、彼女に応援を要請するかもしれません」

富永は渋い顔を見せた。

「どうでしょうか。今はどこの署の暴力団係も、メキシコ産覚せい剤の密売人を追いかけるのに必死です。うちも例外じゃありません。ご期待に添えるかどうか……」

制服のポケットのなかで携帯電話が震えた。

「ちょっと失礼します」

富永はケータイを取り出し、小会議室を出た。西からだ。

廊下に出ると、震えるケータイを握りながら、あたりを見渡した。廊下には捜査会議の準備で、多くの人間が行き交っている。同じフロアの給湯室へと入る。部屋の電気をつけ、ケータイの通話ボタンを押した。

「富永だ」

〈やあ、署長さん。ニュース見ましたよ。なにやら薄気味悪い事件が起きたようで。災難でしたな〉

西はガムを嚙みながら言った。

〈出動式どころじゃなかったでしょう。カラーガードのねえちゃんたちのバトン演技が見られなくて、残念だったんじゃないですか？〉

事件のおかげで、昼間は西との連絡どころではなかった。今もそうだ。富永の頭が熱くなった。

「無駄口は控えろと言っただろう。私は忙しい。簡潔に報告しろ」

〈驚きましたよ。おれはてっきり八神女史が甲斐の野郎と、どっかの宿でしっぽり過ごすと思ってました。ヤクザの幹部とデキてるとなりゃ、辞めさせる理由としちゃ充分ですからな。露天風呂でいちゃついてる姿でも、撮ってやろうと思ったんですが――〉

富永は咳払いをして、西のお喋りを止めた。

〈こりゃ失礼〉

富永は舌打ちをこらえた。警察をクビになるのも当然の、品性下劣な男だ。それでも使える駒でやっていくしかない。

　さきほどの沢木の話では、八神を捜査一課に加えることを、考えているのだという。悪い冗談だ。彼女を本庁に行かせたら、それこそ取り返しがつかない。富永が上野署で目を光らせているうちに、彼女とは決着をつけなければならない。

　富永は早口になった。

「ふたりが向かったのは熱海や箱根の温泉宿なんかではない。南伊豆町にいる千波組の有嶋章吾と会うためだ。そうだろう」

　西の不快なガムの咀嚼音が止んだ。富永の推理に驚いたのか、声のトーンが高くなる。

〈さすがですな。まさか、あんな大親分が出てくるとは思ってもみなかった。熱帯植物園って、変わった観光地でなにやら密談してましたよ。駐車場で甲斐の運転手が目を光らせていたし、ボディーガードもうろうろしてたんで、なかに入ることはできませんでしたが、ガラス張りの建物でしたから、外からある程度はうかがうことはできました。関東ヤクザの大物が、花に囲まれながらジュースをすすってましたよ。彼女、一体何者なんです？〉

　西には、八神と千波組の癒着を調べるように命じたが、詳しい事情までは打ち明けていない。汚職の可能性があるとだけ伝えていた。

「君が知る必要はない。事実だけを知らせてくれればそれでいい」

会話に間ができた。西は沈黙したのちに答える。

〈まあ、そりゃそうですね。余計な首を突っこんだところで、一文の得にもならねえ。会談を終えた八神女史と甲斐は、そのまま東京へとまっすぐに戻りました。甲斐は西新井の自宅マンションに戻りましたが、彼女はその途中で車を降りました。御徒町のあたりで降りて、どうやら署に寄るようです〉

八神が有嶋と会った。やはり思ったとおりだ。しかし会談の内容までは見当もつかない。とくに有嶋が面会に応じた理由がわからなかった。娘の殺害犯を捕えたからといって、情に流されて敵である刑事と会うとは考えられない。

暴力団のマフィア化は、警察の予想以上に速いスピードで進行している。団体によっては、警官との接触を完全に禁じ、一切の情報交換も許さない組織もある。警官と会っただけで破門処分が下される。そのため、組対課の情報収集能力が劣化しつつあるとの話をよく耳にする。

同じ署長クラスの幹部たちから、会合などでよく富永は羨《うらや》ましがられた。暴力団担当の刑事だというのに、管内の極道の顔も知らなければコネもない。若い刑事にいたっては、暴力団事務所に近づくのさえ嫌がるという。その意味では、たしかに上野署組対課は最強のチームといえた。八神が持つ情報提供者との太いパイプ。ヤクザや暴力を恐れない胆力《たんりょく》、彼女を中心に、腕自慢やベテランが一致して結束している。その代償として、手は真っ黒に汚れているが。

八神は、有嶋となんらかの取引を交わしたのだろう。千波組は広域暴力団印旛会の主流派だ。それだけの大物がわざわざ会うからには、よほど大きな契約を交わしたとしか思えなかった。

西が尋ねた。

〈これからどうします。まだ甲斐の野郎を尾《つ》けまわしますか?〉

「対象者《マル対》を八神に変更してくれ」

西が笑った。痰《たん》がからんだ笑い声だ。

〈そいつを待ってましたよ。瑛子ちゃんのほうですね。了解しました。こいつはおもしろいことになってきた〉

「油断するな。彼女は甲斐よりもずっと用心深い」

〈わかりますよ。おれも何年か公安にいましたからね。あのねえちゃんの目つきは、気合の入ったテロリストとよく似てますよ。いつでも臨戦態勢ってオーラが出てた。しかし狙われるやつより、狙ってるやつのほうが、いつだって強いんです。どんなやつでも隙は生まれる。いっちょ自宅に細工でもしますか? 風呂場や寝室にカメラを仕こんでもいい〉

　富永は天井を睨んだ。リスクが高すぎる。かりに西が逮捕された場合、依頼した自分の警察人生もそこで終わる。

　西は続けた。富永の迷いにつけこむように。

〈大丈夫です、署長さん。あんたはなにも命じてはいない。おれは単なるキモいストーカーだ。おれ自身が勝手にやっているだけで、あんたはなにも知らない〉

　富永は深呼吸をした。自分は常に正しい道を歩んでいる。そう信じてきたがゆえに、どんな激務にも率先して挑んできた。八神との暗闘によって、自分自身まで堕《お》ちていくような感覚に襲われる。

　富永は唸った。

「……不正の証拠を得るためには仕方ないが、くれぐれも下劣な真似はするな。それだけは許さん」

〈了解しました。報告を楽しみにしておいてください。実のあるネタを掴みますよ〉

　電話が切れた。富永はケータイの液晶画面を見やる。もう一度、西に連絡を取ろうとボタンに触る。

　だが、その手を止めてケータイをポケットにしまった。富永は早足で給湯室を出る。自分のテリトリーに盗聴器を仕掛けられていた過去を思い出す。

礼儀正しく探ったところで、あの八神を出し抜けるとは思えない。西の下品さには辟易《へきえき》させられるが、毒のある男でなければ、八神という猛毒を制すのは無理だ。自分に言い聞かせながら、小会議室のドアを開ける。

室内の雰囲気が変わっていた。班長の川上が不快そうに口を歪め、彼の上司である温和な沢木までもが、苦虫を噛み潰したような顔つきをしていた。中畑課長も暗い表情だ。

富永はひるむ。電話の内容を聞かれたのかと思った。

「どうかしたのか？」

川上に声をかけると、彼はドア付近にいる大男に目をやった。富永の横には、いつの間にか鑑識係の大久保班長が立っていた。手に書類を携えている。彼が原因と悟り、富永は胸をなでおろした。

大久保に訊いた。

「なにかわかったのか？」

「いや、まだ調べを始めたばかりなので、断定的なことはあまり言えないんですが、本庁の調べによると、切断された腕の持ち主の血液型はB型、推定年齢は二十代から四十代。そして掌のうえの肉片は、やはり人間の舌ということでした。こちらもB型なので、同一人物のものと思われます」

富永はうなずいた。だが、大久保は書類に目をやったまま、急に話すのをためらう。腰をかがめて、富永の顔を上目遣いで見る。

「どうした？」

「あまり気持ちのいい話じゃないですよ」

「気持ちのいい話など期待していない。続けてくれ」

「右手と舌の切断面に生活反応がありました。手首にはロープ痕があり、掌の皮膚は刃物で削がれていました。また、バーナーと思われる強い火力で焼かれた指のうち、中指と親指には爪がありませんでしたね。判明しているのは以上で、あとは科捜研で詳しい分析を待つ予定です」

「ということは、つまり……」

会議室のメンバーらと同様に富永は顔をしかめた。

沢木が静かに告げた。

「被害者《ガイシャ》は、拷問を受けた末に殺害されたと思われます。右手の持ち主はロープで拘束されたうえ、生爪を剝がされ、生きたまま刃物で右手と舌を切断されたと推測できます」

「なんだと……」

富永はうめいた。また血の味がした。

7

西義信は上野署を張っていた。

署の周りは報道陣でごった返している。隣接している浅草通りは、誘導棒を持った署員が笛を鳴らし、ドライバーや通行人に注意を呼びかけている。

浅草通りを間に挟み、署から百メートルほど離れた暗い路地に立ち、タバコを吸って時間をやり過ごした。ショルダーバッグに赤外線式の双眼鏡を入れ、署の裏にある職員玄関で動きがあるたび、双眼鏡をのぞいた。

八神瑛子が署に戻って、一時間が経っている。

西がこの土地を訪れるのは四年ぶりだ。警察社会は辞めた人間にひどく冷たい。ましてや汚職がバレたとあって、かつての同僚たちからは、厄ネタ扱いされている。同じ釜の飯を食った同期のやつらも、この署の連中も、一度として連絡を寄こさなかった。

しかし、まさか署のトップが自分に声をかけてくるとは。おまけに仕事は退屈せずに済みそうだ。旨味もきっとある。

職員玄関の扉が開く。西はすばやく双眼鏡を目にあてた。八神ではなく、背広姿の中年警官だった。

「くそっ」

西は腕時計を見やった。刑事時代に、あちこちの違法風俗店やゲイクラブから脅し取った金で買ったブルガリだ。もうじき深夜十一時になるが、八神も富永も帰宅する気配がない。署長室の窓は灯りがついたままだ。

依頼主の富永は、鼻持ちならないエリート野郎だった。自分を貴族とでも勘違いしている。頭の回転はいいようだが、しょせん甘っちょろい坊ちゃんに過ぎない。相手はたかが女だというのに、わざわざ追い出すために、不正の証拠を握ろうとは。西には理解できない理屈だった。

さっさと更衣室か便所で姦《や》っちまえばいい。そうすりゃ自分から退職届を出し、荷物をまとめて故郷《クニ》へ帰るだろうに。警官時代の西は、そうして何人もの女性警官をいただいた。屈辱に耐えて警察に残った者もいたが、たいがいは泣き寝入りして警察を辞めていった。昔よりはだいぶうるさくなったが、典型的な男性社会で、セクハラとパワハラの見本市のような職場だ。「女が出世するのは、アカの陰謀」と、固く信じる同僚もいた。

それゆえ西が警官だったときから、八神の噂は耳に届いていた。ひどく別嬪なうえに腕っぷしも強い。数々の手柄を立てた優れた刑事だと。ただ、じっさいに姿を拝んだのは今回が初めてだった。

高い鼻梁《びりょう》や薄い唇。色気を感じさせる白い頬。男をぞくぞくさせる鋭い眼差《まなざ》し。肩のあたりで揃えたショートの黒髪には艶があり、長く、ほっそりとした脚は日本人離れしている。まさかこれほどの上物だったとは。現役のころに会えなかったことを後悔した。

西はタバコの吸い殻を踏みつけた。

一方で、あの女は危険な臭いも漂わせている。暴対法と暴排条例で追いこまれた極道は、警察とすっかり距離を置くようになった。警察からのスパイを恐れ、一度でも警察の取り調べを受けた者は、絶対にボディーガードにはしないと決めている組長もいるほどだ。一介の女警官が、印旛会主流派の大親分と会うとは。富永の危惧が初めて理解できた。

西は唇をなめた。もっとこの女を知る。調べ上げ、弱みを握り、屈服させる。あの脚を舌で舐め上げ、ひいひい言わせる。富永に報告するのは、それからでも遅くはない。

西は双眼鏡をバッグにしまった。彼の前を二人組の男が通り過ぎる。彼らは路地で立ち尽くす西を、不審そうに見やる。

西はタバコを一本くわえ、百円ライターで火をつけた。顔をうつむかせ、視線を合わせずにやり過ごす。

かりに地元住民のパトロール隊や警官に怪しまれても、富永の名前を出せばいい。しかしこの上野で、西は悪行に励みすぎた。四年経ったとはいえ、恨みを持った人間と出くわすかもしれない。早く八神が署から出てくるのを待ち望んでいた。

西はタバコをくわえながら顔をあげた。二人組の男たちが、足を止めていた。西をじろじろと見つめてくる。ちくしょうが。

心のなかで毒づきつつ、西はとぼけた口調で訊く。

「おれに、なんか用かい？」

二人組はともに肩を怒らせ、西に近づいてくる。ゲイのカップルだとすぐにわかった。西がいる場所の近くには、ハッテン場として有名なサウナ店がある。

二人組は、どちらも髪を短くスポーツ刈りにし、口ヒゲをたくわえていた。ウェイト・トレーニングを趣味にしているのか、やたらと胸板が分厚く、肌を小麦色に焼いていた。ひとりはラガーシャツ。もうひとりはチェックの赤いネルシャツを着ている。

ラガーシャツが剣呑《けんのん》な顔つきになった。

「あんた……ここでなにやってんだ」

ネルシャツが横から距離をつめてくる。男たちの熱気や体臭が届く。ボディソープの臭いがした。

西は首をひねった。

「悪いが、どちらさんだったかね。ホモ野郎に知り合いはいねえんだよな」

ラガーシャツの顔色が変わった。

「嘘だろ、西さん。おれはよく覚えてるぜ。よーくな……てめえ、よくこの土地をうろついてられるな」

たしかに西も覚えていた。ラガーシャツの男は、上野駅入谷《いりや》口近くでバーを経営している。朝までやっているカウンターバーだが、社交飲食店として客をもてなしていると難癖をつけ、風営法違反でしょっぴいては、何日も営業停止に追いこんだ。今日は日曜で、店は休みなのだろう。

西は、署のほうへ目を走らせる。

「おれは忙しい。とっとと消えてくれ。メシがまずくなる」

「なめた口利きやがって、クソ野郎が。まだ警官のつもりでいるのか？　あんた、おれたちになにをしたのか、わかってんだろうが」

署の裏口のドアが開いた。視界の隅に映る。誰かが署から出てきたが、裸眼でははっきりとわからない。西はタバコのフィルターを嚙みしめた。

気がつくと、ラガーシャツが腕を伸ばし、西の胸倉を摑もうとしている。

「ちょっとツラ貸せ。ゆっくり昔話でもしようじゃねえか。上野中の仲間呼んで、なにをしてきたのかを思い出させてや――」

西は、ラガーシャツにタバコの煙を盛大に吹きかけた。

目をつむるラガーシャツの太腿に回し蹴りを放った。やつの膝ががくりと折れ、大きく身体のバランスを崩した。顔面に膝を叩きこんだ。やつは鼻から出血させ、路上を転がった。

「なにすんのよ！」

相棒のネルシャツが叫んだ。西の頬に熱い衝撃が走り、首がのけぞる。ひどい耳鳴りがした。関取の張り手みたいな、痛烈なビンタを食らった。ネルシャツが、さらに掌を叩きこもうとする。

西はよろけながらも、頭をかがめて二発目のビンタをかわした。空振りをしたネルシャツに隙ができる。

ネルシャツのスニーカーを踏みつけた。動きを封じてから、正拳突きを鳩尾《みぞおち》に見舞った。急所を突かれたネルシャツは、前のめりになって両膝をついた。

「思い出させてやるのはこっちのセリフだ。変態どもが、つけあがりやがって」

西はしゃがみ込んだふたりの頭を足の裏で蹴りつけた。最近はトレーニングを怠っているが、若いころの猛練習の蓄積のおかげで、身体のキレはまだ悪くない。西は空手の有段者だ。

学生時代を神道系の大学の空手部で過ごした。先輩の命令が絶対の、厳しい練習と規律で有名な名門だ。

　大学寮のなかに、男の尻に目がない先輩がいた。面倒見のいい男だったが、夜になると支配欲を剝きだしにした。後輩に拒否する権利はなく、西はその先輩にとくに可愛がられた。何十年も経った今でも夢に出る。

　コートからすばやく双眼鏡を取り出し、署の職員玄関のほうを見やった。視界は白黒だが、昼間みたいに明るい。

　報道陣で混雑する浅草通りの歩道を、パンツスーツ姿の女が歩いている。すぐに八神だと気づいた。背筋を伸ばして歩く姿は、ひどく特徴的でもある。遠くからでも一目瞭然だ。駅の方向へと向かっている。

「許さないんだから……」

　西の足首にネルシャツがしがみついてきた。振り払って、彼は八神の後を追った。

8

〈単刀直入に訊くけど、あなた、自殺願望でもあるわけ？〉

　劉英麗《リウインリー》が訊いてきた。

瑛子は周囲を見渡した。地下鉄都営大江戸線の上野御徒町駅のホーム。深夜とあって、ホームの人影はまばらだ。彼女は携帯電話を耳に当てながら、ホームの端まで歩いた。

「いきなりご挨拶ね《トゥーランマオシーラ》。なんの話？《シェンマファ》」

瑛子は中国語で答えた。英麗は上野の古い雑居ビルで、語学教室を営んでいる。瑛子の中国語は、彼女の教育によって培《つちか》われた。

英麗も中国語に切り替えた。

〈話はさくさく進めましょう。メキシコ産のシャブと、上野公園の〝手〟の件よ。その危なさに気づかないまま、うかうか首を突っこもうとしている女がいるってこと。あたしの情報網を見くびってもらっちゃ困るわ〉

「あなたはどうするの？　他人事《ひとごと》じゃないでしょう」

〈他人事よ。というか他人事にしなきゃいけないの。店の娘にシャブなんて触らせたりはしない。あんなのに手を出したら、接客も美貌もあったもんじゃないから。男たちも同様よ。メキシコ産に手をつけたら、タマを切り落とすと命じてる〉

英麗の言葉にはハッタリがない。命令に背く不届者が現れれば、〝宦官《かんがん》〟と化した男が出るはずだ。

彼女は語学教室を経営する一方、都内や埼玉に多くの飲食店や中国人クラブを所有している。新大久保の中国人ホステスから、福建マフィアの大幹部へと成り上がった女傑だ。日本の極道よりも、血の気が多いことでも知られている。

数か月前、英麗は商品である店の美人ホステスを奪われた。激怒した彼女は、拉致した不良中国人に厳しい制裁をくわえている。その不良中国人を捕獲し、彼女に差し出したのは瑛子だった。

「天下の英麗姐さんは、静観しているだけなの？　そうは言っても、これだけ蔓延してるんだから、手を出す娘は出るでしょうし、メキシコ産を、ビジネスチャンスだと考える部下もいるはず。釈迦に説法だけど、厳しい掟《おきて》より、金と快楽のほうがいつだって勝る」

〈言ったでしょう。あたしは若死にするやつが嫌いだって。チェ・ゲバラよりフィデル・カストロよ。日本のヤクザたちの暗闘に、わざわざ首を突っ込むつもりなんてないわ。おまけにその背後には、ソノラ・カルテルなんて巨大組織が関わってる。あたしにも、つきあいってものがあるの。ここでうかうか動いたら、アメリカやメキシコに住んでる福建人に迷惑がかかる。それだけ危険な問題だっていうのに、あなたときたら、ブルース・ウィリスみたいなスーパー刑事を演じようとしている〉

「レクチャーなら、千波組からひと通り受けてる。相手は数百人の兵隊じゃない。たったひとりだけだと聞いたわ」

英麗は、あからさまにため息をついた。

〈いずれあなたは、あたしの店で働く。夜の蝶として。そういう約束でしょう?〉

「そんな約束してない」

〈……たしかにしてないけど、とにかく死なれちゃ困るのよ。あなたが相手にするのは、馬《マー》岳《ウェ》みたいな腕自慢のチンピラとは違うの。ソノラ・カルテルなんて軍隊まで持った連中が、なぜかひとりしか刺客を放たない。この意味わかる?〉

「知ってるのね。氷みたいに冷たくて、そのうえ神出鬼没のプロ。だから〝雹《ひょう》〟なんて、かっこいい名前がついたって」

グラニソはスペイン語で雹を意味する。ソノラ・カルテルお抱えの暗殺者は、すでに東京に潜伏し、ひとつ仕事をこなしている。上野公園の件がそうだ。

〈そこまでわかってるのなら――〉

ようやく電車がやって来た。轟音が英麗の声をかき消した。突風を巻き起こしながら、ホームへと進入してくる。

「ご忠告ありがとう。身が引き締まったわ」

瑛子は電話を切ると、目の前で開いたドアから乗車した。

大江戸線を月島《つきしま》駅で降りると、東京メトロの有楽町線に乗り換えた。

有楽町線のホームへとつながる長い地下道を歩いた。瑛子はときおり背後を振り返った。人の気配を背後で感じたが、地下道に人の姿はない。

富永や英麗の警告が、それに千波組との会談が、瑛子をナーバスにしていた。

再び歩みだしてから、熱帯植物園での交渉を思い出す。甘い花の香りに包まれていたが、話の内容は英麗が言ったとおりで、きわめてキナ臭かった。

※

――スペイン語で〝雹〟って意味だ。

植物園で、甲斐から瑛子は教わった。それから彼はタブレット型端末で別のサイトを見せた。

表示される文字はやはりスペイン語だ。しかし言葉はもはや不要だった。画面の大半を占めるのは、多くの死体写真だ。瑛子は眉をひそめた。

未舗装の道路端に倒れたサッカーシャツの少年。壁を背にしてぐったりしているジャージの男。街の広場らしき場所で、全裸のまま、地面に横たわっている女性。どれも頭や額を撃ち抜かれ、あるいは腹から内臓を露出させ、血にまみれている。なかには腐敗して、ハエや虫にたかられている死体もあった。

頭部が無残に吹き飛ばされ、あるいは魚市場のマグロみたいに、一列に並べられて虐殺されたものもある。

そのほとんどが、手足が切断されているか、死体のうえに文字が記された紙が貼りつけてあった。それ以外にも、焼け焦げたSUVと一緒に黒焦げになった焼死体もある。

甲斐は言った。

——ソノラ・カルテルに目をつけられた人間たちさ。カルテルの壊滅を目論んだ検事や政治家、それに対立組織の幹部や運動家たちだ。自分たちの力と残酷さを誇示するために、死体をわざと損壊させる。

瑛子は思わず顔をそむけた。大きな邸宅のリビングが写った写真。革張りのソファと大型の薄型テレビが置かれている。室内には五つの死体があった。白人の男女と三人の小さな子供が、血だまりのなかで転がっている。壁や床には無数の弾痕が残され、赤いスプレーで、スペイン語らしき文字が書き殴られてあった。

瑛子は尋ねた。

——すべてグラニソがやったの？

——どれがやつの仕事かはわからん。ソノラ・カルテルは、〝ロス・ブラソス〟なる私兵集団を抱えている。メキシコ政府から引き抜いた軍人や警官で構成されていて、手がつけられんほど残虐非道な連中らしい。

——でしょうね。

——グラニソは、そのロス・ブラソスのなかでも要人の暗殺を専門としているそうだ。ちなみに、その家の写真はメキシコじゃない。一家ごと皆殺しにされてるそれは、カナダの麻薬ディーラーとその家族だ。当局に情報《ネタ》を売っていたっていうんで、メキシコからわざわざグラニソが出張ったらしい。ディーラーの家を警備していた警官ふたりも殺害されてる。

——これをひとりでやったというの？　信じがたいわ。

瑛子は、ディスプレイに映る男性の全裸死体に目をやった。亀みたいに丸まったまま絶命している。その背中には、刃物で〝B〟と刻まれてあった。ロス・ブラソスの頭文字を意味するのだろう。

瑛子は尋ねた。

——死体の写真より、グラニソ本人の姿を拝みたいんだけど。

——それがあれば苦労はしない。実をいえば、おれたちもまだ半信半疑だ。しかし、現にいると言ってるやつがいるんだから、信じるほかない。

——誰？

——そりゃソノラ・カルテルのメンバーさ。だから、こんな突拍子もない話に、おれたちもつきあってる。

有嶋が険しい表情で言った。

――三週間前、警察《ポリ》と厚労省麻薬取締部《マトリ》が組んで、メキシコ船籍の貨物船から、大量に押収した件があっただろう。あれもその男の密告《タレコミ》のおかげさ。もっとも、そいつは、証人保護プログラムもない日本の警察をろくに信用してねえ。だから印旛会で匿《かくま》っている。

――何者なの？

――もともと、ソノラ・カルテルと華岡組の間を取り持ったメンバーのひとりだ。日本国内の密売ルートをかなり把握している。そいつが全部喋ってくれりゃあ、メキシコ産を壊滅に追いやれる。

――そのお喋りな裏切り者を始末するために、グラニソがはるばる来日した。ソノラ・カルテルと華岡組は、その裏切り者をすみやかに処理し、メキシコ産の販売ルートを死守する。一方、あなたたちは、その密告者を守って、メキシコ産ルートを壊滅に追いやりたい。これは言わば、関東と関西の代理戦争でもあるわけね。

甲斐がうなずいた。

――物騒な言い方だが、つまりそういうことだ。どこの団体も警察にいじめられているが、とくに華岡組は警察からなりふり構わず攻撃されている。五代目が、ようやく今年になって出所できたかと思えば、今度は懐刀の若頭《カシラ》が逮捕《パク》られた。解散する傘下団体も増えている。今回のメキシコ産は、関西にとっては資金力の確保とマフィア化を狙った大型プロジェクトだ。あっちとしても、みすみす潰させるわけにはいかないだろうが、だからと言って正面から抗争がやれる時代じゃない。それで提携相手のソノラ・カルテルから、腕のいい始末屋を招へいしたんだ。

——もうひとつ質問させて。なぜ、その密告者はソノラ・カルテルを裏切ったの？　消されるリスクを背負ってまで。

有嶋がハイビスカスの花を見やった。

——本人に会って訊いてみるといい。あんたの役割は、その密告者が消される前に、グラニソの潜伏先を突き止めることだ。

※

昼間の会談を思い出しているうちに、電車は自宅の最寄り駅である豊洲駅に着いた。駅の階段を上りながら、ゆっくりと呼吸をする。

有嶋は予想通り食えない男だった。愛娘の死の悲しみで、体調こそはひどく崩していたものの、抜け目のないヤクザらしく、取引を申し出てきた。足元を見られたと言ってもいい。

英麗の忠告を聞くまでもなく、命じられた仕事は厄介だ。殺害されたメキシコ人たちの死体が頭をよぎる。法と秩序が及ばない世界からやって来た怪物だ。瑛子自身が血を流し、路上で死体をさらしている姿がちらつく。

だが、ようやく近づけたのだ。有嶋は知っている。雅也が追っていた秘密を。

瑛子は拳を強く握り、歩く速度を上げた。

9

西は運転席の窓から唾を吐いた。

路上に落ちた唾液はピンク色だった。ネルシャツの男に顔を張られた衝撃で、頰の内側を深々と切ってしまった。

「あのオカマ野郎……」

八神を尾けるために、トイレにも寄れなかったが、電車の窓ガラスで自分の顔を確認できた。リンゴのごとく腫れあがっている頰を見て、ショルダーバッグに入れていたマスクを取り出し、顔半分を隠した。

西はバックミラーで改めて自分の顔を確かめた。

やはり左頬の形がひどく歪んでいる。西はミラーを睨む。あのホモ野郎どもに、もっと蹴りをぶち込んでおけばよかった。

西は、瑛子が豊洲の自宅に戻るところを見届けると、運転代行業の知り合いに電話をかけ、彼を豊洲まで呼び出した。車のキーを渡し、上野のパーキングに停めた自分のボルボを取りに行かせた。

のんびりと監視するつもりはなかった。知り合いが車を持ってくる間に、彼はひと仕事を済ませている。

瑛子のマンションの地下駐車場に忍びこみ、彼女の車に目をつけた。死んだ夫の形見だという白いスカイラインだ。九〇年代初頭のモデルで、古風で無骨な形をしている。骨董品みたいな車だ。この豊洲の高層マンションにしても、駅からはだいぶ距離があり、彼女の部屋は見晴らしの悪い二階にある。これも西には理解しがたかった。

せっかく危険を冒して、手を汚しているというのに、なぜもっといい車に乗り、いい部屋で暮らそうとしないのか。スカイラインはピカピカに磨かれてあったが、ボディには塗装をし直した跡がいくつもあった。

駐車場のコンクリートの床に寝そべり、スカイラインの下部に、ＧＰＳ発信機を取りつけながら思った。

悪徳警官には、おおよそふたつのタイプがいる。警察権力を利用して、ひたすら自分の欲望を満たす西のような人間。もうひとつは、成績をあげるために、飼っている情報提供者《エス》の面倒を見て、自分の給料まで使い、ノルマをこなそうとするマジメな人間だ。

情報提供者《エス》のなかには、タチの悪いアウトローがいる。連中を利用するつもりが、反対に刑事のほうがいいように振り回されてしまう。八神は、千波組などから情報を得て、派手に成績を上げている。だが一方で、極道に操られているだけかもしれなかった。メンツと成績にこだわるあまり、いつの間にか自滅の道を突き進んでしまう。八神は後者のタイプかもしれなかった。

発信機の取りつけを終えた西は、知人が運んできた自分のボルボに乗り、彼女のマンションが見渡せる道端に停車した。そこからは八神の部屋が確認できる。ベランダの窓はカーテンで仕切られ、室内の様子まではわからない。しかし、それも今日までの話だ。

西は座席のシートを倒した。緊張が解けて、疲労の大波に襲われる。目がひりひりする。ハンドルを握りすぎたおかげで、肩がガチガチに凝っている。そのうえ、ろくな準備運動もせずに、いきなり回し蹴りを放ったため、太腿の筋肉を痛めたようだ。上野から豊洲まで、徒歩での尾行を行ったが、だんだんと歩くのがきつくなった。

ハードな一日だった。はるばる伊豆半島の先端まで行き、大物ヤクザと汚職警官を見張る。

警察手帳を持たない自分など、一歩間違えれば吹けば飛ぶような存在だ。おまけに、オカマから強烈な張り手までもらった。だが……。

八神の姿を思い浮かべただけで股間が熱くなる。仕事を回してくれた田辺に感謝したいくらいだ。やつとは公安時代に机を並べて働いたが、とくに仲が良かったわけではない。むしろ嫌悪さえされていたはずだ。それでもこうして仕事をよこすあたり、西の実力をひそかに認めていたのだろう。

勃起した男根が、スラックスの股間部を、テントのように持ち上げている。

——くれぐれも下劣な真似はするな。それだけは許さん。

富永の声を思い出した。西はシートに寝そべりながら呟く。

「気取りやがって。バカじゃねえのか」

翌朝になれば、八神はまた家を空ける。その隙にリビングはもちろん、寝室や風呂場にも小型カメラを設置する。電話機に盗聴器を仕かけ、PCもチェックする。それだけやれば、具体的な不正の実態や黒いつながりも明らかになるだろう。

八神の部屋の灯りが消える。腕時計に目をやった。午前二時を回っている。あの女も眠りにつくころだろう。

西は後部座席につんでいた毛布を取り出した。それを身体にかける。すぐに眠気に襲われた。

しばらく、うとうとした。だが監視中は、いくら眠気と疲労に支配されていても完全に睡眠に陥ることはない。もともと素面《しらふ》では眠れない体質だ。ウイスキーが恋しかった。

西は上半身を跳ね起こした。八神のマンションで動きがあった。視界はぼんやりとしていたが、駐車場から一台の車が出てくるのが見えたのだ。

「おいおい……」

出てきたのは八神のスカイラインだ。部屋の電灯を消したのは、睡眠のためではなく、外出するためだったのだ。

毛布を払いのけ、スカイラインのテールランプと、八神の部屋を交互に見やった。この隙に部屋に侵入すべきか。いや……。

西は拳で強張った肩を叩いた。時間も時間だ。二十四時間営業のスーパーか、コンビニへ買い出しに出ただけかもしれない。すぐに戻ってくる可能性が高い。

スマートフォンを胸ポケットから取り出し、取りつけたばかりのGPS発信機の位置を確かめた。

彼は眉をしかめた。八神の車は、首都高速の豊洲インターへと向かっていた。彼はキーに手を伸ばし、急いでボルボのエンジンをかけた。

10

瑛子はさっそく動いた。

服装は動きやすいジャンパーとスラックスを選んだ。後部座席に防寒対策用として、ダウンジャケットも用意した。

自宅マンションを出ると、スカイラインで豊洲インターを通過し、首都高を走った。湾岸から都心へと向かう。首都高5号線を下り、外環道に出た。

古い型の車であるため、ひんぱんに点検と修理に出しているが、今でも二百四十キロ近いスピードが出る。

今晩はジャンクションとカーブが多い首都高を、百キロ程度で慎重に走った。下手に飛ばせば、同僚らの目に入り、富永あたりに嗅ぎつけられる恐れがある。今のところ、彼とつながりの深い公安が、瑛子を監視しているという話は聞いていない。

公道や高速道には自動車ナンバー自動読み取り装置《Nシステム》が張り巡らされている。Nシステムは、手配車両の監視や被疑者の追跡だけに使われるわけではない。警察官や警察職員のプライベートの動向調査として、もっぱら日常的に用いられている。車のナンバーを読むと同時に、運転者や同乗者を特殊カメラで無差別に撮影する。

女性警官との不倫がバレて、辞職に追いこまれた警察幹部や、親族の法事を理由に競馬場へ行った若手警官など、Nシステムによって、秘密を暴かれた警官は少なくない。今夜の瑛子は運転する前に、ナンバープレートを別のものに変えていた。

大泉ジャンクションから関越道を下り、圏央道を経て再び東京都へと入った。青梅インターで高速を降りる。潮風の漂うベイエリアから、山々がつらなる多摩西部へといたる。インターチェンジ周辺は街灯も少なく、ひっそりと静まり返っていた。瑛子は国道411号線に出て、目的地である奥多摩町へと進路を取る。地図を見る必要はなかった。夫の雅也が亡くなった土地だ。死の真相を確かめるために、幾度となく訪れている。

深夜の移動は、急に決めた。自宅で休息するためにシャワーを浴び、髪を乾かしているときに、ケータイが震えた。甲斐からだった。

――〈まだ起きていたのか?〉

バスローブを羽織って電話に出ると、甲斐は意外そうに言った。

――昼間はどうも。あんたのほうこそ。

――〈おれの活動時間は夜だ。あんなに高く昇った太陽を見たのはひさびさだよ。組長《オヤジ》に会うのもな。おかげで今日はくたくただ〉

電話越しに聞こえたのは、八〇年代に流行《はや》った甘ったるいAORだった。風俗業をシノギとしている甲斐の電話からは、たいてい女たちの嬌声や、安っぽいトランスミュージックが耳に入る。今夜は南伊豆から戻ると、おとなしく自宅へ帰ったのだろう。

甲斐に尋ねた。

――それで？

〈例の男が、あんたに会いたいと言ってる〉

――いつ？

〈できるだけ、早いほうがいいと言っている。〝雹〟が落ちてくる前に〉

――わかった。今から支度する。どこに向かえばいいの？

〈今からか？〉

――早いほうがいいんでしょ。

〈そりゃそうだが……あんたの体力は底なしだな。いつ眠るつもりだ〉

――さあ。墓に入るときかも。そのときになったら、ゆっくり寝かせてもらうわ。

甲斐は息を吐いた。

〈なんとも渋いセリフだが、あんたが言うとシャレにならない。とくに今回はな。まず青梅インターまで向かってくれ。詳しい場所はあとで連絡させる。また長いドライブにな

る。運転中に寝るのだけは勘弁してくれよ〉

甲斐との会話を思い出しながら国道を走る。

冬の奥多摩は寒々しい風景が広がっていた。夏や紅葉の季節となれば、観光客や登山者でごった返すが、この時間はごくたまに長距離トラックとすれ違うだけだ。冬枯れした木々がどこまでも続く。

瑛子はライトをハイビームに切り替えた。人や車の姿がない代わりに、目を光らせた狸らしき野生動物が道路を横切るのを見て、ハンドルを握り直した。

カップホルダーに入れた携帯電話が震えだした。それを手に取る。

「もしもし」

瑛子は答えたが、すぐに返事はなかった。がさごそと物音がする。

「もしもし?」

〈あんたが……八神瑛子か?〉

電話をよこしたのは甲斐ではない。聞き覚えのない男の声だ。

「どちらさま?」

〈自己紹介はあとだ。どこを走っている〉

男は日本人のようだ。言葉に訛《なま》りはない。落ち着いた調子だが、どこか威圧的だった。

「どっかの馬の骨と、話をしている暇なんてないわ」

〈電話で名を名乗るつもりはない。友人の名前もだ〉

「それじゃ話にならない」

〈じゃあ、〝屋根〟とでも呼んでくれ。〝雹〟から作物を守るための屋根だ。それでわかるだろう〉

男は話の展開を事前に予想していたようだ。間を置くことなく答えた。瑛子は告げた。

「白丸《しろまる》ダムを通過したところよ」

〈奥多摩駅で待っている。駅前まで来い〉

「わかった」

返事をすると、電話は一方的に切られた。

車内の空気を入れ替えるために、運転席の窓をわずかに開けた。都内とは異なるぴりぴりとした冷風が、瑛子の頬や耳をなでてくる。窓を開けたまま、目的地へと向かう。

しばらく進むと、車道に横たわるイタチの死骸が目に入った。車に轢《ひ》かれたらしく、胴体がむごたらしく潰され、毛は大量の血で赤く染まっていた。ホースみたいな白い腸が、アスファルトにはみ出してる。

瑛子はハンドルを切って、死骸をかわしながら息を吐いた。頭をよぎったのは、ソノラ・

カルテルによって殺害され、そのまま放置された人々の遺体写真だった。

殺風景な山道を抜け、奥多摩町の中心部にたどりついた。家々やガソリンスタンド、町役場や学校といった建物が見えてきた。同じ東京都とは思えないほど山深く、周囲はひっそりと静まり返っている。開いている店はなく、街灯や自動販売機が、集落をぼんやりと照らしている。

灯りのないJR奥多摩駅の前には、バスやタクシー用の停車場があった。今はそのスペースもガランとしている。一台の黒のヴァンが停まっているだけだ。

瑛子のスカイラインが駅前のロータリーに入ると同時に、ヴァンがライトをつけた。彼女を待っていたかのように、ゆっくりと動き出す。ヴァンの窓には、黒いスモークが貼られていて、なかはうかがい知れない。

窓がわずかに開いた。運転手が窓の隙間から腕を突き出し、瑛子に向かって手招きをした。駅の広場から走り出す。瑛子はヴァンの後ろにつく。

ヴァンは、奥多摩の幹線道路である国道411号線を選ばなかった。西の山梨県方面でもなく、東の青梅市方面でもない。奥多摩町の北へと通じる日原《にっぱら》街道に入った。十キロ先の日原鍾乳洞へといたる一本道の県道だ。奥多摩町の中心部を離れ、さらに山道を登っていく。

後ろを走りながら、瑛子はシートベルトを外した。腰のホルスターには特殊警棒がある。

だが、それだけでは心もとない。

瑛子は暖房のスイッチを切った。車内の温度が高いわけではなかったが、それでも手はやけに汗ばんでいる。

山道の側《そば》は崖になっている。暗闇でなにも見えなかったが、はるか下には流れの激しい川があるのを知っていた。雅也の遺体が見つかったのも、この近くだった。

山深い東京の奥地へと入るたびに、雅也の人懐っこい笑顔と、川原で息絶えた彼の姿の両方が頭をよぎった。

自分も同じ運命をたどるかもしれない。メキシコの暗殺者と対峙する前から、瑛子は禁忌《きんき》のエリアに足を踏み入れている。有嶋組長の腹の底もわからない。かりに有嶋が敵でなかったとしても、雅也の姿を追い続ければ、いずれ彼を死に追いやった勢力とぶつかることになる。

ハンドルを操作しながら、グローブボックスを開けた。なかには三八口径のリボルバーがある。銃身の短いコルト・ディテクティブだ。官給品のニューナンブと似てはいるが、こちらはアメリカから流れてきた密輸品だ。なにかと面倒な仕事を依頼してくる英麗が「円滑にこなせるように」と、前にプレゼントしてくれたものだ。

私服警官は通常、銃など持ち歩かない。拳銃は署で厳重に管理されている。銃を署から持ち出せば、目ざとい富永のことだ。すぐに八神の行動を怪しむだろう。どのみち官給品のニューナンブを、こんな裏仕事で使うわけにはいかない。

リボルバーを、ジャンパーの内側に隠した。ショルダー・ホルスターにしまう。

ヴァンは、日原トンネルの手前で脇道へと入った。周囲には一軒の家もなかったが、巨大な工場が目に飛びこんでくる。石灰の採掘場だった。金属のパイプやタンクがあり、敷地内には岩石や土砂の山がいくつもあった。砂利道に入り、ヴァンは砂埃を舞い上げる。

敷地の奥のほうで灯りが見えた。プレハブ式の二階建ての建築物だ。窓はすべてカーテンで覆われていて、なかは確認できないが、作業員が寝泊まりする宿泊所や食堂だと想像がついた。施設の脇には、空き缶や瓶がつまったゴミ袋が置かれている。

プレハブ施設の前でヴァンが停車した。瑛子もその後ろで停まる。

ヴァンの運転席から、ひとりの男が降りた。赤銅色の肌をした中年男だ。背はかなり高く、馬みたいに細長い顔をしていた。

背中まで伸ばした長い頭髪をゴムで縛っている。顔と髪型はひどく特徴的だが、恰好は地味だった。ドカジャンとグレーの作業服に身を包み、編み上げのブーツを履いている。アクセサリーの類はなく、ヤクザらしい臭いはしないが、かといってカタギにも見えない。

ヴァンから降りたのは彼ひとりだけだ。他には誰も乗っていなかったらしい。ドカジャンのポケットに手を入れたまま、眠たそうな目で瑛子を黙って見つめる。

瑛子も車を降りた。

「あなたが〝屋根〟？」

ドカジャンの男が近づいた。

「その暗号はもういい。広瀬《ひろせ》と呼んでくれ」

ドカジャンの声は、たしかに電話をよこした男のものと同じだ。低い響きがある。

彼はポケットから手を抜き出した。瑛子は思わず身構える。彼の手にはなにもなかった。

広瀬は意外そうに眉をあげた。

「友人からは度胸のある刑事《デカ》だと聞いていたが……怖がる必要はない。おれの目標はあんたじゃないからな」

「警戒ぐらいするわ。こんな奥地まで来るとは思ってなかった」

広瀬と握手をした。柔道や剣道に熱心な警官と似た、分厚い掌の持ち主だった。

彼は独特の匂いを漂わせていた。湿布薬と生薬を混ぜたような奇妙な香りだ。なにかガムのようなものを嚙んでいるらしく、顎をもぐもぐと動かしている。歯の色がまっ赤に染まっていた。

「広瀬さんはどこの方なの？　印旛会の極道には見えないけれど」

「おれのことなんざどうでもいい。わざわざこんな夜中に飛ばしてきたんだ。さっさと〝作物〟と会うといい」

広瀬が嚙んでいるのは、ビンロウの葉だった。台湾や東南アジアあたりの嗜好品で、石灰と一緒に嚙む。もっぱら古い世代の人々、トラック運転手らブルーカラーが、刺激や覚醒作用を得るために愛用している。

日本では麻薬に指定されているうえ、とくに需要もないので国内では見かけない。味はひどく苦く、嚙むことで出る赤い汁は、胃を痛める恐れがあるため、唾液とともに吐き出さなければならない。雅也と台湾へ旅行したとき、赤い唾液で汚れた歩道を、繁華街でよく見かけた。

ビンロウを嚙む様子と、赤銅色に焼けた肌を見て、ふだんの彼は、日本国外で暮らしていると推測できた。地面に赤い唾を吐くと、広瀬は瑛子をプレハブ施設のなかへと招いた。玄関のサッシ戸をゆっくりと開ける。サッシ戸には鉄板が貼りつけてあり、かなりの重量がありそうだった。

内部は、いかにも山奥の飯場らしい佇まいだった。一階は作業員たちの食堂の場であるらしく、ミソや料理の残り香が漂っている。男たちの汗と土埃が混ざった臭いもした。

屋根や壁はタバコのヤニで茶色く汚れ、壁には食事に関するルールが書かれた紙が、あちこちに貼られてある。部屋の奥には大きな調理場があり、業務用の給水機とコップが設置されている。入口の隅にある書棚には、ヨレヨレになった劇画雑誌やエロ本、コミックが乱雑に積まれてあった。室内は広かったが、充分に暖かい。二台の石油ストーブがまっ赤に燃えている。

室内は戦いの準備が着々と進んでいた。食事用のテーブルや椅子の半分以上が、今ではバリケードとして用いられ、窓からの侵入を防ぐようにして積み上げられている。

残り半分の机には、古臭い宿舎の光景とは対照的に、何台ものノートパソコンや液晶モニターが置かれてあった。床はテープで留めたコード類が無数に伸びている。

モノクロのモニターは、外の風景を明るく映しだしている。赤外線カメラを敷地内のあちこちに設置しているようで、外の採石場や、プレハブ製の事務所、採石場へといたる入口の砂利道などが、いくつもの角度から確認できた。それらを作業服の男がじっと睨んでいる。

一階の食堂には、広瀬を含めて六人の男たちがつめていた。誰もが現場作業員みたいな恰好で、しかも全員がマスクを着用し、顔の大半を隠している。

古くさいパンチパーマをかけた初老男性。あるいは昔の黒人ラッパーみたいな奇抜な角刈り頭の中年男。時代遅れなナス形のサングラスをかけている者もいる。彼らがかもす雰囲気は、社会とのズレを感じさせた。広瀬と同様に肌は黒く、髪型もどこか奇妙だ。日本の流行とは無関係な場所で暮らす人間に、たびたび見られる特徴だった。

瑛子が室内に入ると、男たちは様々な反応を見せた。冷たく見つめてくるやつもいれば、驚いたように大きく目を見開くやつもいる。誰も口を利こうとしないところは共通していた。

広瀬が横から手を差し出した。瑛子は尋ねた。

「なに？」

「預からせてくれ」

「なにを？」

「ケータイもだ」

広瀬は無表情で応えるだけだった。ビンロウの葉を嚙むその顔は、草を食《は》む馬に似ているが、その目には仄暗《ほのぐら》い光があった。

「とぼけるな。撃てもしねえニューナンブなんか抱えててもしょうがねえだろう。おれとしてはどうでもいいんだが、やはり仕事はきちんとやらなきゃならない。ここまで来たのなら、腹をくくってもらわないと困る」

「わかった」

瑛子は軽く息をついた。

ジッパーを下ろし、ジャンパーの内側に手を伸ばした。ホルスターに入れていたコルト・

ディテクティブを摑むと、それを広瀬に手渡した。

広瀬は顎の動きを止めた。

彼はグリップを握り、シリンダー・ラッチを親指で後方に引いた。レンコンと呼ばれる回転弾倉を左横に振りだし、銃弾の有無を確かめる。動作は手慣れていた。男たちの視線が、一斉に拳銃へと集中する。

「ニューナンブじゃないのか」

「撃てない拳銃に用はないから」

広瀬は小さく笑った。

「腹はくくってるようだな」

瑛子はケータイも渡した。両腕を上げる。

広瀬は、赤い唾をゴミ箱に吐くと、入口近くの椅子に置いてあった棒状の機器を取り出した。空港で使われるのと同じタイプの金属探知機だ。瑛子の身体に棒の先端をかざす。腰のあたりで反応音がした。

「警棒と手錠も預けたほうがいい？」

広瀬は首を振った。チェックを終えると、彼は顎で階段を指した。

「こっちだ」

階段で二階へとあがる。広瀬の大きな背中を見ながら。彼のドカジャンにも、不自然な膨らみがあった。拳銃をぶら下げているのは明らかだ。

ヤクザ抗争といえば、猛烈な組織拡大と内部抗争を繰り広げてきた関西の華岡組が有名だが、かつての印旛会にも名うての戦闘集団が存在していた。昭和四十年代の警察庁の頂上作戦によって抗争事件が減り、平成四年の暴対法施行を経て、九州などの一部の地域を除いて、どこの組織も抗争自体を禁じるようになった。印旛会お抱えのそのグループも、九〇年代半ばで解散。組員たちはすべて足を洗ったと言われている。

末端の組員が拳銃一丁を所有しているだけで、組織のトップまでが共謀共同正犯として、しょっ引っかれる時代だ。現代の暴力団ほど、暴力に対して厳しい組織もない。組によっては、拳銃を所持しているだけで、組員を破門処分にする親分すらいる。

ヤクザ同士にトラブルはつきものだが、大半は所属する組織の看板や人脈でカタがつく。組の実力者同士が話し合い、金で解決を図るのが一般的だ。

しかし、まれに暴力が求められる場合がある。機会は決して多くないが、そのときに呼び寄せられるのがこの手の男たちだ。暴力でしか生きられず、それゆえヤクザにもなれない。解散したグループには、そうした危険な闘犬ばかりが揃っていたという。元警官や元過激派、右翼活動家やカルト宗教の元信者で構成されていたというが、実態は本庁も把握しきれてはいない。瑛子も噂でしか知らなかった。

瑛子は階段を上りながら呟いた。

「沢渡《さわたり》組……」

広瀬は足を止め、後ろを振り返った。

「なに？」

「なんでもないわ。昔々、印旛会のなかに、そんな小さな組織があったのを思い出しただけ」

広瀬は瑛子の顔をじっと見下ろした。彼の口の端から、ビンロウの赤い汁が垂れている。

瑛子は訊いた。

「どうかした？」

「……こういう場合、頭のキレる極道なら、気の利いた言葉がすっと出るんだろう。あいにくおれは掛け合いが苦手でな。ポンポンと脅し文句がすぐに出てこない」

「詮索《せんさく》されたくないのね」

「当たり前だ。あんたの獲物はおれたちじゃないだろう。余計なところにまで首を突っこむな。さもないと……」

「さもないと？」

広瀬は口の赤い汁を掌でぬぐいながら、視線を瑛子の後ろへと向けた。

瑛子は背後を振り返った。だが、階段の下にはなにもない。再び広瀬を見上げる。瑛子の目が、彼の右手に吸い寄せられた。

広瀬は拳銃を握っていた。銃口が瑛子の額に向いている。それは彼女のリボルバーではない。黒いポリマー樹脂で出来た自動拳銃だ。瑛子が背後に目をやったのは、ほんの一瞬だ。彼はその間に銃を取り出してみせた。

「ばん」

広瀬は無表情のままで言った。

「こうなる」

広瀬は自動拳銃をドカジャンの内側にしまうと、再び階段をあがった。

瑛子は広瀬の背を睨んだ。冷たい汗に包まれながら。

広瀬は今まで会った極道とは、どこか異質な空気を放っている。今のような脅しこそが特例であって、人を射殺するのになんのためらいも持たない。広瀬の暗い目つきと、銃の扱いを見るかぎり、そう判断せざるを得なかった。

印旛会お抱えの戦闘集団だった沢渡組は消え、組員も国内外に散らばった。だが、ひそかに生き続け、印旛会で手に負えないトラブルが発生したときに姿を現すという。噂話は根強く残っていた。

印旛会内部の和を乱した裏切り者や、暴対法や暴排条例を盾に、印旛会をカモろうとする札つきのワルが、不自然な失踪を遂げるケースがいくつもあった。そのたびに、元沢渡組のメンバーが彼らを消したと噂された。ほとんど都市伝説のようなもので、印旛会が自分たちの暴力性を宣伝するためのホラだと思われた。

広瀬たちが、その幽霊じみた組織の一員かどうかはわからない。しかし銃を向ける彼は、伝説を裏づけるだけの気配と技術を見せていた。

施設の二階は、三畳程度の小部屋がずらっと並んでいた。作業員の寝る部屋だろう。廊下の奥には、ひとりの作業服姿の男が立っていた。彼もマスクで顔を覆っている。年齢はわからないが、肉体は引き締まっている。手にポンプ式のショットガンを抱えていた。

広瀬がこの場のリーダーであるらしく、マスクの男は彼に向かって目礼した。瑛子を他の男たち同様、驚愕と不審が混ざった目でじろじろと見やった。

ドアはベニア製の安っぽい作りに見えたが、広瀬がノックをすると金属製の硬い音が響いた。玄関と同じく鉄板で補強してあるらしい。

「どうぞ」

日本語で返事があった。広瀬がドアを開ける。

室内は他の小部屋と違い、倍以上の広さがあった。部屋の仕切りを取っ払って広げたようで、天井や壁には仕切りの跡が茶色く残っている。

畳は日に焼けていたが、部屋自体は清潔そうだ。革張りのソファやガラステーブル、それにシングルベッドがあった。テレビやノートパソコンも用意され、室内はファンヒーターで暖められている。隅にはカラーボックスが置いてあり、菓子類やカップめんといった食料品やテキーラが収まっている。

部屋の主はソファに腰かけていた。スウェットのジャージを着た中年の小男だ。ソノラ・カルテルのメンバーと聞いていたが、どう見てもアジア系だ。凶暴なメキシコマフィアの構成員とあって、弾帯や山刀《マチエーテ》が似合いそうな男臭い悪党を想像していたが、大きな銀縁のメガネをかけた姿は、新橋の居酒屋あたりにいそうなサラリーマンに見えた。

灰色の頭髪を横分けにし、禿げた頭頂部を隠している。後頭部には寝癖がついていた。瑛子の姿を見ると、あわてたように立ち上がった。

「はじめまして。八神瑛子よ。日本語で大丈夫かしら」

「問題ありません。私の血の半分は日本人ですから。ルイス・キタハラ・サントスと言います。それにしても、こんな恰好でお恥ずかしい。着替えておくべきでした。まさか、これほど美しい……いや、失礼。なんと言いますか」

キタハラは恐縮したように首をすくめ、瑛子の顔を見上げた。仕草はますます日本の営業マンみたいに映る。灼熱の国から来た人間にしては肌も生白く、彼のガードをしている広瀬らのほうが、よほどエスニックな空気をかもしている。

キタハラは応接セットのソファを勧め、インスタントコーヒーを作り始めた。瑛子は腰を下ろしながら、腕時計に目を落とす。午前四時を回ったところだ。

「おかまいなく。こんな時間に押しかけて、私のほうが申し訳ないと思ってるくらい」

「大丈夫です。私は朝型でしてね、ちょうど今起きたところですし、一刻も早くお会いしたかった」

広瀬が瑛子の隣にどっかりと座った。ポケットからチリ紙を取り出し、嚙んでいたビンロウの繊維片を吐き出した。

キタハラは人数分のコーヒーをテーブルに置いた。この奥多摩に来て、人間臭そうな男を初めて見た気がした。彼はコーヒーだけでなく、茶菓子の用意までし始めた。スナックの袋を開けようとする。瑛子は呼び止めた。

「もう充分よ。さっそく話を始めましょう。いつ、〝雹〟が降ってくるかわからない」

キタハラの手が止まった。表情に翳が差す。瑛子をもてなすというより、なにかをしていなければ不安なのかもしれない。

「そうでしたな」

キタハラはソファに座る。膝を揺すりながら言った。

「まず、どこから話をすればいいのか……」

「ソノラ・カルテルと華岡組が、いつからつるむようになったのか。最初から教えていただけるとありがたいわ。あなたはふたつの組織を結びつけたコーディネーターだったのでしょう？」

「始まりは……約二年前になります。フィリピンで華岡組の舎弟頭にあたる人物と、ソノラ・カルテルの幹部との間で、極秘会談が行われたのがきっかけです。カルテルはあらゆるドラッグを扱っていますが、日本ではメタンフェタミン、つまり覚せい剤の人気が抜群に高い。華岡組もどこの組織もそうですが、北朝鮮ルートが壊滅状態に追いやられ、日本国内では覚せい剤の品薄状態が続いていました」

キタハラは立ち上がり、ベッド近くのナイトテーブルに置いてあった名刺入れを摑んだ。名刺を取り出すと、両手で彼女に差し出した。

名刺は両面刷りで、キタハラの名と会社名が、日本語と英語の両方で記されてあった。瑛子は読み上げた。

「〝アズール・トレーディング・カンパニー〟、常務取締役」

会社の住所は港区六本木となっている。華岡組系東堂会のホームタウンだ。

キタハラは再びソファに座った。再び膝を揺すりながら口を開く。

「カルテルと東堂会が共同で立ち上げたダミー会社です。私は父親が日本人でしたから、日本の言葉や土地にも詳しい。東堂会の息がかかった弁護士と、カルテルの幹部が共同経営者として名を連ねています。私の役割はおもに通訳兼交渉役として、このふたつの組織の間に入り、スムーズに〝商品〟の流通ルートを確立していくことでした」

「その奮闘が実って、メキシコ産覚せい剤が都内を中心に幅を利かせるようになった。おかげで、そこいらのチンケなチンピラまで、ちょっとしたバブル景気に沸いている。それなのに、なぜ組織を裏切ったの？　わざわざ自分が築いた実績を壊しにかかるなんて。本来ならこんな宿舎でインスタントコーヒーじゃなく、優雅に高級クラブでドンペリでも飲めたでしように」

キタハラはテーブルに視線を落とした。

「ソノラ・カルテルに関して、どれだけご存じですか？」

「いろいろとレクチャーは受けたわ。とんでもなく残虐な新興の組織だとね。私兵集団まで率いて、政府軍さえも蹴散らしては、大麻栽培を拒否した農民を村ごと虐殺したり、麻薬撲滅を図る首長や検事を殺害していると。好き放題に暴れ回っているうえに、自分たちの犯行をネットにアップしている。悪趣味で最低な連中ね」

「私が抜ける決意をしたのは、それが原因ですよ」

「道徳と倫理に、急に目覚めたということ？」

　キタハラは自分の首の後ろをなでた。

「それもあります。とくにカルテルが抱える武装集団のロス・ブラソスはやり過ぎました。麻薬ビジネスだけでなく、人身売買にも手を広げ、若い女性を拉致しては、さんざん強姦したうえで売り飛ばしています。政府を敵に回すだけでなく、国民からも激しい怒りを買いました。わざわざ覚せい剤《メタンフェタミン》を日本へ輸出するのも、最大の顧客であるアメリカへの密輸が、少しずつですが、うまくいかなくなっているからです。政府や国民を怒らせるだけでなく、アメリカも本気にさせてしまいました。かの国はメキシコ政府の尻をびしびし叩いて、ソノラ・カルテルを潰すつもりです」

「要するに、沈みかけの船からいち早く脱出するために、裏切りを実行に移したわけね」

　キタハラはコーヒーをすする。猫舌なのか、神経質そうに息を吹きかけてから口をつけた。

「どう受け取ってもらおうとかまいません。メキシコには、ソノラ・カルテル以外にも、複数の麻薬組織が存在しています。今ではそれらが連携して、ロス・ブラソスを狩るための武装集団が結成されています。ソノラ・カルテルが崩壊したさいに、生き残るためには、新たな組織に手土産をぶらさげて戻る必要があります」

「なるほど」

瑛子はため息をついた。

キタハラは、麻薬ビジネスから足を洗う気などない。ソノラ・カルテルが潰れれば、今度は新しい麻薬組織と関東ヤクザとの間を取り持つかもしれない。メキシコ産の大量流入に腹を立てている印旛会だが、できれば自分たちが代わって扱いたいというのが本音だろう。

警察との対決色を鮮明に打ち出した華岡組とは違い、印旛会はしたたかだ。ソノラ・カルテルが潰れた場合は、新たな組織からメキシコ産をひっそり密輸し、出し惜しみしながら従来通り高値でさばくだろう。外郭団体に就職した警察OBが、いつまでも麻薬撲滅を叫んでいられるよう、お上に配慮をしながら。

隣の広瀬に自分の考えをぶつけたかったが、言葉が喉まで出かかったところで止めにした。まともな返事が返ってくるはずはない。彼はキタハラの話などお構いなしに、室内をぼんやり見やったまま、コーヒーに口をつけていた。

キタハラは語気を強めて訴えた。メキシコでは戦国時代が続いているのだと。ソノラ・カルテルが衰退すれば、新たな麻薬組織が市場を牛耳る。政府は力なき朝廷のようなもので、いくら大統領が麻薬撲滅を訴えたところで、官僚や政治家たちは組織に飼いならされている。

隣接するアメリカが世界一の麻薬消費国であり、メキシコでは、日々の食事にも事欠く極貧層が人口の五分の一を占めている。それらの事情が変わらないかぎり、これからも麻薬流通国であり続けるだろうと力説した。

広瀬は欠伸《あくび》を嚙み殺した。

「故郷《クニ》の解説は、それぐらいで充分だろう。そろそろ〝雹〟について話してやってくれ」

瑛子はうなずいた。

「あなたの行動を咎《とが》めるつもりなんてさらさらない。だけど、ずいぶんと危険な勝負に出たものね。グラニソは腕利きの暗殺者なんでしょう」

「生き延びるためには仕方ありません。メキシコの裏社会で生きるというのは、そういうことです」

キタハラはきっぱりと言ったが、その顔色は悪かった。

「すでにグラニソによる犠牲者も出てる。上野公園での件は、彼の仕事だと聞いているけど」

南伊豆から上野署に戻った瑛子は、事件の詳細を同僚から耳にした。大会議室には捜査本部が設立され、署長の富永を本部長とし、捜査一課の沢木や川上らが、捜査会議を始めていた。瑛子は続ける。

「現場には〝舌〟まで残されていたわ」

キタハラのコーヒーにさざ波が立った。コーヒーカップを持った彼の手が小刻みに震えている。

「それがやつのやり方です。私へのメッセージでしょう。『次はお前だ』とね。殺されたのは……私の部下です。私と同じく、ソノラ・カルテルに見切りをつけ、なにかと協力してくれました」

メキシコの惨状について解説したときと打って変わって、キタハラの口が急に重くなった。

三週間前、メキシコ船籍の貨物船から、覚せい剤が当局によって押収された。ソノラ・カルテルに見切りをつけたキタハラが、本格的に裏切り行為に出たのだ。当局に貨物船のブツを匿名で密告すると、キタハラは印旛会に匿われた。ただ彼の部下は、キタハラとは別行動を選んだ。

キタハラは言った。

「部下は朴《パク》という韓国人です。朴は印旛会よりも、同胞の韓国系マフィアを信頼し、彼らが用意した新大久保のマンションに逃げこみました。しかし、華岡組の情報網には勝てなかった。居場所を知ったグラニソは、新大久保でさっそく仕事に取りかかったようです」

「憐れな朴さんは、ひどい拷問を受けたらしいわ。朴さんは、あなたの潜伏先を知っているの？」

広瀬が口を挟んだ。

「知っていたら、こんなところでのんびり構えちゃいない」

キタハラはうなずいた。

「知らないはずです。私自身、印旛会が私をどこへ隠す予定なのか、聞かされていませんでしたから」

広瀬が言った。

「かといって、華岡組の情報網は侮れない。世界最大の麻薬カルテルと、日本最大のヤクザ組織に狙われている。絶対安全な場所なんぞ、この世には存在しないだろうな」

なぜか広瀬は口をほころばせる。むしろグラニソの襲撃を待ち望んでいるように見えた。

「グラニソの特徴を教えて」

瑛子はキタハラに訊いた。彼は急に口ごもる。

「どうしたの？　一番、肝心なところよ」

「もちろんです。なにしろ私自身の命がかかっているのですから……できるものならお教えしたい。しかしグラニソは、ロス・ブラソスが育成した特別な暗殺者です。その存在は内部でも最高機密とされてきました」

キタハラの口調には苛立ちが込められていた。日本人はどれだけメキシコに無知なのかと言いたげだ。

ソノラ・カルテルはその名のとおり、メキシコ北部のソノラ州を中心とした組織だった。砂漠のなかにある村を拠点とし、首領や最高幹部らは、村の中央に築かれた堅牢な砦《とりで》のなかで暮らしている。村や砦の周囲を、対空ミサイルや戦闘ヘリまで持つ私兵集団のロス・ブラソスが固くガードし、警察も政府軍も寄せつけないでいる。たとえカルテルのメンバーであっても、村のなかを自由に行動することは許されていない。下手にうろつけば、スパイとして始末されてしまうという。

「普段のグラニソは、村のなかで暮らしています。かなりの大幹部ですら、彼の存在は知らされません。せいぜい私が聞いているのは、若い男性だということぐらいでしょうか」

「若い男……具体的な年齢は？」

「詳しくはわかりません。二十代半ばという話もあれば、二十歳前後だという証言もあります。彼の姿をとらえた監視カメラの映像もありましたが、仕事を行うときのグラニソは、目だし帽などで顔を隠すため、詳しい特徴は未だにつかめません」

瑛子はソファの肘かけにもたれ、指でこめかみを叩いた。

「二十歳前後というのは、ありえないでしょう。グラニソは実績のある殺し屋なんでしょう？」

「五年前に、シナロア州知事候補と側近三名を殺害したのが、グラニソの初仕事だと言われています。衝撃的な暗殺を成功させて以来、弁護士や敵対組織の幹部、検事、運動家……数えきれないほど、殺しを手がけています」

瑛子は鼻で笑った。

「それだと、グラニソが鮮烈なデビューを飾ったのは、おちんちんに毛が生えたかどうかのころ……ということになる。若い男って噂も怪しいものね」

隣の広瀬が乾いた笑い声をあげた。キタハラだけは真顔だ。茶々を入れられ、不機嫌そうに口を曲げる。

「日本の常識で考えられては困ります」

「困るのはこっちよ。現に人が生きたまま、手と舌を切り取られてる。だからこそ、まともな情報が必要なの。そんな伝説じみた話じゃなく」

「嘘ではありません。ロス・ブラソスのメンバーから直《じか》に聞いた話です。グラニソの若さには理由があります。彼は州都エルモシージョの出身で、八歳のころにスクールバスで通学しているところを、ソノラ・カルテルの人身売買グループに、バスごと拉致されました。運転手はその場で殺され、バスに乗っていた子供たちは、カルテルの本拠地である〝村〟へと連行されたのです。ロス・ブラソスの隊長は、子供たちに人数分のナイフを渡すと、互いに殺し合えと命じました。ひとりだけ生き残らせてやると。やらなければ、全員殺すだけだとね」

「……なんのために？」

「むろん娯楽ですよ。闘鶏より迫力があるでしょう。どのガキがうまくクラスメイトを始末して、サバイバルするのか。ロス・ブラソスの隊員たちは賭けをしました。これこそがソノラ・カルテルにおける常識なのです。言うまでもありませんが、約二十名の子供たちのなかで、ひとり生き残ったのがグラニソです。彼の身体能力とガッツを見出したロス・ブラソスは、グラニソに殺しの英才教育を施しました。射撃と格闘術はもちろん、爆弾の扱いも理解している。我々がこれから相手にするのは、そういう非道な鬼たちが生み出した怪物なのです」

瑛子は黙った。彼女にとって必要なのは、グラニソに関する身体的な特徴や人相だ。ウラの取りようもない噂話は、捜査の読みを誤らせるだけだ。

重苦しい空気が漂う。信じてもらえていないと感じたのだろう。キタハラは不満顔で冷めたコーヒーを飲み干した。

「怪物なのは認めるわ。生きたまま人間を解体するほど、冷酷な殺し屋なのは事実なのだから」

瑛子は取りなした。彼との間に溝を作っては、今後の行動に支障が出る。

証言すべてを、信じられるわけではない。グラニソにまつわるエピソードはもちろんだが、このキタハラの腹のうちも見えてこない。小心そうな彼が、なぜ殺し屋に狙われるのを承知で組織を裏切ったのか。腑に落ちない点がある。

たしかにソノラ・カルテルが、他の麻薬組織やメキシコ政府、アメリカ麻薬取締局《DEA》に、包囲網を敷かれているのは事実らしい。国際経済に明るい甲斐も、ソノラ・カルテルの苦しい内幕を解説してくれた。だが、土俵際に追いこまれた組織ほど、危険なものはない。アラブの独裁者のごとく、生き残るために手段を選ばなくなる。残虐で知られるソノラ・カルテルの恐ろしさなら、キタハラ自身がよく知っているはずだ。しかし、彼の真意を確かめる材料がない。

広瀬がタバコに火をつけた。

「秘密だらけのグラニソさんだが、潜伏先ならまったく手がかりがないわけじゃない」

「教えて」

「いくら凄腕だといっても、日本語なんて知らねえだろうし、この国のことなんざ、西も東もわからねえだろう」

瑛子は目を細めた。

「ガイド役がいるはずね」

「スペイン語がわかるやつが必要だ。おまけに口も堅く、殺し屋と一緒に仕事ができる。いくら天下の華岡組でも、そんな器用なやつは多くねえ。それにガイド役は、華岡組系の構成員ではないはずだ。危ねえ殺し屋とつるんでいたことが警察《サツ》にバレれば、組の運営はかなりヤバくなる」

「だとしたら、かなり限られてくるわね」

広瀬は作業服のポケットに手を入れた。取り出したのは、しわくちゃになった一枚の写真だ。

「情報戦を展開させてるのは、なにも華岡組だけじゃねえってことだ」

写真は集合写真だった。どこかのギャング集団らしく、ダブついたシャツやジーンズを穿き、顔をバンダナで隠している若者たちが写っている。前列の連中はヤンキー座りをし、挑発的に中指を立てて、舌を出している。ベースボールキャップをかぶり、金のグリルを装着したラッパー風のチンピラたちが、カメラにへらへらと笑いかけている。

後列の男たちは腕組みをし、カメラを睨みつけていた。頭を白タオルで巻く現場作業員風の男、黒のタンクトップ一丁で筋肉を誇示するマッチョきどりがずらっと並んでいる。場所は都内の繁華街のようだ。店の壁やシャッターは、スプレーによる落書きで汚れている。

写真の隅にいる大男に自然と目がいった。太めのジーンズと、チェックのシャツという姿。長い頭髪をコーンロウに編み上げ、口ヒゲを伸ばしている。漆黒の肌の持ち主だった。厚い唇と丸顔が特徴的だ。

彼は手をポケットに入れたまま、ただ突っ立っていただけだった。静かにカメラを見下ろしている。ひときわ体格がよく、他のメンバーたちよりも、段違いの迫力を感じさせた。

「黒人？」

「比嘉《ひが》アントニオという日系ブラジル人だ。いや、日本に帰化したからブラジル系日本人か。〝東京同盟〟って名の暴走族ＯＢのグループに属している。六本木じゃわりと知られてる顔だが、ここしばらく姿を見せてない」

瑛子は写真を改めて見直した。

近ごろの警視庁は、こうした暴力団とは異なる形態の不良グループを問題視している。もとは昭和五十年代に結成された暴走族の連合体で、そのＯＢはタレント事務所やキャバクラ、ＡＶのプロダクションなどを経営している。メンバーのなかには、暴力団員も存在するが、大半は法律と掟に縛られたヤクザとなるのを拒み、暴力団とはある程度の距離を置いている。サラリーマンやベンチャー企業の経営者など、メンバーのなかには一般人も多く、独特のコネクションを有しているという。リーダーや幹部が、西麻布や六本木に会員制の高級クラブを共同で所有しているため、根城は自然と港区周辺となっていった。

　芸能人やスポーツ選手、ミュージシャンなどとのつながりも深く、ドラッグや傷害事件で世間を騒がせたタレントのスキャンダルの背後には、東京同盟の存在があると言われてきた。警視庁は東京同盟の実態把握に動き始めている。

　同じ六本木などを縄張りとする華岡組系東堂会との関係は深く、暴力団の指定を受けていない〝カタギ〟である強みを活かし、警視庁に睨まれている東堂会の代わりに、非合法なビジネスをも受け持っているという。荒くれ者揃いで有名で、関東ヤクザはこの不良集団を持て余している。

　華岡組と手を組んだカルテルが放った殺し屋、それと華岡組系列の暴力団と関係が深い不良集団。たしかに比嘉はガイド役には適役といえた。おそらく盃はもらっていないだろう。かりにグラニソによる殺人事件が発覚し、比嘉が逮捕されても、東堂会は事件とつながる証拠を一切残さないだろう。

　瑛子は首をひねった。キタハラに訊く。

「ブラジルはポルトガル語のはずよ。あなたの母国はスペイン語でしょう」

「たしかに綴りや発音に違いがありますが、さほど問題なく意思疎通はできます。それに、この若者の場合はどうか知りませんが、周囲はスペイン語圏の国ばかりですから、ブラジルの学校ではスペイン語を教えるところも多いのです」

広瀬が言った。

「やつを洗えば、グラニソの潜伏先もわかるかもしれん」

瑛子の顔がカッと熱くなった。

覚せい剤の利権をめぐり、関西と関東の暴力団が、熾烈《しれつ》な情報戦を繰り広げ、どちらも闇の始末屋を用意した。華岡組が招いたグラニソは、すでに仕事をひとつ済ませ、上野公園で大胆な宣戦布告も行っている。瑛子は戦いの最前線に送りこまれたも同然だった。

広瀬が瑛子を見た。

「後悔しているんじゃないのか？」

「全然」

瑛子は比嘉について尋ねようとした。だが、ドアのノックがそれを阻む。

「入れ」

広瀬がぶっきらぼうに答える。マスクをつけた中年男が入室してきた。一階でモニターを睨んでいた角刈りの男だ。瑛子をちらちら見やりつつ、広瀬の耳にボソボソと耳打ちした。

黙って聞いていた広瀬は、すばやく立ち上がった。口がほころんでいる。瑛子の身体が緊

「なんで殺らねえ」

角刈りが瑛子を睨んだ。

彼の手には、ケータイに似た黒い塊があった。警備会社が位置確認サービスに使うGPS端末機だ。機械に詳しい中国人などに改造させ、追跡対象者を追うための発信機として使用される。もとは防犯や盗難防止のために開発された機器だが、窃盗団やタチの悪いストーカーの必須アイテムになりつつある。

「あんたの車に貼りつけられていた。それとも、こいつは自分で取りつけたのか？　その男に居場所を知らせていたのかもしれねえ。もみ合ったところで茶番にしか見えねえぞ」

瑛子は無言のまま、西の身体を漁《あさ》り始めた。彼のコートのポケットからケータイが見つかる。リダイヤルと着信履歴を確認した。

電話のディスプレイには、「神永」という名前が何度か登場した。電話番号を見る。署長の富永の携帯電話番号と一致していた。

瑛子は軽く息を吐いた。富永と連絡を取り合った最新の時間は、昨日の夜だ。富永は捜査会議が始まる前に、西と会話を交わしたらしい。

角刈りがつめ寄った。

「てめえ、なにシカトしてんだ」

瑛子は、西のケータイのメールをチェックした。

昨日の昼間、何通か富永にメールを送っている。瑛子が南伊豆に向かい、有嶋組長と会談した旨が伝えられていた。奥多摩に来たことは、富永にはまだ伝えられていない。少なくともこのケータイには、知らせた形跡が見当たらなかった。

広瀬が西を見下ろした。

「ヤメ刑事《デカ》らしいな。だいぶタチの悪い」

「私をよく思わない上司の差し金よ。最低なゴキブリ野郎。ケータイを見たかぎりでは、この場所を誰かに知らせた様子はなさそうね。この採石場の近くに、こいつの車があるはず。所持品をすべて調べてみないと、断定できないけれど」

「この隠れ家を知られたからには、この男をリリースするわけにはいかねえな」

瑛子は西の身体に触れ、ポケットから足首までを調べた。双眼鏡やデジタルカメラ、メモ帳が出てきた。コートの内ポケットにはＩＣレコーダーもある。

角刈りがドカジャンをまくって拳銃を抜いた。

「兄貴の言うとおりだ。埋めるしかねえ」

瑛子が止めた。

「待って」

「うるせえ。さっきからナメやがって、てめえも一緒に埋まりてえのか？」

「頭を冷やすの。この男と連絡が取れなくなれば、私の上司はアクシデントが起きたと判断する。この男のケータイがここにある以上、殺人捜査になれば、警察は令状を取ってケータイの位置情報を調べるはず。ここを簡単に割り出すでしょうね」

「だったらどうする」

広瀬は腕を組んだ。部下と違い、彼は落ち着いている。

「生きて帰すわ」

わめこうとする角刈りを広瀬が制した。

「ただで放すわけじゃないだろう」

「もちろんよ。まずは施設内に運び込むのを手伝って。ゲロの臭いで私まで吐きそう」

角刈りが広瀬に訴える。

「兄貴、この女《スケ》の言うことを信じるのか？」

瑛子は角刈りを指さした。

「あなたでいいわ」

「あ？」

「宿舎にこいつを運んだら、裸になって」

「はあ？」

角刈りは素っ頓狂な声をあげた。広瀬が片頬を歪ませ、暗い笑みを浮かべた。瑛子の意図を見抜いたようだ。

「あんた、刑事《デカ》なんか辞めて、裏の社会に転職したほうがいいな。出世する」

「よく言われる」

角刈りはうろたえている。

「ま、待ってください。なんでおれが裸なんかに」

広瀬は角刈りの頭を平手で叩いた。

「いいから、とっととこのゲロまみれの大将を運べ。この寒さで凍死しちまう前にな。男の肌で温《あった》めてやるんだ」

13

比嘉アントニオは悩んでいた。

店の玄関近くに立ちながら。外出できる用事がないかを考える。いいアイディアは思いつかなかった。

メシは食ったばかりだし、日用品は充分すぎるほど揃っている。衣料品も仲間が大量に用意してくれている。

室内は静かだった。比嘉がいるのは、柏《かしわ》の商店街にある潰れた地下のライブハウスだ。防音設備がしっかりしているだけに、玄関の側にいても、外の物音は比嘉の耳にまでは届かなかった。

それゆえグラニソがたてる音が際立っていた。ライブハウスの電気や水道は通っている。音楽でも流したかったが、グラニソがそれを嫌がる。テレビも許されていない。

やつはステージ近くを陣取り、テーブルと椅子を置いて、銃の整備を行っていた。暇があれば、ずっと銃をいじっている。

何丁もの拳銃を分解し、機械油を注《さ》して、布キレで部品をもくもくと磨いている。機械みたいに同じ作業を繰り返しては、組み立てた銃のトリガーやスライドの調子を確かめる。

比嘉はスペイン語で訊いた。

「なにか、足りないものはあるか《ケファルタアルゴ》？」

グラニソは黙って首を振る。

テーブルには、ペットボトルの水が置いてある。やつは必要最低限のものしか欲しがらなかった。酒やタバコ、組織の商売道具であるドラッグにも手を出さない。他人が差し入れた食い物には手をつけず、自分で近くのコンビニまで行き、弁当やサンドウィッチで済ませている。

グラニソが整備の手を停めた。

「もしかして《ティエネス》、怖くなったのかい《ミエド》？」

「あ？」

「逃げたいのなら、いつでもいいよ。ただし代わりの通訳をよこすように言ってくれよ」

「おれは誰も怖がりゃしねえ」

グラニソは微笑を浮かべた。浅黒い肌に細い身体。ウェーブがかった長い髪。それに少年みたいにつるっとした顎。二十歳を過ぎていると聞いているが、どう見ても十代のガキにしか見えない。黒のジャージの上下という恰好だが、女の衣服も似合いそうな中性的な感じの美青年だ。とても殺人を仕事にしてるようには見えない。

四日前、成田空港でグラニソの姿を見たとき、悪い冗談としか思えなかった。ヤクザや仲間から、さんざん噂を聞いていた。冷酷でヤバい殺し屋だと。怪物みたいなやつを想像していたが、実物は顔にあどけなさを残した痩せた青年だった。迎えにきた比嘉や東京同盟の幹部らを唖然《あぜん》とさせた。

ただし実力を疑ったのは初めだけだ。今ではやつを侮る者はいない。

「だったら、こっちに来なよ。退屈だろ？」

再びグラニソは銃の整備を始めた。それがやつにとっての暇つぶしでもある。

「それとも、ちょっと〝運動〟でもするかい？」

「やんねえよ」

比嘉は彼のほうへと歩んだ。仏頂面をしながら。精いっぱいの虚勢だ。

比嘉の自信はグラニソによって砕かれた。暴力で自分に勝てる者はいない。やつが現れるまでは固く信じていた。

比嘉は少年時代をブラジルで過ごした。不況で製鉄所の職を失った父親が、九〇年代半ばに愛知の自動車工場に就職したのを機に、比嘉一家は豊田市へと引っ越した。

思春期を異国の地で迎えた彼は、日本語がうまく話せず、学校の授業にもまるでついていけなかった。イジメの対象にもなったが、言葉が話せない分を腕力で補った。ケンカ三昧の日々。地元の工業高校に入学したものの、半年で退学処分になった。比嘉の黒い肌を揶揄《やゆ》した三年生を、校舎の三階の窓から放り投げたのだ。

日本社会になじめなかった比嘉は、同じ境遇の日系ブラジル人系の不良グループに属した。日本語の習得には時間がかかったが、その代わり、ガタイはみるみる大きくなっていった。相撲部屋の親方がスカウトに来たくらいだ。

愛知ではケンカと暴行事件を繰り返した。地元のヤクザをアーケード街で裸にし、土下座をさせて組のメンツまで潰したため、愛知にはいられなくなった。

比嘉は上京した。東京は居心地がよかった。彼のようなハーフは珍しくなく、漆黒の肌と屈強な身体のおかげで、不良たちからは敬意を払われた。東京同盟の幹部に勧誘され、用心棒として活躍。日々、腕を振るった。

東京同盟が経営する会員制クラブには、多くの芸能人やＩＴ長者、スポーツ選手が出入りした。

自信の塊のような連中が酒を飲み、ドラッグをキメるのだから、トラブルは日常茶飯事だった。泥酔して暴れる男性アイドルや俳優をつまみ出し、時には関取や格闘家とも殴りあった。

いくら肉体を鍛え上げているアスリートでも、ルール無用のケンカとなれば勝手が違ってくる。

比嘉はその場にある椅子や酒瓶、看板や石ころなどを臨機応変に使いこなす。リングや土俵のなかでは敵なしの力自慢も、なんでもありの路上となれば対処にまごつく。

ストリートなら誰にも負けねえ。それが比嘉の誇りでもあり、東京同盟は評価してくれる。比嘉にとっては唯一の居場所だった。ごく最近までは。

グラニソは銃を置いた。

「退屈なんだ。君もそうだろ？　遊ぼうよ」

「今は《ノー》そ《メ》んな気《キエーレ》にはなれ《アセール》ねえ《ナダ》」

比嘉は椅子にどっかり腰かけた。グラニソと向き合う。

「今は《ノー》そ《メ》んな気《キエーレ》にはなれ《アセール》ねえ《ナダ》」

グラニソは低い声で比嘉の口調を真似た。おかしそうにくすくすと笑う。いつもの比嘉なら拳を放っているが、やつのからかいは無視するしかなかった。

ステージに置いていたコンビニ袋に手を伸ばす。食料品や飲料水、新聞などが入っている。東京同盟の仲間が買ってきてくれた。差し入れぐらいはしてくれるが、このライブハウスに立ち寄る者は、もうほとんどいない。

比嘉は新聞を広げた。社会面には、上野公園の事件が大きく取り上げられている。人間の手と舌が入った箱を通行人が発見し、警視庁が捜査を開始したらしい。

思わず目をつむった。いくら情報を仕入れておかなければならないとはいえ、まだ読むのは早かった。この場で絶叫した韓国野郎を思い出した。

床にはブルーシートを敷きつめていた。そのため今では血や肉片はない。排泄物や臓物の臭気に満ちていたが、すっかり消えている。それでも比嘉の心には、べったりとやつの痕跡が残っていた。

グラニソが消すべき人物はふたりだ。ルイス・キタハラ・サントスと、その部下の朴正勲《ジョンフン》。ソノラ・カルテルを裏切り、提携先の華岡組が築いた覚せい剤の密売ルートを、当局に密告したのだという。

朴は同胞のツテを頼り、新大久保のマンションに身を潜めていたが、華岡組の情報網に引っかかった。居場所がわかると、グラニソと東京同盟が、朴の捕獲のためにさっそく動いた。東京同盟は朴を車で運んだだけに過ぎない。仕事のほとんどをグラニソがこなした。深夜にマンションの屋上からワイヤーで、朴のいる部屋のベランダまで降り、窓を割って侵入した。ベッドから身を起こした朴を、スタンガンで気絶させた。

朴の身柄をさらうと、このライブハウスへと運んだ。ブルーシートを敷きつめた床のうえに、パイプ椅子を用意し、朴の手を結束バンドで縛った。

グラニソの拷問は苛烈だった。暴力に慣れている東京同盟の仲間や比嘉をもうんざりさせた。キタハラの居場所を吐かせるため、一枚のカミソリで歯茎や亀頭を切り裂き、ペンチで歯を一本ずつ引き抜いた。

――おれは知らねえ……知らねえ。もう止めてくれ。おれはキタハラにハメられただけだ……殺さねえでくれ……このイカレ野郎を遠ざけてくれ。お願いだ。

朴は朝鮮語で悲鳴をあげ、訛った日本語で比嘉に訴えた。拷問に完全に参っていた朴がキタハラの居所を知らないのは明らかだった。グラニソはかまわずに続行した。

比嘉はグラニソに忠告できなかった。やつは目を輝かせながら朴を少しずつ破壊した。止めに入れば、比嘉自身に危険が及ぶ。熱心に骨を嚙んでいる犬から、それを無理に取り上げるのと同じだ。それほどやつは興奮していた。

拷問の現場には、東京同盟の仲間が顔を揃えていたが、ある者は惨《むご》たらしさに耐えきれず、またある者は共犯に問われるのを恐れてトンズラした。グラニソが、朴の舌を切り落としたころには、比嘉しか残っていなかった。通訳ができるのは比嘉しかいない。役目を投げ出すわけにはいかなかった。

おかげで悪趣味な解体ショーを、最後まで見届ける羽目となった。ライターで左目を炙られた朴は、顔を体液で濡らしながら訴えた。

――早く……伝えろ。もう、おれを殺してくれ。

しかし朴が手首を切断されて息絶えるまで、黙っているしかなかった。どうあがこうと、比嘉はグラニソに勝てない。グラニソと揉めれば、病院送りを覚悟しなければならない。グラニソをナメてかかった東京同盟も、やつが来日してからすぐに痛い目に遭った。

成田空港でグラニソを出迎えた東京同盟の男たちは、自分たちが経営する西麻布の会員制クラブへと案内した。

神戸牛のステーキや銀座の寿司や天ぷらを用意し、あらゆる種類の酒と美人コンパニオンを揃えた。だが、グラニソは興味を示さず、料理にも手をつけなかった。

東京同盟のメンバーは機嫌を損ねた。せっかくのもてなしに、グラニソは嬉しそうな顔ひとつしない。ただでさえ、メンバーは暗殺者としての実力を疑っていた。やがて酔っぱらった幹部の大山《おおやま》が、グラニソに絡みだした。

東京同盟のなかでも、ひときわ血の気の多い男だ。格闘技の経験はない。だが、小さな総合格闘技大会に出場した友人を応援し、興奮のあまりリングに乱入して、友人の対戦相手を殴り倒し、逮捕された経歴を持つ。小柄な身体つきだがガッツと突進力で、数々の不良を叩きのめしてきた。比嘉でさえ苦戦を強いられた過去がある。

——東堂会はなに考えてんだ？　こんな童貞くせえガキなんか呼び寄せやがって。本当に人なんか殺れんのかよ。

大山は比嘉に訳すように命じた。比嘉はそのままグラニソに伝えた。大山の言葉は、全員が思っていたことでもあった。仕事はすべてグラニソがやる。武器だけ用意した東堂会からは、そう伝えられていた。凄腕の暗殺者どころか、犬一匹追い払えるかどうかも怪しい風体だった。

挑発されたグラニソの反応は予想外だった。怒りもしなければ、縮み上がりもしない。来日して初めて瞳を輝かせた。

——だったら遊ぼうよ。

東京同盟の幹部連は、グラニソを連れ、ビルの屋上へ向かった。コンクリートの床があるだけの場所だ。ちょくちょくクラブで〝おイタ〟が過ぎた客の頭を冷やすために使われる。

比嘉は期待した。大山がグラニソをボコボコにするのを。大事な暗殺者にケガを負わせ、ソノラ・カルテルと華岡組の関係がまずくなるのを。メキシコ産のシャブも、もうさばかずに済むかもしれないと。

シャブのおかげで、東京同盟の形はだいぶ歪んだ。この不良グループは、しがらみが多いヤクザ社会とは距離を置き、誰にも媚《こ》びない武闘派を標榜《ひょうぼう》していた。

だが華岡組が扱うシャブが、東京同盟を骨抜きにした。シャブが生む利益は莫大だ。右から左にさばくだけで大金を生む。今まで東京同盟は暴力団を軽蔑していた。それなのに東堂会からシャブの利権を持ちかけられると、リーダーや幹部連は態度を急に改めた。

華岡組は麻薬の密売を禁止している。関わった組員は絶縁処分にすると、表向きには呼びかけているが、外国人や東京同盟のような不良グループ、ホステスやホストにさばかせ、自分たちは安全な場所でカスリを取っている。金に目がくらんだ東京同盟の幹部たちは、高級外車を次々に買い、毎日のように豪遊しているが、一方で東堂会の使いっぱしりと化した。無駄なケンカは控えろ、目立つ行動はするなと、比嘉に注意を与えてくる始末だ。そのうえ、殺し屋の通訳兼ガイドという危険な仕事を押しつけた。

大山はストレッチをしながら、グラニソと向き合った。

――ケガさせちまったら、小指でも詰めさせられちまうかな。

仲間らが答えた。

――かまうことはねえ。本人がやりてえって言ってんだからよ。

比嘉も大山に発破をかけた。

――そんときは、くだらねえのを呼んだ東堂会のバカどものケツを蹴り上げてやりゃあいい。

東堂会はシャブの密売だけでなく、グラニソの援護という汚れ仕事も東京同盟に押しつけた。ヤクザの風下に立つ必要なんかねえのに。不満をグラニソにぶつけるしかなかった。

勝負は一瞬で決まった。大山がグラニソに突進し、右ストレートを放った。

直後、大山はグラニソの目の前で崩れ落ちた。幹部連たちはなにが起きたのか理解できず、口をポカンと開けていた。

比嘉だけはかろうじて確認できた。グラニソは、大山のパンチを左肘で払いつつ、左の掌底を大山の顎に叩きこんだのだ。顎を揺すぶられた大山は崩れ落ちた。ボクシングのクロスカウンターと似ていたが、のちにイスラエル式の格闘術だと教えられた。防御と攻撃を同時に行うのだという。

グラニソの動きは止まらなかった。大山の身体をまたぐと、彼の右手首を両手でつかみ、それをひねる。乾いた木の枝がへし折れるような音がした。大山は絶叫した。

仲間らが立ち尽くすなか、比嘉は大山へと駆け寄った。グラニソの手が、大山の顔に触れたからだ。

――やめろ《パラ》！

グラニソは親指を大山の目に突っこんだ。親指の爪は、大山の目玉の下をえぐった。比嘉の突進に備え、大山の顔から手を放す。グラニソの目が妖しく輝いていた。

――次《トゥー》は君《ベンガ》？

比嘉はスペイン語でまくしたてた。

――もういい、わかった。お前をバカにして済まなかった。お前はすげえ。だから止めてくれ。

――次《キエン》は誰《セグンド》？

――遊びは終わりだ。お前の実力は充分わかった。やめてくれ。

グラニソは、血と体液で濡れた親指をしゃぶった。やつの足元では、大山が顔面を両手で覆い、床をのたうち回っていた。

――そんなのダメだよ。まだ足りない。全然足りない。

グラニソは語気を強め、地団駄を踏んだ。

比嘉は彼を誤解していた。グラニソは腕試しをさせられ、機嫌を損ねたのではない。やつにとっては戦闘こそが唯一の関心事なのだと。相手の骨を砕き、目まで潰すのも遊びに過ぎない。

比嘉は幹部たちに伝えた。

――まだ遊び足りねえと言ってる。誰か相手をしてやってくれませんか。

全員の酔いが冷めたらしく、顔を青ざめさせていた。

――バカ言ってんじゃねえ……大山を早く医者に連れてけよ。

幹部が呼びかけるが、誰一人動けずにいた。巨大なスズメバチの巣に飛びこむようなもので、グラニソの暴力を恐れ、倒れた大山に近寄ろうとしなかった。

グラニソは比嘉に訴える。

――じゃあ、こうしよう。みんなで一斉にかかってきたっていいからさ。ねえ、もっとやろうよ。

比嘉は唾を呑みこんだ。

――みんな口先だけのバカなんだ。お前の力にすっかりびびってる。

グラニソは比嘉を見上げた。

――君もそうなのかい？

――あ、ああ……そうだ。

東京同盟のなかで、最強の実力者と言われた。しかし、グラニソが大山を瞬時に叩きのめした時点でわかった。やつとはレベルがまったく違う。

比嘉は提案した。

――仕事にとりかかろう。すでにターゲットの居場所はわかってるんだ。おれたちみたいな腰抜けと遊ぶより、そっちのほうがおもしろいだろう。

比嘉の胸にちくりと痛みが走った。自分自身を腰抜け呼ばわりしなければならないこの状況を呪《のろ》った。

――どうだ。

グラニソは、わめく大山を気にも留めずに、思案顔になった。

――そうだね。そっちのほうがおもしろいかな。

グラニソは比嘉の提案を受け入れた。比嘉は大山を抱え上げ、病院へと連れていったが、右目の神経はグラニソの爪によって切断されていた。大山は片目を失った。

　屋上での腕試し、朴への拷問のおかげで、東京同盟はグラニソにタマを抜かれた。比嘉に世話役を押しつけるばかりで、誰も関わろうとしなくなった。

　新聞を読んでいるうちに、大山や朴の悲鳴ばかりが思い出されて、うんざりした。社会面に目を通すのを止め、大リーグに挑戦するプロ野球選手のインタビューを読み、現実逃避を図った。

　一昨日、華岡組系の舎弟企業である清掃業者が、朴の死体をブルーシートごと運んでいき、ライブハウス内を念入りに掃除していった。たとえ警察の鑑識係が調べたところで、ルミノール反応や朴の指紋はもちろん、毛髪も衣服の繊維片も発見されないだろうと、掃除屋は胸を張っていた。上野公園に朴の手と舌を置きに行ったのも、この掃除屋だった。

　朴なる男がこの世から完全に消えたとしても、ここで殺された事実は変わらない。コンビニ袋のなかには食料品や飲料水以外に、塩がひと袋入っていた。あとでこっそり盛り塩を作るためだ。神などろくに信じていないが、そうでもしなければ気が晴れなかった。人が殺されるのを見たのは初めてだった。

「アントニオ」

　グラニソが声をかけた。新聞から目を離して、彼のほうを見やる。

グラニソは自動拳銃を握っていた。銃口を比嘉の額に向けている。比嘉は鼻を鳴らした。

「それにはもう飽きた」

銃にはセーフティーレバーがかかっている。それにスライドを引いた音も聞こえなかった。

「慣れちゃったんだね」

「おかげさんでな」

グラニソはガキで、悪戯《いたずら》好きだった。もう数えきれないほど、銃口を見せられた。初めこそ腰が抜けるほど驚き、何度も椅子から転げ落ちた。やつは比嘉のリアクションが気に入ったらしく、腹を抱えて笑っては、日に何度も銃を向けてきた。おかげで、だいぶ銃には詳しくなれた。

ただし銃口を拝むたびに、大山や朴を痛めつけたときの、グラニソのギラついた目が常に思い出された。比嘉を失えば貴重な通訳もいなくなる。しかし、そんな損得などまるで考えず、気まぐれに撃ってくる狂気の光があった。

グラニソは指で拳銃を一回転させると、グリップを比嘉へと向けた。比嘉に銃を握らせる。ずしっとした重みが右手に加わる。

「持っておきなよ。ルイス・キタハラはヤクザにガードされてるんだって。やつらも朴の手と舌を見て、今ごろは血眼《ちまなこ》になって、ぼくらを探してるだろうし」

比嘉は首を振った。

「いらねえよ」

「どうして?」

「お前、この国のことを全然知らないまま来ただろう」

「そんなことないよ。言葉だってわかる。コンニチハ、アリガトウ、イクラデスカ、サヨウナラ。それにほとんどの人たちは、銃なんて見たこともないらしいね。ナイフだって持ち歩かない。とても平和な国だ」

比嘉は銃をテーブルに置いた。

「おれもそうだ。拳銃なんか撃ったこともねえ」

「練習すればいいじゃないか。ここは防音がしっかりしているんだろう?」

「ここじゃ無理だ。壁に弾の痕がついたら、今までの掃除が無駄になる。それに、おれが銃やナイフを持ち歩かねえのは、しょっちゅう警官に呼び止められて、持ち物を調べられるからだ。お前も仕事以外のときは、武器なんか持たないほうがいい。警官は外国人を調べたがる」

「アントニオ、君は日本人だろう?」

「書類上、そうなってるだけだ。誰もおれを日本人だとは思わねえ。ちょっと見た目が違えば、みんな外国人なんだ。とくに警官はそう見る。武器なんか邪魔になるだけだ」

グラニソは首をひねった。

「殺せばいいじゃないか」

「あん？」

「邪魔するやつは、みんな殺せばいいのさ」

比嘉の背筋が冷たくなった。グラニソは笑う。

「アントニオ、やっぱり君の反応はおもしろいね」

「とにかくだ。銃なんか持ったまま、外なんかうろつくな。お前ほどの強さなら、武器なんていらねえだろうが」

グラニソは二丁の拳銃を両手に持った。

「それは無理だ。ぼくにとって、これは道具なんかじゃない。身体の一部だよ。どんなときだって手放せない」

グラニソは急に真顔になり、やけに熱っぽい視線を拳銃に向けた。

じっさい、グラニソは寝ているときも銃を手放さない。このライブハウスでマットレスを敷いて寝泊まりしているが、マクラとマットレスの下に拳銃を隠して眠っていた。用心深いというよりも、それが当たり前のようだった。素手でも恐ろしく強いのに。

比嘉は思わず問いかける。

「お前……」

どんな生き方をしてきたんだ。比嘉は口をつぐんだ。グラニソの素性は訊いてはならない。そう命じられている。メキシコでは麻薬をめぐって、虐殺や争いが続いている。わざわざ訊かずとも、想像はつく。

ライブハウスのドアが激しくノックされた。比嘉の身体が思わず跳ね上がる。ウレタンと鉄でできた分厚い扉なので、どうしても強めにノックしなければならない。

ライブハウス内は、ケータイの電波が入らない。仲間と連絡を取るには外に出るか、人と直接会う必要がある。グラニソはとくに警戒する様子を見せなかったが、比嘉は慎重にドアへと近寄った。

キタハラを匿っている関東ヤクザの印旛会は、強力なヒットマン・グループを用意しているという。連中がグラニソの存在を嗅ぎつけて、襲撃してくるかもしれない。グラニソという怪物と、印旛会の刺客の間に挟まれ、比嘉の疲労もだいぶ溜まっていた。

「誰だ」

「おれだよ。城崎《しろざき》だ」

比嘉は重いドアノブをひねって扉を開ける。雨の湿った臭いが飛びこんできた。ずっと建物内にこもっていたため、雨が降ったことさえ気づかなかった。夜明けの時間を迎えていたが、空は厚い雲で覆われていて、外はまっ暗だった。

城崎は東京同盟の幹部だ。不動産経営者を父に持つ大金持ちの息子で、多くのタレントやスポーツ選手とコネを持っている。

黒のフード付きのジャージを着ていた。金のドラゴンの刺繍が入っている。まだ夜が明けてもいないのにサングラスをかけ、ブランドもののブレスレットやネックレスを大量にぶらさげていた。

比嘉は城崎の頭を叩いた。

「そんな職質してくれって恰好で、ここに来るんじゃねえよ」

「す、すまねえ。急にリーダーから伝言を頼まれたもんだからよ」

「早く入れ」

「え？」

城崎は困惑した表情を見せた。

「誰かに見られたらどうする。さっさと入れ」

比嘉はもう一度、頭を引っぱたくと、腕を摑んでライブハウス内へと引きずりこんだ。ドアを荒々しく閉める。溜めていたストレスを思わず仲間にぶつける。

城崎はグラニソを恐々と見やった。入口から動こうとしない。ライオンの檻《おり》に放りこまれたような怯えた顔つきだった。やつも大山が壊され、朴が生きながら解体されたところに居合わせている。連絡係を嫌々やらされているのは明らかだ。

比嘉は息を吐いた。グラニソが来日してから、東京同盟は急に牙を抜かれたようだ。もしくはシャブを扱うようになってからかもしれない。城崎だって、もっと度胸があったはずだ。ケンカ相手をナイフで刺し、少年院にぶちこまれた経験を持つ。

気にいらねえやつは痛めつける。代紋も警察《ポリ》も恐れねえ。それが東京同盟のモットーだった。それがいつの間にか、ヤクザの飼い犬になり、ひとりのメキシコ人に完全にびびっている。ドアをきっちり閉めたはずだが、比嘉の胸には冷風が吹きこんでいた。

比嘉は尋ねた。

「こんな時間に来たってことは、もしかしてわかったのか。キタハラの居場所のほうも」

城崎はうなずいた。

「まだ、はっきりと特定できてねえけど、そろそろ準備しておけって話なんだわ」

「マジかよ」

キタハラの裏切りが発覚したのは三週間前だ。覚せい剤を積んだ貨物船の情報を警察に密告した。関東の大組織である印旛会に匿われたため、長期戦をひそかに覚悟していた。グラニソとのつきあいは、少なくとも数週間ぐらいになると言い渡されてきた。

「印旛会のなかに、三杉一家って団体があってよ。所沢で産廃処理やゴミの回収なんかをシノギにしている組だ。そこの動きがだいぶ慌ただしくなってるらしい。華岡組は、三杉一家を念入りに調べてる」

「……………」

「さすが華岡組だな。六角形《ロッカク》の代紋は伊達じゃねえ」

比嘉は複雑な気分だった。華岡組が警察からひたすら睨まれているのも、警察との取引には一切応じず、関東の組と違って対決姿勢を露骨に打ち出しているからだ。動向は常に監視され、抗争や暴力を封じられているがゆえに、諜報戦に特化するようになったという。警察官の家族構成まで把握し、取調室では逆に取調官の子供の名や、通っている学校名をそらんじて見せ、心理的に圧力を加えるという。

愛知で暴れた比嘉は、華岡組系の末端の準構成員を叩きのめし、路上で土下座までさせた。神戸に本拠地を構える華岡組だが、ボスである五代目の琢磨栄組長は、中京地域からのしあがり、最大派閥の関西系を抑えて裏社会のトップに立った。琢磨組長の出身母体である栄龍《えいりゅう》会《かい》は徹底した秘密主義で有名だ。掟も厳しく、ケンカもご法度だ。

そのため、比嘉が属していたブラジル人系不良集団が調子に乗った。栄龍会系のヤクザに因縁をつけ、痛めつけたうえにアーケード街で裸にした。

代償はすぐに払わされた。比嘉や不良グループの家族構成、親兄弟の勤め先、電話番号からメールアドレスまで記された紙が、住んでいた団地のポストすべてに入っていた。メンバーのなかには、恋人の個人情報まで記されてあったという。自動車部品工場で働くメンバーが急に解雇され、あるいは立ち小便などの微罪で県警に逮捕され、二十日間にわたって拘留された。

栄龍会は地元企業や警官を手なずけていた。不良のチンピラ集団に暴力を振るうことなく、代紋だけで追いつめたのだ。比嘉は愛知を脱出し、東京同盟に入ると、同じ華岡組系東堂会を通じて詫びた。二百万の慰謝料を請求されたが、東京同盟が肩代わりしてくれた。幸い腕力だけは自信があったため、高級クラブやタニマチのボディーガードを務めて、すぐに返済することができた。

警察に睨まれているからこそ、華岡組は暴力を極力控えている。しかし、その警察さえも凌駕《りょうが》する情報ネットワークを築きあげている。その証拠に同胞を頼った朴の居場所がたちどころに判明した。韓国人社会にも華岡組のスパイが潜んでいる。印旛会も例外ではなさそうだった。

「三杉一家ってのは、産廃や砂利だのを扱ってるだけあって、山奥に隠れ家をたくさん抱えてる。今日か明日中には、キタハラの居場所も判明するだろうと、東堂会の連中も言ってたぜ」

城崎は早口で言った。さっさと連絡を済ませて、この部屋から出て行きたいのだろう。

グラニソはふたりのやり取りを見つめていた。日本語の会話で内容はわからないだろうが、キタハラや印旛会という単語に反応していた。

比嘉の胃が重くなる。早く決着がつくのはありがたいが、かりに人里離れた山奥にでも隠れているとなれば、気兼ねなく敵も銃をぶっ放してくるだろう。グラニソは喜ぶだろうが、銃の扱いがわからない比嘉にとっては、不利な仕事になりそうだった。

グラニソが訊いた。

「なんの話《ケ　アプライス》？」

比嘉がスペイン語で伝える。グラニソは顔をほころばせた。

「人がいないところだといいなあ」

のんびり呟くと、グラニソは椅子から立ち上がり、ステージ側の隅へと移動した。そこには武器類があった。ソフトケースに入った狙撃ライフルまで置いてある。

グラニソはボストンバッグを漁り、ボール状の塊を取り出した。

「ご苦労様。ご褒美だよ」

グラニソはふたりを目がけ、その塊を放った。床をゴロゴロと転がる。深緑色の丸い物体。足元に寄ってくるまで、それが手りゅう弾だと気づかなかった。

「うわ！」

比嘉と城崎は床に身を投げた。頭を抱え、身を縮める。

沈黙が続き、やがてグラニソの笑い声が、室内に響き渡った。比嘉は、そろそろと手りゅう弾に目をやった。爆発はせず、床に落ちたままだ。

グラニソは腹を抱えた。

「よく見なよ。ピンを外してないのに。やっぱり、君らはまだまだだね」

比嘉は歯ぎしりしながら立ち上がった。脳が沸騰しそうだ。服の埃を払いながら、手りゅう弾に目を落とした。たしかにピンは刺さったままのように見える。しかし、手りゅう弾など知るわけがない。華岡組は銃だけでなく、爆弾まで用意していた。

「びびらせやがって。イ、イカれてるぜ」

尻もちをついた城崎が、必死な顔で比嘉に手を差し出した。ひとりでは立てないようだ。

比嘉は手を握って引き起こした。

「東堂会に伝えてくれ。早くキタハラの居場所を見つけてくれってよ。こっちはもう気が狂いそうだとな」

比嘉は城崎の尻を思いきり叩いた。

14

大量の水をぶっかけられ、西は意識を取り戻した。

ここはどこだ。なにが起きている。わけがわからず、手で顔をぬぐおうとしたが、自由に動きが取れない。手首に冷たい金属の感触。後ろ手に手錠をかけられ、西が座るパイプ椅子にくくりつけられていた。

「なんだこりゃあ、クソ！　痛《いて》え」

水で視界が歪む。だが、目の前に八神がいるのがわかった。バケツを手にして立っている。

「ちくしょう、なんの真似だ」

自分の声にエコーがかかる。タイルで覆われた風呂場だと気づいた。数人が一度に入れる広い浴場だ。

首筋と鳩尾が激しく打撲の痛みを訴えた。ようやく自分の置かれた状況を思い出す。八神に警棒でぶちのめされ、首を締め落とされた。

身体が勝手に震えだす。歯がガチガチと鳴る。風呂場は冷え切っていた。湯船に湯はなく、床のタイルは氷のように冷たい。足をつけていられないほどだ。西は衣服を剝ぎ取られ、ブリーフ一枚の姿だった。鳩尾には青黒い痣《あざ》ができていた。

突然の冷水と痛みに耐えきれず、西は身体をくねらせた。頭を何度も振り、濡れた頭髪の水を切る。

八神を睨んだ。それから視線を移す。八神の隣には、マスクをつけた背の高い男が立っていた。ドカジャンと作業服に身を包み、背中まで伸びた髪を束ねている。瞳に独特の昏《くら》い光をたたえた不気味な男だ。一目で裏社会の男だと見抜いた。

八神は暖かそうなダウンジャケットを着ている。自分のジャンパーや身体が汚れるのも構わずに、ゲロまみれの西に組みついてきた。女というより、ネコ科の肉食獣のようだった。

やつらは黙って見下ろしていた。これだけで充分、西にダメージを与えられると考えているのだろう。事実、冷たい水をぶちまけられ、今にも凍え死にそうだ。

「なんか言え。このクソ女《アマ》、なんのつもりだ」

八神は相変わらず黙っている。ポケットに手を入れたまま答えない。蔑《さげす》むような目で見下ろしている。

「おい、シカトしてんじゃねえ」

八神が動いた。バケツを抱え、水道の蛇口をひねった。勢いよく冷水がバケツに吐き出される。バケツの底を打つ水流の勢いに、西はたじろいだ。

八神はバケツに水をなみなみと溜め、西の顔面に中身をぶちまけた。

視界が揺れ、鼻の奥がツンと痛む。気管に水が入ったようで、西は激しく咳きこんだ。鼻水やヨダレが顔を濡らす。

ようやく八神が口を開いた。

「このまま放っておくつもり。一時間もしないうちに、あなたは凍え死ぬでしょうね」

西は鼻をすすって笑った。

「嘘つけ。そっちの考えはわかってんだ。おれを殺れるはずはねえ。おれが消えちまえば、富永の坊ちゃんは、お前のクビを飛ばすどころか、ムショにぶちこむはずだ」

「それはどうでしょう。部下が殺しまでやったと知ったら、署長だって無事じゃ済まない。彼のクビまで吹き飛ぶでしょうね。案外、口を閉ざして、あなたのことをきれいさっぱり忘れるかもしれない。ゴキブリ一匹、この世から消えても、誰も気にはしないでしょう」

西は痛みと寒さ、それに屈辱に耐えつつ頭を働かせた。八神の意図を読みとろうと計算する。

「くだらねえ。おれにはわかるぜ。あいつは口にチャックなんかできねえ甘ちゃんだ。自分から捜査一課《ソウイチ》にゲロっちまうだろうよ。捜査が始まりゃ、すぐにケータイの位置情報から、この場所が割れる。そうと知ってるから、てめえはおれを殺さねえで、こんなしょうもねえ芝居してるんだろうが。おれに死なれたら困るのは、てめえのほうだろ。クソ女《アマ》」

八神は表情を変えず、黙って蛇口をひねるだけだった。勢いよく水を放出させ、バケツに水を満たす。

「おい、てめえ、いいかげんに――」

西はうんざりした調子で言った。八神は無視して、顔面目がけて水をぶちまけた。西は歯を食いしばって耐えたが、うめき声が漏れる。

「くだらないのはあんたのほう。どうしようもないヘマをやらかしたうえに、自分の立場を理解してない。これ以上、ナメた口を利くようなら、今度は氷入りの水をぶっかけてやる」

八神は空のバケツで西の頭を小突いた。

西はうつむいた。ブリーフが濡れ、寒さと恐怖で縮んだペニスが透けて見える。

たしかに八神をナメていた。女にぶちのめされたのも屈辱的だったが、ここまで冷酷な責めをくわえてくるとは。隣のドカジャンの男も、ただのヤクザとは思えない。

西の身体から湯気が昇った。

「こ、交渉に入ろうぜ。お前はおれを殺せやしねえ。そうだろうが。朝までに解放しなけりゃ、富永坊ちゃんが怪しむぞ。お前がここでなにをしているのかは知らねえ。だがよ、わざわざ愛車のナンバープレートまで変えてきたんだ。ここにはよっぽどの秘密が眠ってるらしいな」

「そうね。ペラペラ話されたら、とっても困る」

「三百万だ。それで手を打つ。富永には誓ってなにも喋らねえ。今夜はなにも見なかった。あんたは自宅でぐっすり寝てた。それでどうだ」

八神はドカジャンに命じた。

「氷を持ってきてくれる？」

「やめろ。二百でいい」

八神はあからさまなため息をついた。

「一銭も払う気なんかない。あなた、警官をクビになって、奥さんから三行半《みくだりはん》を突きつけられたんじゃなかった？　子供とは会ってるの？」

西の身体の震えが止まった。彼が警察を辞めたのをきっかけに、女房は中学生の息子を連れて、四年前に家を出て行った。養育費を払うだけで、ふたりとはろくに会っていない。

「なんだそりゃ。脅してるつもりか？」

「そう、脅してるの」

ドカジャンが浴室を出て、すぐに戻ってきた。西は顔をひきつらせた。氷を持ってくるのかと身構えたが、ドカジャンが持ってきたのは、タブレット型端末だった。すでに電源は入っており、液晶画面が光を放っている。

八神がそれを受け取った。

「とくにお子さんに見てもらおうと思って。お父さんの仕事をしている姿をね」

液晶画面を突きつけられる。気絶状態にある自分と、見知らぬ角刈りの男が映っていた。布団のうえで、ともに素っ裸だった。ブリーフさえもなく、尻や局部まで見えている。

角刈りの男はマスクで顔を隠している。代わりに身体が主張していた。肩から胸にかけて、桜の刺青が入っている。上半身は筋骨隆々で、男根に真珠を入れているため、ボコボコと歪《いびつ》な形をしている。その男根が、西の太腿のうえに乗っかっていた。

西の口が胃液でいっぱいになった。たまらずタイルの床に吐き出す。再び顔を上げ、目を見開いて画面を見つめた。いくら凝視しても、映っているものは変わらない。奥歯を強く噛みしめる。みしみしと嫌な音がした。

「てめえ……なにしやがった」

「打ちどころが悪くて心配だったから、添い寝をしてもらっただけよ。あいにく、ここは男ばかりだったから」

寝姿には演出が加えられていた。どう見ても、西が若い男とからみ合っているようにしか見えない。気を失っている間に、カメラで撮影したのだろう。大学時代の夜がちらつく。西は浅い呼吸を繰り返した。

「よこせ！」

西はパイプ椅子を背負いながら、無理やり立ち上がろうとした。タブレット型端末を持った八神に、頭から体当たりをぶちかまそうと試みる。

間髪入れず、ドカジャンの男が動いた。編み上げのブーツで西に前蹴りを放った。ムエタイ式のようなキック。ブーツの底が西の腰に衝突した。

強い衝撃に耐えきれず、西はパイプ椅子ごとひっくり返った。後ろ手にされたまま、満足に受け身も取れず、浴槽に頭をぶつけた。平衡感覚がわからなくなったが、それでも立ち上がろうとし、タイルに足をすくわれて転倒した。言葉にならない叫びをあげた。浴室の壁に反響し、自分の鼓膜を震わせる。

ホモ野郎を見かけるたびに、夜這いをかけてくる先輩の舌の感触や体臭を思い出した。よりによって、自分をホモ野郎に仕立てようとしている。想像するだけで、肌が粟立った。

「おれは違う！　許さねえぞ！」

転倒したせいで、鼻をしたたかに打ちつけた。鼻血が噴き出した。タイルや西の裸体に血の滴《しずく》が落ちる。肩で激しく息をし、八神を見上げた。視線に呪いをこめる。

八神は言った。

「上野の男たちは、さぞ驚くでしょうね」

「てめえ、ぶっ殺してやる！　ぶっ殺してやる！」

西の目から涙があふれた。絶叫したせいで、声がかすれている。

「ボルボのなかを調べさせてもらったけど、今は保険会社の調査員なんかしてたのね。職場の人たちにも見てもらいましょう。あんがい、いいパートナーと出会えるかもしれない」

「上等だ……やってみろ。やってみやがれ。てめえの住所はわかってんだ。締め殺してからてめえを犯して、顔にぶっかけてやる。何度もな」

八神のつま先が動いた。胃袋を蹴られる。さっき警棒で突かれたところだ。激痛のあまり、声も出せずに背を丸める。頭髪を摑まれ、頭を揺すぶられた。

「もともと、こんなのはあんたの得意技でしょうが。これまで何人、こうやって同僚を追いつめてきたの」

「てめえみてえな女ごときが——」

西は唾を吐いた。八神の顔にまでは届かず、スラックスを汚しただけだった。

八神は唾を無視して、ドカジャンに声をかけた。

「そろそろ、お願いするわ」

「よし」

ドカジャンが手を二度叩く。

それをきっかけに浴室のガラス戸が開いた。西は身体を震わせる。

浴室に全裸の男たちが、どやどやと入ってきた。色彩豊かな身体ばかりだ。和彫りや洋彫り、梵字を胸や腹に入れているものもいる。刺青の見本市のような有様だ。男たち全員が、顔をマスクで覆ってはいるが、あとはなにも身につけてない。浴室は、屈強な身体の男たちでいっぱいになった。肌の臭いや熱気が浴室内に立ちこめる。西の胃がまた暴れ出す。

ドカジャンは裸の男たちに命じた。

「かわいがってやれ」

八神はデジタルカメラを取り出した。

「啖呵《たんか》を切ったんだから、笑顔のひとつぐらい浮かべなさいよ」

西の身体から力が抜ける。なぜか尿意がこみあげてきた。太腿を閉じて、陰茎を隠そうとする。

「わかった、やめてくれ……近づけないでくれ」

みっともないほど、情けない声が漏れた。大量にあふれた涙が鼻血と混ざって、胸や腹を濡らした。八神がシャッターボタンを押した。フラッシュが焚かれ、網膜が焼かれる。

ドカジャンは男たちに言った。

「裸で戯れるには、ここは寒すぎる。二階に連れてけ」

刺青の男たちが近づく。陰茎が嫌でも目に入る。手錠を外されたが、すかさずふたりがかりで両腕を摑まれた。西は浴室から連れ出された。

「わ、わかった。おれは喋らねえ。なにも見てねえ、八神！　助けてくれ！」

だが、八神は連行される彼を、冷たい表情で見つめるだけだった。

※

瑛子は黙って見送った。裸の男たちが西を担いで出て行った。

広瀬はマスクを外した。口元に笑みが浮かんでいる。

「あれはさんざん男に遊ばれたクチだな。思った以上に取り乱していた」

「犯す必要はないわ。もう充分、脅しが効いてる」

広瀬はプラスチックの小さなパッケージを取り出した。なかには葉でくるまれたビンロウの実が入っている。それを口に放った。

「おれのグループはストレートばかりだ。あんたとやりたがるやつはいるだろうが、あんな汚いおっさんのケツなど、誰も触れたがらない。いや、ひとりぐらい、両刀のやつもいたかもしれんが、たしかにもう充分だろうな」

「変な珍客を呼びこんでしまったわ。私のミスよ」

「いい退屈しのぎになった。それに有嶋組長ほどのお人が、なぜあんたをよこしたのかが、これでようやく理解できた。実を言うと、あんたにはなんの期待もしてなかった。しかし、考えを少し変えたよ。もしかすりゃグラニソを、先に探りだせるかもしれん」

「グラニソのほうが、先にここを嗅ぎつけると思ってるの？」

広瀬の歯が、吸血鬼みたいにまっ赤に染まっている。

「いくらあんたが腕利きでも、基本的にこっちは守りに徹するしかない。五代目華岡組の最大の武器はドンパチじゃない。日本中に張り巡らせた情報網だ。警察《サツ》が目の色変えて、あの組をいじめるのもそのせいさ。莫大なブラックマネーで、あらゆる組織に犬を飼ってる。おまわりを手なずけてるやつもいれば、印旛会の幹部のフリをしながら、華岡組《ロッカク》の代紋に忠誠を誓ってるやつもいるだろう。関西の連中は甘くない」

「ここでグラニソを迎え撃つつもりなのね」

「あと二、三日ってところだろう。隠れ家をあちこち変えれば、しばらくは襲撃をかわすことはできる。だが、移動を繰り返せば、それだけ足跡や証拠を残すことになる。やつをここで片づけるのがベストだと考えていた。しかしそれも、あんたが先にグラニソを見つけてくれれば話は別だ。狙われるより、狙うほうがなにかと好都合だ」

広瀬は淡々と語る。この男と会って数時間しか経っていないが、冷静な頭と優れた身体能力を有しているとわかる。

彼の部下にしても、刺青だらけだが、肉体はしっかり鍛え上げられていた。銃器の扱いにも慣れているだろう。いくらグラニソが凄腕だとしても、これほど堅牢なガードを破れるとは思えなかった。

「華岡組も同じ考えのはずだ。刑事《デカ》のあんたに言うのも、おかしな話だが、警察《サツ》に嗅ぎつかれる前に、短期決戦で済ませたがっているはずだ。キタハラにこれ以上、ベラベラと密売ルートを喋られるわけにはいかないだろうからな」

「とんだ珍客のおかげで、キタハラさんへの訊きこみが中断されたわ。会ってもかまわないかしら」

「訊くことがまだあるのか?」

「少しだけ」

広瀬と瑛子は浴室を出た。再び二階へと向かう。

キタハラがいた部屋以外はすべて空いていたはずだが、今は一室だけご利用中だ。扉は閉められ、南京錠がかけられていた。その部屋からは、西のすすり泣く声が聞こえた。

キタハラの部屋の前には、やはりショットガンを抱えた見張りが立っていた。広瀬が軽くドアを叩く。

「どうぞ」

キタハラはスウェットのジャージから、Yシャツとスラックスに服装を変え、そのうえに防弾ベストを着こんでいた。腰のホルスターには拳銃がある。

広瀬は眉をあげ、彼の防弾ベストを見やった。

「まだ着ていたのか？　脱いでかまわないと言っただろう」

キタハラは照れたようにうつむいた。

「それはわかっていたんですが……一度、着てしまうと、なかなか脱げなくて。根が小心なもんですから」

「そんな肝っ玉で、よくカルテルを裏切る気になったもんだ」

広瀬は呆れたように彼を見下ろした。キタハラは頭を掻く。頭髪は櫛で整えたようだが、後頭部の寝癖はついたままだ。

瑛子は言った。

「侵入者は私目当てだった。驚かせてごめんなさい」

「グラニソでなくてよかったと、胸をなでおろしているところですよ。さきほどは話が途中になってしまいましたが、まだなにか訊きたいことでも？」

「ええ。ひとつだけ。あなた自身のことよ」

「私ですか」

テーブルには三人分のコーヒーが、置かれたままになっていた。瑛子はソファに腰かけ、すっかり冷えたコーヒーに口をつけた。

「あなたがソノラ・カルテルを裏切った理由はわかった。でもどうして、カルテルのメンバーなんかになったの？」

キタハラは拍子抜けしたように口を開けた。

「つまり、組織に入るきっかけですか？」

「グラニソの情報はもちろんだけど、キタハラさんのことも、もっと知っておきたいから」

「グラニソと違って、格別、おもしろい話ではありませんよ。自分から堕ちていっただけのことです。キタハラ家は、わりと大きな食品会社を経営してましてね。メキシコではインスタントヌードルが大変人気です。祖父が設立した会社を、父はメキシコ人好みのサルサやチリソース味のヌードルを売って、拡大させました。父は厳格なカトリック教徒で、社員だけでなく、家族にも厳しい人でした。気に障ることがあれば、すぐにベルトでこうです」

キタハラは鞭を振るう仕草をした。

「厳しいお父様に反発し、学校にも行かず、家を飛び出した。そんなところ？」

「売人にとっても、金持ち息子である私は上客中の上客です。あらゆる薬物に手を出し、金がなくなれば、父が集めていた調度品を質屋に持ちこんでクスリ代に替えました。そこから地元ギャングとつるむようになり、とにかくあとは転落の人生です。ラリった私は父を刺し、キタハラ家からは勘当されました。家を失った私は、地元のマフィアと深く関わるようになった。そのころはまだ、ソノラ・カルテルなど存在してませんでしたがね」

「なかなか想像しにくいわね。あなたが、そんなヤンチャな過去を持っていたなんて」

「私はこのとおり非力な小男です。ドンパチよりも、数字の管理や密売ルートの開拓という、サラリーマンじみた仕事を任されました。なにせ組織には、まともな教育を受けられず、文字の読み書きすらできない人間が大勢います。父の厳しい教育のおかげで、私には多少の学があります。日本語だけじゃなく、英語と……多少の韓国語なども扱えます。最大の市場であるアメリカ西海岸には、韓国系マフィアも多くいましたから。扱っているものが麻薬というだけで、していることは会計係や商社マンと変わりません。その手の仕事を円滑にこなすには、アウトローの臭いを消す必要があった」

「ビジネスマンとしての腕を買われ、こうして日本に派遣されたわけね」

「今さら、この世界から足を洗うことはできません。これからもドラッグと関わりながら生きていくでしょう。私の脳みそには、膨大な裏社会の情報がつまっています。これを破壊されないよう、グラニソの始末を、どうかよろしくお願いします」

キタハラは自分の頭を指差して笑った。小心なのか大胆なのか、相変わらず腹の底が見えてこない。

瑛子は立ち上がった。

「ともかく、まずは比嘉アントニオを追ってみるわ」

広瀬がゴミ箱に赤い唾を吐くと、ポケットからビンロウの実が入った小袋を取り出した。

「さっぱり寝てないんだろうが。嚙んでいくか？　目が覚める」

「お気持ちだけいただくわ。そんなドラキュラみたいな口になったら、署にも戻れない」

瑛子は部屋を出ると、二階に監禁されている西のところへ向かった。

15

富永はいつもより早く目を覚ました。

眠りがひどく浅かったため、どうも頭がすっきりしない。署の側にある自宅マンションに戻ったときには、もう日付が変わっていた。歯痛を止めるために、鎮痛剤を多めに服用してベッドに入ったが、なかなか眠気がやって来なかった。

歯茎の痛みは薄らいだものの、富永の心は落ち着かなかった。管内で不穏な事件が起き、せっかくのイベントを潰された。大都市東京の繁華街を受け持つ以上、理解に苦しむ事件に直面するのは必然といえる。

昨夜の会議では、被疑者については、ひとまず犯罪歴のある二十代から三十代の男性、動物虐待などで補導された虞犯《ぐはん》少年を中心に調べるという方針で固まった。被害者の身元を特定するため、失踪届の出ている行方不明者のチェックと、他の遺体のパーツを発見するため、さらに他の署の応援を借りて、捜索範囲を広めることも決まった。

死体を遺棄したのは十代から三十代の男。上野公園に設置された防犯カメラに、ボール箱を置く中肉中背の男性が映っていた。

防犯カメラを意識していたらしく、無地の黒いパーカーとマスクで顔を隠していた。彼の周囲には、毛布や段ボールにくるまるホームレスが何人かいたが、身動きせずに寝入っていた。パーカーの男は植え込みに箱を置くと、早足で公園から姿を消した。鑑識班が、コンビニや街路に設置された防犯カメラの映像を解析し、男の行方を追っている。

なにしろ犯人《ホシ》は、生きたままの人間を解体する冷血漢だ。捜査会議の読みは妥当といえる。

しかし、富永は歯にニラでも挟まったような違和感を覚えていた。

会議が終わり、捜査員たちが翌日に備え、休息を取ろうとするなか、富永だけが会議室で首をひねり続けていた。

これとよく似た事件を知っている。やはり人間の身体がバラバラに解体され、掌のうえに舌が載せられていたという。自分の犯行の異常性を誇示するかのように。

富永はシングルベッドから這い出した。頭を拳で小突くが、どうしても思い出せない。数字に強く、記憶力がいいと自他ともに認めてきた。うぬぼれなどではなく、常に証明してきた。

それだけに腹立たしい。まだ四十前だというのに、脳に衰えがきたのか。

捜査会議が終わってから、捜査一課の沢木管理官に尋ねた。沢木は殺人捜査のベテランだ。しかし、彼でさえも首を振るだけだった。

――舌ですか……それはわからないですね。バラバラ殺人自体は珍しくありません。私も何件か手がけていますから。それはたいてい犯人が死体を運搬しやすくするため、あるいは処理するためであって、いわゆる今回のような見せしめ型と呼ばれるケースは、我が国ではそれほど多くありません。その手のもので有名なのは、九七年の神戸連続児童殺傷事件でしょうが、そうなればいくら他県の事件であっても、メディアが黙っているわけはありませんし、きっと覚えているはずです。

沢木の言葉を反芻《はんすう》しながら洗面所で顔を洗った。プロの言葉には説得力がある。無残に解体された遺体を直に目撃したせいで、ありもしない記憶が脳のなかで形成されたのか。

「疲れているのか……」

富永は鏡を見ながら呟いた。

ただでさえ多忙な年末に、奇妙な猟奇事件が発生した。これで正月は京都に帰省できるかわからなくなった。

タオルで顔をぬぐい、ケータイを取り上げた。捜査会議中からずっとマナーモードにしていた。西から、なにか報告があったかもしれない。画面をチェックしたが、捜査会議が始まる前に電話連絡をしたきり、その後はとくに報告はない。

八神の存在も頭痛の種ならぬ、歯痛の種だ。メキシコ産覚せい剤の売人を捕え、署の成績に貢献しているものの、警察内部の情報を印旛会に売って得ただけのことだ。その直後に、八神は印旛会の最高幹部である有嶋章吾と会っている。

「メキシコ……」

携帯電話の画面を見つめながら言った。急に視界がクリアになり、頭が軽くなった。舌を見せしめに切り取る殺人者。沢木が知らず、なぜ自分が知っているのか。その理由がわかった。

公安畑を歩んできた富永は、その見せしめ型のバラバラ殺人事件を知っていた。国内ではない。海外での事件だったからだ。富永は本庁の公安部の外事一課に属していた。

外事一課は欧米地域のスパイやテロリストを捜査対象とするセクションだ。アメリカ中央情報局《CIA》や連邦捜査局《FBI》、イギリス情報局秘密諜報部《SIS》といった西側情報機関と、密接に情報交換を行っている。

富永は元部下の田辺に電話をかけた。

三か月前に八神を監視し、今回は西を紹介してくれた男。現役の外事一課員だ。

まだ夜も明けきらない時間だったが、ワンコールで田辺は電話に出た。八神と同様に、いつ寝ているのかわからない男だ。

〈田辺です〉

「朝、早くにすまない。大丈夫か？」

〈問題ありません。こちらから近々お電話するつもりでしたから。西のほうはどうですか〉

「今のところ、よくやってくれている。性格がだいぶねじ曲がっているようだが」

〈やつはクズです。調子に乗るようだったら言ってください。分をわきまえさせますから〉

田辺はぶっきらぼうに言った。

「どうやって」

〈徹底的に身辺を洗います。おそらくこれは私の勘ですが、やつは同性愛者と思われます。西自身は死んでも認めないでしょうが。〝クローゼット〟というやつでしょう〉

「クローゼット？」

〈性的指向を隠しているという意味です。隠れゲイというか。過去を洗えば、なにか出てくるでしょう〉

公安刑事にとって、一個人のプライベートを丸裸にすることはたやすい。田辺ならなにかを見つけ出すだろう。

西は上野の男娼に暴行を働いた。現役時代はゲイバーやゲイクラブを目の敵にしていた。

「同族嫌悪というやつか」

〈やつの内面までは知り得ませんが、性的指向というのは、人によっては、もっとも隠しておきたい秘密です。そのあたりを突けば、おとなしくなるはずです〉

富永はひっそり笑った。

公安部で働けば、否が応でも他人の秘密を知ることになる。幼女や少女の裸が大好きな保守系政治家や、暴力団関係の黒い金を運用している投資ファンドに資産を預けながら、格差社会を嘆くリベラル気取りの学者。あやしげな健康食品を高齢者に売りつけながら、勇ましい演説を街頭でするエセ右翼。日本人少年を夜な夜な公邸に招き入れる某国の外交官。高級ホステスに化けたスパイに骨抜きにされた防衛省の高官など、人間の欲望や弱さとあからさまに直面することになる。

任務に手応えを感じる公安警官もいれば、信じがたい裏側を見すぎたゆえに、深い人間不信に陥る者もいる。富永や田辺は前者だった。

「電話したのは、西のことじゃない。別の件だ。いや……もしかすると、一本の線でつながっているのかもしれん」

〈八神瑛子ですか〉

田辺の口調が熱を帯びた。この腕利きの公安刑事に、一杯食わせたのが八神だった。

「一枚嚙んでるかもしれん。上野公園でバラバラ事件が起きたのは知ってるだろう。ボール箱のなかに、切断された人間の手と舌が入っていた」

〈ええ〉

「それとよく似た事件が、二年ほど前に起きていたと思うが、覚えていないだろうか」

〈欧米のどこかで、ということですね？〉

「そうだ」

田辺はしばらく沈黙し、それから答えた。

〈いえ……記憶にありません〉

田辺の返答は富永の想定内でもあった。欧米を捜査対象とする外事一課だが、もっぱら彼らが相手にするのは、ロシアや東ヨーロッパの旧共産圏のスパイや協力者だ。

「調べてもらえないだろうか。ファイルを見てくれ。王立カナダ騎馬警察《RCMP》、もしくはカナダ安全情報局《CSIS》から提供されていると思う。メキシコのソノラ・カルテルが放った暗殺部隊が、当局に情報を売ったカナダの麻薬ディーラー一家を、護衛の警官ごと殺害した事件があったはずだ」

王立カナダ騎馬警察は、カナダの連邦警察だ。アメリカにおけるＦＢＩと似た組織である。カナダ安全情報局は、カナダ政府の諜報機関だ。

田辺が言った。

〈上野公園の死体遺棄事件は、そのカナダの事件と同一犯だというわけですか？〉

富永は空を睨んだ。詳しい時期までは思い出せない。

「私の記憶に誤りがなければ、暗殺者はディーラー一家全員の手と舌を切り、それをバンクーバーの公園に捨て去ったはずだ。見せしめのためにな」

〈至急、調査に取りかかります。すでに庁舎にいますから、それほど時間はかからないはずです〉

田辺の口調がにわかに硬くなった。

メキシコ産覚せい剤が都内を中心に、大量に出回っている事実に危機感を覚えているのは、なにも所轄署や本庁の組対部だけではない。公安部も国内に滞在しているメキシコ人や、中南米出身の外国人を洗い、覚せい剤の流入ルートの解明に努めている。

「すまない。頼む」

富永は電話を切った。東の空が明るくなる。こんな時間に庁舎につめている田辺は、おそらく激務に追われているはずだ。しかも富永の依頼は、組織の機構図を無視した越権行為だ。発覚すれば、富永はもちろん、引き受けた田辺も大目玉を食らう。それでも嫌な素振りひとつ見せず、常に引き受けてくれる元部下に感謝した。

富永はさらにケータイのボタンを押した。すでに眠気は吹き飛んでいる。

上野公園の事件は、カナダの暗殺犯と同一人物――そう判断するには、まだ証拠が圧倒的に足りない。ただカナダの一家殺人事件の原因も、メキシコ産覚せい剤という点は見逃せなかった。

富永は西に電話をかけた。

八神は、印旛会系千波組の甲斐から情報を得て、メキシコ産を売りさばいていた嶋中夫妻を逮捕した。その見返りとして、よその署のガサ入れ情報を甲斐に提供した。

印旛会にとって、メキシコ産覚せい剤の流入は、歓迎すべきものではないのだろう。八神は連中の期待に応えた。関東ヤクザの顔役である有嶋章吾と会談したのも、やはりメキシコ産覚せい剤に関したものかもしれない。単に礼や挨拶を述べるために、彼女をわざわざ伊豆半島の南端まで呼び出すとも思えない。

八神はまたも先を行っている。捜査本部よりもだ。ケータイを耳にあてながら、壁の時計に目をやった。朝の六時半。彼女は毎日、三時間ほどしか睡眠を取らないという。場合によっては、徹夜続きでもマシーンのように動き続ける。西に現状を改めて問いただしたかった。

富永はケータイを握りしめたまま唸った。西からの応答がない。あの下品な声が聞こえるどころか、呼び出し音さえ鳴らない。

富永の耳に届くのは、不通を知らせる女性のアナウンスだけだった。

16

瑛子は再び青梅から高速道路を走った。

日が昇り始めたばかりで、高速道路は空いていた。電光掲示板にはまだ渋滞の表示はない。

スカイラインのリアシートには、結束バンドで手足を縛められ、口に猿ぐつわをされた西が転がっている。ときおり、振り返って様子を確かめたが、瑛子にこっぴどく痛めつけられたうえに、冷水を浴び続けたせいで、顔色が白くなっていた。熱でも出しているのかもしれない。

関越道の上り車線に入り、しばらく走ってから路側帯に車を停車させた。ハザードランプを点灯させ、後ろを振り向き、縛られた西に忠告した。

「印旛会にあなたの腕を売りこんでおくから。保険屋の調査より、お金になる仕事が舞い込んでくるはずよ。誰が主人なのかを覚えておくことね」

西の目は赤く潤んでいた。瑛子の顔を見上げていたが、その目はもはや力がなかった。

瑛子は車を降りると、後部ドアを開け、西の尻を叩いた。

「ただし、バカな真似をすれば、世界中にあなたのポルノ写真が出回ったあげく、印旛会があなたのあらゆる穴を掘りにやってくるわ。それでも私を恨むというのなら」

瑛子は西の髪を摑み、お互いの鼻がぶつかるくらいに、顔を近づけて微笑みかけた。

「いつでも来るといいわ。楽しみましょう」

西の額に、汗の粒が噴き出した。怯えの表情を確認できたところで、両足を摑んで、スカイラインのシートから路側帯へと放り投げた。手足を縛られた彼は、受け身も取れずにゴロゴロと転がる。

西の両手を縛《いまし》めている結束バンドを解くと、スカイラインに戻り、走り去った。

けた。

※

外環道から首都高5号線に入ったところで、ハンドルを握りながら、瑛子はケータイをかけた。

通話音がしばらく鳴り続ける。一分ほど経過してから相手が出た。

〈もしもし！　なんなんですか、こんな朝っぱらに〉

開口一番、巻上《まきがみ》巡査部長が怒鳴った。朝飯中だったらしく、くぐもった声が返ってきた。

「おはよう。元気そうね」

〈悠長に話してる暇がないのを知ってるでしょう。なんの嫌がらせですか〉

「そんな怒鳴り声を出さないの。子供が怖がるでしょう」

〈ま、待ってください〉

電話のスピーカーからは、巻上の怒声に驚いたのか、赤ん坊の泣き声が聞こえた。巻上が猫なで声で赤ん坊をあやす様子が、音を通して伝わってくる。

巻上は本庁の組織犯罪対策部に属している。かつては女性警官の熱い視線を独り占めにした美男子で、警察官の応募ポスターのモデルにもなったが、交通課の女性警官を妊娠させて、早々に独身生活に幕を下ろした。今は三人の子供を抱え、結婚してから体重は三十キロも増え、美男子の面影はすっかりなくなった。

巻上がドタドタと移動する音。子供たちとの食卓を離れ、寝室にでも逃れたのだろう、急に雑音が少なくなった。

彼は声の音量を落とした。

〈支払いはまだ先のはずでしょう。おれの朝が戦場なのを知ってて、嫌がらせするわけですか？〉

「落ち着きなさい。催促が目的じゃないし、あなたにとって悪い話じゃないわ。支払いなんていつでもかまわない。時間もなさそうだから単刀直入に言うけど、元本も三分の二に棒引きしてあげる」

急に巻上は黙りこんだ。応答がない。

「もしもし。どうしたの？　忙しいんでしょう？」

〈……その代わり、おれになにをしろと？〉

巻上は警戒するような声で尋ねてきた。

彼の自宅は、町田市の外れにある新興住宅地にある。若くして夢のマイホームを購入したが、バスや私鉄の乗り換えなどで通勤時間がかかるため、かなり朝早くに家を出なければならない。

肉体はどんどん肥大化していき、健康診断を受けるたびに、身体のあらゆる数値が悪くなっていった。ただ、刑事としての腕はめきめきと上がり、体力とガッツが求められる池袋署や新宿署の刑事課で、窃盗犯や密売人を次々に捕えて名を挙げた。本庁の組対部へ栄転すると、組《ソ》織犯罪対策特《ト》別捜《ク》査隊に抜擢された。

組特《ソトク》は、事件ごとに警察施設に捜査本部を立て、そこを根城として活動するため、職場の位置がころころ変わる。とりわけ機動性と専門性が求められるセクションだ。

その一個班は、急激に勢力を拡大する東京同盟ＯＢの洗い出しに当てられている。警視庁は指定暴力団を狙い撃ちするあまり、東京同盟のような不良集団の暗躍を許してきた経緯があるが、芸能人やスポーツ選手のトラブルとともに、東京同盟の存在はメディアにも知られるようになってきた。あわてた警視庁は、東京同盟の実態解明に動き始めている。巻上はその東京同盟担当班に組みこまれた。今の職場は麻布警察署にある。東京同盟の縄張りだ。

しかし、いくら刑事として有能だったとしても、民間企業と異なり、それが給料に反映されることはない。もらえるのは賞状や勲章だ。熱心な刑事ほど昇進試験の勉強をする時間などない。巻上は三人の子供の養育費と家のローンに追われ、昼食は妻の弁当で済ませている。日々のタバコ銭にも事欠く有様だった。

金欠状態を噂で聞いた瑛子は、彼に融資の話を持ちかけた。子煩悩で妻との関係も良好。

刑事としての腕も悪くない。ただ唯一の彼の悩みは、疲れを癒すための小遣い銭もないことだった。居酒屋で一杯ひっかけ、レートの低いパチスロで息抜きできる程度の金を、喉から手が出るほど欲していた。彼の妻は、池袋署の交通課でびしびし違法駐車を取り締まってきた気の強い女性で、巻上は頭が上がらずにいる。

警察社会は、警官に早婚を勧める気風があり、職場結婚を奨励する。結婚相手が外の人間である場合、相手の三親等まで調査が行われ、思想や前科前歴のチェックがなされる。結婚相手の家族に暴力団関係者がいたり犯罪歴があったり、配偶者自身が水商売や風俗業に従事していた場合、その結婚はまず祝福されたりはしない。実質、許されないと言ってもいい。

かつて警官が結婚するには、娶妻願《しゅうさいねがい》なるものを出し、上司の許可が求められた。警察組織にとって好ましくない人物との結婚は完全に不可能だった。それでも結婚したければ、警官を辞めなければならなかった。露骨な慣例こそ消えたものの、今でも結婚相手によっては一生出世は望めなくなる。

瑛子の結婚も、決して歓迎されなかった。なにしろ夫の雅也は、週刊誌の編集者というメディア側の人物だ。

しかもスキャンダラスで下品さを売りとする男性誌『週刊タイムズ』は、かつて暴力団幹部の主張や提灯記事を毎週のように載せていた。戦後最大の大親分として知られる華岡組二代目の真垣達雄《まがきたつお》が、この雑誌で連載コラムや自伝を執筆していたほどだ。そんな歴史を持つ雑誌の記者が相手では、喜ばれるはずはなかった。荻窪署に勤務していたころ、雅也と小さな結婚式を挙げた。同僚たちは祝ってくれたものの、上司には出席を拒まれた。

また警察官は、巻上のように持ち家率が高く、早めにマイホームを欲しがる傾向にある。官舎に住めば家賃は安く済むが、年功序列や階級が絡むため、階級の低い若手警官には、古くて狭い部屋が割り当てられる。民間の社宅と同じで、夫の肩書きがそのまま家族に影響を与え、人間関係のトラブルを生みかねない。

富永のようなキャリアを除けば、大半の警官は地方公務員であるため、異動はひんぱんにあっても、職場が都外になることはない。父親としての威光を示すため、無理をしてでもローンを組み、若いうちから立派な住宅を手に入れようとする。

世間では公務員の給料が槍玉にあがるが、危険がともなう警察官は、公務員のなかでも、とりわけ高めに設定され、福利厚生の面でも充実している。

終身雇用システムが崩壊し、結婚も子供も諦めざるを得ない同世代が増え、若者の困窮ぶりが社会問題化する一方で、警官は二十代のうちに一千万の貯金をし、三十代でマイホームを持つ、安定した人生プランを立てることができる。

巻上は正しい警察官の見本といえたが、身の丈に合わない無茶もしている。都内に庭つき二階建ての家を建て、長女を学費のかかるキリスト教系の私立小学校に通わせていた。住宅ローンと子供の養育費に頭を抱えていた。

瑛子は一気に尋ねた。

「情報をこっちにもわけてほしいの。比嘉アントニオはどこ？」

〈なっ――〉

巻上は言葉をつまらせた。返事がない。

「質問が聞こえなかった？」

〈聞こえてます。だけど、どうして上野の姐さんが、そんなことを知りたがるんです〉

「質問してるのはこっちよ」

組特《ソトク》の東京同盟対策班は、繁華街に詳しい刑事だけでなく、元公安刑事や知能犯を扱う捜査二課出身者、サイバー犯罪対策室出身者といった混成部隊だ。それは東京同盟の組織系統やシノギを、まだまだ警視庁が把握できていないことを証明していた。構成員の職業や犯罪の手口などがまるで不透明なため、それぞれ専門分野を持った捜査員を投入し、対象とする組織の実態調査から始めている。

海外留学の経験がある巻上は、英語や中国語を得意とし、日中混成の強盗集団や外国人の自動車窃盗グループの捜査をしてきた。東京同盟担当には、比嘉アントニオのようなブラジル系日本人やアフリカ人など、様々な人種の外国人も関わっているため選ばれた。

巻上はしばらく唸り続けた。出勤の遅れを覚悟したようだ。

瑛子はトラックを追い抜きながら、巻上の口を開かせるために言葉を選んだ。

「悪い条件じゃないでしょう。利子の棒引きなんてチンケな話を持ちかけてるんじゃないの。私は自分の身を切ってまで、あなたを助けたいと言ってるのよ。あなたの大切な警官人生を壊したくないし、ひときわ有能だと思っているからこそ、特別に申し出ているの。体重がさらに増えたのは、ちゃんとストレスを解消してない証拠よ。借金が減った分、臨時ボーナスが入ったと思って、疲れを取りなさい。ピンサロにでも行って。そうしないと、あなた、家のローンを払い終える前に、生活習慣病に苦しんで死ぬだけよ。娘が成人式を迎える姿だって拝めない」

巻上はなかなか返事をしなかった。彼がいる部屋に子供たちが入ってきたらしく、〈パパ、パパ〉と盛んに父を呼ぶ声が聞こえた。

瑛子は続けた。

「情報を売るのは初めてじゃないでしょう」

〈だけど、ですね……〉

巻上は切なそうな声をしぼりだした。

彼に話を持ちかけるのは二度目だ。それゆえ、さっさと口を割ると思っていた。瑛子の足元を見るというより、素朴に刑事としての誇りが許さないのだろう。

前回は昨年の秋だ。池袋で起きた凶悪事件の情報を巻上に売ってもらった。

豊島区の高齢者向けマンションで、強盗放火殺人事件が発生した。殺害されたのは、資産家で知られるひとり暮らしの老人だ。部屋を放火されたために物証がとぼしく、防犯カメラに目だし帽をかぶった三人組の集団が映っただけだった。数千万ものタンス預金と貴金属を奪われている。

現場付近に残された靴跡が、中国国内でしか流通されていないブーツであったことが判明し、容疑者は中国人グループと推測されたが、目撃情報も少なかったことも災いし、現在にいたるまで未解決のままとなっている。

事件から三か月後、あるヤクザが、銀座の宝石店で高級ダイヤの窃盗に失敗して逮捕された。ヤクザは取り調べで、知り合いの中国人が資産家の強盗殺人に関わっていると供述した。

捜査本部はその証言をもとに、中国人の行方を追ったが、ヤクザが語る中国人の名に該当する人物は存在せず、ヤクザの証言は自分の罪を軽くするための嘘か、中国人が普段から偽名を使っていたかと判断された。捜査はそれ以来、進展しなかった。

瑛子は巻上に依頼した。ヤクザの証言をもとに作られた中国人の似顔絵だ。捜査本部の刑事に配られた極秘資料だ。返済期限の延長と利子の棒引きを条件として、巻上から中国人の似顔絵を手に入れた。

瑛子は、福建マフィアの劉英麗に渡した。殺害された老人は、英麗の中国人クラブや飲食店に出資していた大切なスポンサーで、英麗が抱える店のホステスを愛人としていた。大切な金主の命を断りもなく奪った同胞にケジメをつけさせるため、英麗は事件の情報を喉から手が出るほど欲しがっていたのだ。

英麗がその後、似顔絵をどう使ったのかは知らない。ただ、似顔絵を渡してから一か月もしないうちに、瑛子の自宅のポストに雑誌の切り抜きが入れられていた。

香港で発行されている雑誌で、マカオの港で男性三人の水死体が見つかったと報じていた。三人の遺体は、青龍刀のような刃物で切り刻まれていたという。被害者の顔写真が大きく掲載されていたが、似顔絵の男たちとかなり似ていた。

「今度だって、あなたに迷惑をかけるつもりはない。ただ情報を共有しておきたいだけよ」

〈……こちらにも情報を教えてください。交換という形なら、協力します〉

「ありがとう。じゃあ、まずは私の質問に答えて」

〈比嘉アントニオの行方は……じつはわかっていません。やつだけじゃありませんよ。ここ数日、東京同盟の幹部連中は蜘蛛の子を散らしたように、歓楽街から姿を消しています。急に東京を離れたり、愛人や友人宅に潜りこんでいるようです。リーダーの柳楽誠《なぎらまこと》ですら、恋人のグラビアアイドルと一緒に、ソウルのカジノで遊びほうけてますから。なにかトラブルでも起きて、身をかわしているとしか思えないんですよ。こっちはまだ実態把握の段階で、連中をパクるのはまだ先です。なんのために都内を離れているのかが、よくわからないままなんです。よほどのことが起きているんじゃないですか？〉

巻上の声色が忙しい父親から、貪欲な刑事へと変わった。だいぶ口調が冷静になる。

「知りたかったら、私を満足させることね。比嘉の居場所を知ってそうなメンバーを今すぐ教えて。やつの兄弟でも、恋人でもなんでもかまわない」

スカイラインは池袋インターの手前で停まった。渋滞に巻き込まれ、フロントガラス越しに、無数の車両の行列が見える。ケータイを首と肩に挟み、シフトレバーをチェンジさせる。

〈それなら、リーダーの柳楽でしょう。比嘉は、東京同盟の暴力性を示す、歩く看板みたいなやつです。迫力があるうえにケンカの腕も相当で、酔っぱらった蒙青狼《もうせいろう》と互角に殴りあったほどです。その腕を気に入った柳楽はなにかと目をかけ、自分の身辺警護や、店のボディーガードをさせていたようです〉

「それはすごい話ね」

蒙青狼はモンゴル出身の元大関力士だ。喜怒哀楽の激しい子供っぽさと、猛々《たけだけ》しい相撲で人気を誇ったが、弟弟子への度を越したイジメや、酔って知人に暴力を振るうなどして、相撲協会から引導を渡された。人格や素行には問題があったが、相撲の実力は横綱級の強さだったという。

「だけど、肝心のリーダーはウォーカーヒルで恋人とカジノ旅行を楽しんでいる。他には？」

〈比嘉は資金力のあるタニマチから重宝がられてました。東大出のベンチャー企業の経営者や、美容整形の外科医などです。非力でイジメに遭ってたガリ勉ほど、ああいう屈強な大男を従えて、大物ぶりを主張したがりますから。東京同盟のメンバーにも、そういう男がいます。自分で会社経営をするほどの才覚もなければ、比嘉みたいに暴力に長けてるわけでもありません。父親が不動産業経営をしている資産家で、親の財力に甘えているだけのドラ息子ですが、芸能界やスポーツ選手とコネがあり、大物ぶりをアピールするために、しょっちゅう比嘉とつるんでいます〉

「そいつの住居《ヤサ》は？」

巻上はノートでも開いているらしく、紙をめくる音がした。

〈やつの自宅は……初台の高級マンションです。実家は横浜にありますが、都内でひとり暮らしをしてます。渋谷の専門学校に通わせるために借りた部屋ですが、でかいシボレーを乗

り回しては遊んでばかりで、学校も除籍処分になってます〉

「ありがとう。満足したわ」

〈ま、待ってください。約束でしょう。そちらの情報《ネタ》を教えてください〉

「その前に言っておくけれど、私はあなたになにも訊いていないし、あなたも私になにも話していない。奥さんに借金をバラされたくはないでしょう」

〈も、もちろんです〉

「メキシコ産覚せい剤が絡んでるってことよ」

巻上が大きく息を吸った。あれこれ質問される前に、瑛子は電話を切る。ケータイを助手席に放り、ハンドルを握り直した。

ケータイが何度も震えたが無視した。たったひと言ではあるが、貴重な情報を与えてやったとは思う。

池袋インターで、渋滞中の首都高を降りた。同じく朝のラッシュで混み合う明治通りを通って渋谷方面へと向かった。

城崎基之《もとゆき》の住居は、巻上の言うとおり、値の張りそうな高層マンションだ。渋谷の歓楽街からも遠くはない。建物の横には、エレベーター式の立体駐車場が設置されている。

マンションの玄関前には、数台分の駐車スペースがある。立体駐車場には入りきれないS

ＵＶや大きな外車が停まっていた。城崎の赤いシボレーもそこにあった。

静かなマンション街で、出勤する会社員やＯＬらが、早足で道を歩いている。ゴミ袋を抱えた中年サラリーマンが、かったるそうに集積場にゴミ袋を放る。

瑛子は道端に車を停めた。通行人が途絶えたのを見計らって車を降りる。

スカイラインのトランクを開け、積んでいた工具ケースを開けた。なかには工具類に混じって、チンピラから取り上げたナイフ類がある。そのなかから、もっとも切れ味のよさそうな、ステンレス製の折りたたみナイフを選んだ。刃を開きながらシボレーに近づいた。

城崎は車に凝っているらしく、タイヤには高そうなホイールが銀色の輝きを放っていた。車内は紫色で統一され、巨大なスピーカーや液晶モニターがいくつも設置してある。

瑛子はあたりを見渡してから、ナイフをシボレーの右前輪に突き刺した。固いゴムに跳ね返されることなく、刃はタイヤに深々と埋まった。空気が漏れる音がし、ナイフを持つ手に風が吹きつける。

刃を引き抜き、今度は右後輪を突いた。右側の二つのタイヤが破れ、シボレーの車体は大きく傾いた。それからマンションの玄関へと向かう。

玄関はオートロック式で、ガラス製の自動ドアは開かない。壁に設置されているインターフォンのボタンを押した。

反応がしばらくなかった。再度、ボタンを押そうとしたところで相手が出た。眠っていたらしく、不機嫌そうな声が返ってくる。

〈誰だ、あんた。こんな朝っぱらに〉

インターフォンにはカメラがついていた。レンズに向かって、瑛子は語りかけた。

「いえ、私このマンションの住人ですけど、玄関前の赤いシボレーって、あなたのものですよね」

〈だから、なんだってんだ。文句あんのか。そこのスペースは、おれのもんだぜ〉

「いえ、そうじゃなくて……誰かがタイヤをパンクさせたみたいで、ご近所さんの車だから、知らせておこうと思って」

〈マジかよ!〉

インターフォンの通話がそこで途切れた。やつの部屋は十一階にあるが、二分もしないうちに、城崎らしき男が血相を変えて一階に下りてきた。

頭を金髪にし、眉を極細に剃った若い男だ。灰色のスウェットのジャージとサンダル姿で、目ヤニとヨダレの跡がついたままだ。

ゆっくりと開く自動ドアの隙間をすり抜け、玄関から外へと飛び出してくる。城崎は瑛子になんの挨拶もなく、一目散に自分の愛車へと駆けた。

「ああ！　クソ！　誰がやりやがった！」

城崎はかがみこんで、張りを失ったタイヤに触れた。怒りで顔を赤くさせ、他に被害がないか、愛車をなで回して確かめる。

瑛子は腰のホルスターから特殊警棒を抜き、車に気を取られている城崎の背後にゆっくりと近寄った。

「知らせてあげた人間に、礼ぐらい言いなさいよ」

「ああ？」

城崎は眉間に皺を寄せて振り返った。同時に、瑛子はやつの首に警棒を叩きつけた。肉を打つ重い音がし、手に重い衝撃が加わる。

城崎は首を傾かせながら、アスファルトのうえに倒れた。びくびくと身体を痙攣《けいれん》させ、何度も咳きこんだ。瑛子は彼の腕を後ろに回して手錠をかけた。

「な、なにもんだ……てめえ」

無言のまま城崎を立たせた。ふらつく彼をスカイラインへと導き、後部シートへと押しこむ。暴れようとする前に、城崎の膝を警棒で叩いた。首筋とは違い、カツンと骨を打つ硬い音がした。城崎は悲鳴をあげる。

結束バンドで彼の両足を縛り、後部ドアを閉める。瑛子は運転席に乗った。

17

比嘉は落ち着かなかった。

愛車のＳＵＶで首都高を走る。目的地は八王子だ。隣にはグラニソが座っている。あれほど忠告したというのに、外に出てからも平気で拳銃を弄《もてあそ》んでいた。西部劇のガンマンみたいに、クルクルと指で回している。ダウンジャケットで厚着をして、内側には多くの武器を隠し持っている。

ワンボックス型の高級ミニヴァンに、乗っているのは黒と褐色の肌の男ふたり。いつパトカーに呼び止められるか、わかったものではない。

じっさい、日本に来てからは、警官に職質ばかりされた人生だった。外国のＶＩＰがやって来た日に、街をうろつこうものなら、一日に二度も三度も身体検査を強要される。だからこそ、武器など持たず、肉体ひとつで戦ってきた。

しかし今は完全にアウトだ。車に積まれた武器だけで、何年食らいこむかわからない。

おまけにグラニソは、相手が警官だろうと平気で撃ち殺す。やつほどの能力があれば、殺しに殺しを重ねたあげく、国外へ脱出できるかもしれない。比嘉自身は捕えられるか、射殺されるだろう。

グラニソが尋ねた。

「そのハチオウジって場所に、キタハラがいるのかい?」

「違う。情報を売ってくれるやつがいるだけだ。頼むから変な真似はするなよ」

本来なら、情報のやりとりは城崎がやるはずだった。やつがキタハラに関する情報を仕入れ、比嘉とグラニソに伝える。

だが、その城崎もどこかにバックレてしまった。急に連絡がつかなくなったらしい。金持ちのバカ息子らしい行動といえたが、比嘉は城崎を責める気になれなかった。グラニソとの関わりを避けたがるのは、他の東京同盟の幹部も一緒だ。グラニソ流のジョークとはいえ、手りゅう弾なんかを投げつけられれば、逃げないほうがどうかしている。比嘉が危ない暗殺者につきあっているのは、半ば意地でしかない。不良界最強と呼ばれたプライドが、逃亡を許してはくれなかった。

混み合う首都高を抜けて、中央道を走り、国立府中インターで降りた。一般道を南東に走り続けると、目的地である巨大なアウトレットモールにたどりつく。

年末とはいえ平日とあって、立体駐車場はガラガラだ。店の入口からもっとも離れた駐車場エリアは、コンクリートの広場と化している。そこにポツリと一台のメルセデスが停まっていた。かなり古いモデルで、ドアやバンパーには傷やへこみがあった。

比嘉は、車をメルセデスの隣につけると、グラニソに命じた。

「いいか、ここでじっとしてろ」

セカンドバッグを抱えて車を降りた。周囲を見回す。立体駐車場の内部は薄暗く、周囲に人気はない。注意を払いながら、メルセデスの助手席に滑りこんだ。

車内はきついニコチン臭が漂っていた。天井やドアの内側は、ヤニで茶色く変色している。運転席には短髪の太ったヤクザが乗っていた。アルマーニの派手なセーターを着用し、ふてぶてしい顔つきをしている。ヘビースモーカーであるらしく、運転席やシフトレバーにはタバコの灰がちらかっていた。

比嘉が尋ねた。

「あんたが関本《せきもと》さんか？」

関本はうさん臭げに比嘉を見た。

「誰だ、お前。予定していたやつと違うじゃねえか」

本来は城崎の仕事だった。やつがどこかに逃げてしまったがために、比嘉が出張ってきたのだ。

「急に事情が変わったんだ。そのへんは東堂会から聞いていただろう」

「ああ？　バカ言ってんじゃねえ。こっちはなにも聞いてねえぞ。ふざけてんのか？」

関本は首を大げさに振った。比嘉はその様子を冷やかに見つめた。だからヤクザは嫌だ。なにかにつけてはゴネて、ちまちまと女々しく言葉尻をとらえて、金を少しでも多くかすめ取ろうとする。

「だったら、今ここで自己紹介させてもらう。名刺なんか持ってねえけど勘弁してくれ。おれは比嘉アントニオだ」

「知らねえな」

関本は小馬鹿にしたように頬を歪めた。

比嘉の頭が熱くなる。腕自慢の彼は、交渉事など大の苦手だ。城崎や東京同盟に対しても腹が立つ。こんな仕事まで押しつけるとは。

目の前にいるヤクザは、印旛会系三杉一家内にある組織の組員だ。自分でも組を率いる、印旛会系の四次団体の組長だ。とはいえ、組長と呼ぶにはみずぼらしい。ブランド物のセーターにはホツレが見られる。腕には金のロレックスをつけているが、ボロいメルセデスにしがみついているところを見ると、本物かどうか怪しいものだ。

三杉一家は、所沢や多摩地方で、産廃処理や砂利採石業をシノギとしている。いくつもの企業舎弟を抱えていて、標的であるキタハラは、どこかの施設に匿われているという。そして、さらに華岡組が三杉一家の内部にエサを撒いたところ、この関本が金に目がくらんで釣りあがったのだ。

煮えくり返る腸《はらわた》をなだめ、比嘉は静かに話を進めた。

「知らなきゃ、知らねえで別にかまわねえよ。あんたの指定した金は持ってきた」

比嘉はセカンドバッグを開き、中身を関本に見せた。帯封のされた三百万の束が入っている。関本は目をギラつかせた。喉から手が出るほどほしいと顔に書いてある。

ヤクザ社会は世間よりも所得格差が激しい。アメリカの大企業経営者並みの大富豪もいれば、その日暮らしの貧乏人も大勢いる。長い不況が続くうえに、警察に貴重なシノギを奪われた挙句、中国人と組んでリスキーな強盗団に加わったり、生活保護で毎日をやり過ごしたりする者が多数を占める。ヤクザの貧困ぶりを知っている自分を含めた若い連中は、彼らなんかに憧れを抱かない。かつては学校や街場でブイブイ言わせていた先輩が、暴力団に入ったがために、貧しい生活を強いられている。そんな例を山ほど見てきた。だからこそ、東京同盟のような盃を持たない不良集団が増えているのだ。

ＩＴ長者や医者をタニマチに持つ比嘉にとって、三百万円はそれほど大金ではない。高級クラブで派手なシャンパンタワーで酔い、グラビアアイドルとクスリを使ってセックスに興じ、それくらいの金をすぐに使いきるＶＩＰばかりを目撃してきた。

一方で、組長と呼ばれる立場の関本は、一晩で消えるその程度の金に飢えている。

関本はタバコに火をつけた。

「……ダメだな」

「あ？」

「一本、足りねえじゃねえかよ。どうなってんだ。一から十まで話が違うだろう。人をナメんのも大概にしろや」

「おれは、この金額だと聞いてたんだけどな」

「バカ野郎、四本だよ。おれは最初から、そう提示したんだ。てめえが一本ちょろまかしたんだろう。貴重な情報《ネタ》くれてやるってのに、人を待たせたうえに、違う人間よこしやがって。さらにてめえは値切ろうってのか」

比嘉は舌打ちした。関本はセーターの裾をめくった。突き出た腹とベルトの間にリボルバーを呑んでいる。

「おい、変な考えを起こすなよ、黒いあんちゃん。いくら素手喧嘩《ステゴロ》が強くても、こいつには敵わねえだろ。お前じゃ話になんねえ。ちゃんとした日本人を呼んでこいや」

比嘉は右手をすばやく動かした。大きな掌で関本の顔を鷲摑みにする。親指と人差し指を、関本のこめかみに食いこませた。関本は悲鳴をあげた。

比嘉は自分の握力を計ったことがない。正確な数値など知らないが、リンゴや未開封の缶コーヒーを握りつぶせる。

「てめえ、撃たれてえのか！」

「やってみろよ、腐れヤクザが。おれを殺れば、一生、ムショから出られねえ。それでいいんなら、とっととおれを撃って、このチンケな金を持ち返りゃいいだろう。おれの機嫌も知らねえで、どんだけ空気読めねえんだよ」

比嘉はさらに力をこめた。やつの頭蓋骨がメリメリと軋《きし》む。ここ数日、溜まっていた鬱憤をやつにぶつけた。関本は拳銃のグリップを握ったが、ベルトから抜こうとはせず、ただ足をバタバタと動かした。

比嘉は、顔をがっちり捕えながら尋ねた。

「そんでキタハラはどこにいるんだよ。おい」

「放せ、放しやがれ！」

「おめえが話せよ」

「奥多摩、奥多摩！　やつはそこの採石場に匿われてる。ホントだ、嘘じゃねえ！　頭が割れる！　割れちまう！」

「ボディーガードの数は？　武器はなにを持ってやがるんだ」

「く、詳しくは知らねえ。訓練を受けた凄腕だとか、赤外線カメラだとかで、がっちり警備されてるってぐらいだ。おれはただ組長《オヤジ》の電話を盗み聞きしただけで、そこまでしかわからねえ。止めてくれ！　痛《いて》えってんだよ！」

比嘉は指をぐりぐりと動かした。関本の頭と顔にマッサージを施す。

「おれは四本じゃねえ。三本って聞いてたんだ。正しいのはどっちなのか教えてくれよ。おめえのほうか、それとも〝黒いあんちゃん〟のほうか。どっちなんだよ」

「三本だ。三百万！　おれのほうが間違えていた。止めてくれ！」

比嘉は関本の頭から手を放し、すかさず関本の腹に手を伸ばした。拳銃のシリンダーを握り、それを奪い取った。

シリンダーラッチを押して、弾倉を横に振りだした。レンコン形の薬室を見る。弾薬は入っていなかった。

比嘉は拳銃をリアシートに放り、代わりにバッグのなかの三百万を関本の膝に放った。待望の現金を渡されても、関本は喜ぶ様子を見せなかった。しきりに両手で自分の頭や顔をさする。こめかみや頬骨には、比嘉の爪の痕がくっきりと赤くついていた。

「イライラさせやがって。無駄な体力使わせんな」

比嘉は、助手席のフロアマットに落ちたタバコを拾い上げた。関本が吸っていたもので、火がついたままだ。それを口にくわえた。

比嘉は十代の前半でタバコを止めた。息切れがひどくなり、ケンカの腕が鈍くなるからだ。久々に吸った煙が肺にしみる。こうでもしなければ、苛立ちが消えそうになかった。

一気に吸いこんで、根本まで灰にする。頭を抱えている関本に吸い殻を放った。

「友好的に話しあえてよかったよ」

ひとまず必要な情報を手に入れた。あとは、その奥多摩の隠れ家をグラニソに伝えるだけだ。印旛会は護衛をつけているだろうが、この関本ぐらいの三下だったら、かりに数十人いたとしても、グラニソの相手にはならないだろう。ようやくゴールが見えてきた。

比嘉がメルセデスから降りようとしたときだった。彼は目を剝いた。

「おい！」

メルセデスの後部ドアを開け、グラニソがリアシートに滑りこんできた。無邪気な笑みを浮かべながら、比嘉に尋ねる。

「取引は終わったのかい《ジャ テルミノ トウ ネゴシオ》？」

比嘉はスペイン語で答えた。

「おれの車でじっとしてろと言っただろう。無事に終わった。キタハラの場所もわかった。ここにはもう用はねえ。さあ、いくぞ」

しばらく頭を抱えていた関本だったが、目に涙を浮かべながら、比嘉とグラニソのやり取りを、不気味そうに聞いていた。

「嫌《デ》だね《ハメ》」

グラニソは、リアシートの上でトランポリンのように、身体を弾ませた。

「ああ？」

比嘉は口を歪めた。せっかく仕事を円滑に進めたというのに——。

問いただす前に、グラニソが動く。

彼は関本に襲いかかった。両手に細いワイヤーを摑み、それを関本の首に回し、後ろへと引っ張った。関本の後頭部が運転席のヘッドレストに衝突する。やつの背中が運転席に貼りつく。

比嘉は割って入れなかった。グラニソの目が鋭くなる。

関本の首に、ワイヤーが深々と食いこんだ。気管を潰された関本は、ごぼごぼと声を漏らした。必死に自分の首を搔きむしるが、グラニソの力の前には、どうしようもない。関本の股間から小便があふれる。顔が赤紫色に変わり、目玉がこぼれ落ちそうになる。

必死に抵抗していた関本が動きを止めた。両腕が力なく下がり、頭はがくりと前に落ちる。アンモニアの臭いが車内に充満する。

グラニソは満足そうにうなずくと、関本の首からワイヤーを解いた。くっきりとワイヤーの痕が残っていた。

比嘉は唾を呑んだ。グラニソの目が和らぐのを見て、初めて声が出せるようになった。

「お前……なにしてんだよ」

グラニソはきょとんとした顔をした。

「なにって……仕事さ」

「お前の標的はキタハラだろう。なんで情報を寄こした人間まで殺っちまう。会った人間、手当たり次第に殺るつもりか？　ひょっとして、最後はおれまで消すんじゃねえだろうな」

「人聞きが悪いな。ぼくを変態呼ばわりするつもりかい？　人殺しで快楽を得るような」

「違うってのかよ」

彼は関本の死骸を顎で指した。

「こいつはきっと売ってたよ」

「あ？」

「ぼくらのことさ。君とのやりとりをじっと見てたけど、まだまだこいつはお金を欲しがってた。君から金を受け取った後、なに食わぬ顔で自分の組織に戻って、ぼくらのことを報告するよ。裏切り者の行動なんて、そんなものさ」

比嘉は、動かなくなった関本を見やった。札束が運転席のフロアマットに落っこちていた。小便でぐっしょり濡れそぼっている。拾い上げる気にはなれなかった。

「そうかもしれねえけどよ……」

「そうかもしれないんじゃなくて、そうなのさ。どのみち仕事をやり遂げるには、消しておかなきゃならない。君はよっぽど平和な国で育ったんだね」

比嘉は唇を噛んだ。腹立たしいが、グラニソのほうが正しい。関本の態度を考えれば、キタハラを売りつつ、自分たちをも売ったかもしれない。情報を持ちこんだ彼を、グラニソは当たり前のようにくびり殺した。そうするのが常識となっているのだろう。

「ああ、おれはどうしようもないアホだよ。認めてやる。だから殺るなら殺るで、前もって言ってくれ。おれまで小便漏らしちまうところだった」

「わかったよ」

グラニソは、ダウンジャケットのポケットに手を入れた。比嘉は思わず背をそらせた。背中がドアにぶつかる。

グラニソが取り出したのは手りゅう弾だった。アジトのライブハウスで、比嘉や城崎を驚かせた爆発物だ。

彼はそれを比嘉の手に握らせた。

「次はたくさん殺る。前もって言っておくよ」

18

奥多摩の霊園は静かだった。

雲が低く垂れこめ、気温も下がりつつある。師走の平日とあって、広い駐車場には人気がない。冬枯れした木々と墓石だらけの山が見えるだけだった。侘しさを強調するかのように、空を数羽のカラスが飛んでいる。

運転席の瑛子は、両腕を突きあげ、大きく伸びをした。眠気は感じないが、長いドライブのおかげで、身体の筋肉が強張っている。

「ここなら、ゆっくり話せそうね」

彼女は後ろを振り向いた。リアシートには、東京同盟の城崎が転がっている。

「てめえ……何もんなんだ。おれにこんな真似したら——」

瑛子は、城崎の顔にパンチを放つふりをした。彼を黙らせる。

「タダじゃ済まない。もう聞き飽きたわ。念仏じゃないんだから。もう少し気の利いたことを言ってくれない？」

「てめえを公衆便所にしてやる。仲間でぼろくそに輪姦《まわ》して、ぶっ殺してやっからな」

城崎の喉はすっかり嗄れている。初台のマンションで拉致してから、彼はひたすら叫び続けた。威勢のいいファンクミュージックを大音量でかけ、彼の声をかき消しながらドライブをした。城崎はひたすらもがき続けたため、後ろ手に縛られた結束バンドで手首が傷つき、両手は血で汚れていた。

瑛子はストレッチをしながら言った。

「それも聞き飽きた。もっとおもしろい情報《ネタ》があるでしょ。比嘉アントニオの居場所とか」

城崎は顔を強張らせた。

「てめえ……ポリ公だろう。臭いでわかるぜ。逮捕状もねえのに、こんな無茶苦茶しやがって。署に引っ張りもしねえで、なに考えてんだ」

「さてと」

ダウンジャケットのジッパーを下ろした。ショルダーホルスターからコルト・ディテクティブを抜き出した。城崎は大きく息を吸う。

瑛子は銃口を彼に向けた。

「グラニソはどこ？」

「撃てんのかよ、ポリ公のくせに。慣れねえことはしねえほうがいいぜ」

「撃たないと思う？」

瑛子はじっと彼の目を見下ろした。城崎は口を閉じる。唾を呑みこんだのか、喉仏が大きく動いた。瑛子は言った。

「グラニソを見たでしょう？　会ったことはないけど、だいたい想像がつくわ。生きたまま人間を解体するような、生粋《きっすい》の暗殺者よ。そんなやつを相手にしても、まだ撃たないと思う？」

城崎の顔が汗にまみれる。

「その手には乗らねえ……おれは仲間を売らねえ」

瑛子は拳銃の弾倉を横に振りだした。銃口を上に向け、薬室に入った弾薬を抜いた。左手に六発の弾が落ちる。

一発だけ弾薬を薬室に挿入し、シリンダーを勢いよく回し、途中でフレームにはめ込んだ。撃鉄を起こす。ロシアンルーレットだ。

「はい、あーんして」

「おい――」

瑛子は城崎の口に銃身を突っこんだ。歯にぶつかったが、構わずに押しこむ。城崎の顔が赤くなった。

だった。

城崎が苦しげに声をあげた。彼の目が潤みだす。瑛子は再び撃鉄を起こし、無造作に引き金を引いた。

またも不発だ。撃針は弾薬を突かなかった。城崎がガクガクと首を縦に振る。

瑛子は銃身を口から抜いた。銃口にはやつの唾液がべっとりとついた。城崎は涙声で叫ぶ。

「てめえ、狂ってんのか！」

瑛子は撃鉄を起こした。シリンダーが動く。城崎の顔に銃を向ける。

「早くしないと、また引き金を引くわ。三度目だけど、そろそろどうかしら」

瑛子は引き金にかけた指に力をこめた。

「柏のライブハウスだ！　ライブハウス！　そこだ、そこにいるから止めろ。撃つな！」

城崎は早口で喋った。店の名前と場所について話す。それでも、瑛子は銃を突きつけたままでいた。

「ご協力、感謝します。だけど、もしそこに比嘉とグラニソがいなかったら、トリガーを引かせてもらう。今度はこんなまだるっこしい真似はしない。六発すべてを、あなたの顔と脳みそにぶちこんでやる。そのライブハウスに必ずいるのね？」

瑛子は城崎の目を見つめながら訊いた。彼は視線をわずかにそらせた。瑛子は告げた。

「大事なところよ。死なずに済むかどうかの、重要な分かれ目。よく考えるのね」

城崎は何度もしゃっくりをした。涙と鼻水が顔を濡らしている。

「隠れ家にしてるのは嘘じゃねえ。だけど、絶対にいるかどうかなんて知らねえよ。もう、あいつらは――」

城崎は、急に途中で言葉を止めた。瑛子は睨んだ。

「あいつらがどうしたの？」

「いや、それは……」

瑛子は銃身で、城崎の口を突いた。前歯にぶつかる感触が、グリップを握る手に伝わった。

城崎は顔をしかめ、目を固くつむった。

「キタハラの居場所を嗅ぎつけたのね」

城崎はヤケクソ気味にわめいた。

「そうだよ！　三杉一家の貧乏ヤクザが、おれに情報《ネタ》を売る予定だった。今ごろ、おれたちの仲間が聞きだしてるはずだ。三杉一家っていや、産廃や砂利で稼いでる連中だ。キタハラはこのあたりの山奥に潜んでるんだろうが！」

彼女は撃鉄を親指で元の位置に戻した。リボルバーをホルスターにしまう。

瑛子は車を降りた。華岡組の情報網に舌を巻きながら。後部ドアを開け、結束バンドで縛られた城崎の脚を両手で摑む。

「な、なにをしようってんだよ」

城崎をスカイラインから引きずり下ろした。後ろ手に縛られた城崎は、受け身が取れず、駐車場のコンクリートに顔面を衝突させた。痛みで転がる城崎をその場で捨て去り、運転席に乗りこむと、アクセルを踏んだ。

わざわざ奥多摩に戻ってきたのは、グラニソの襲撃を頭に入れていたからだ。しかし瑛子の予想よりも早く、連中はキタハラの居場所を割り出した。

墓地から採石場までは、さほど離れてはいない。奥多摩町の中心地から日原街道を北上し、パイプやタンクだらけの無機質な建造物へと入る。

プレハブ施設の前でスカイラインを停めた。採石場は静まり返っていたが、まだ争いの気配はなかった。車を降りる。冬の太陽が早くも山に隠れ、採石場はすっぽりと影に覆われていた。乾いた冷風が吹きつける。

施設の玄関の扉が開き、広瀬が姿を現した。やはりドカジャンを着こんでいる。彼は笑った。

「その慌てた様子を見ると、おれの予想が当たったようだな」

「じきに〝雹〟が降ってくる。いや、もうこのあたりに、いるかもしれない」

プレハブのなかは、マスクをした男たちの熱気が渦巻いていた。全員が防弾ベストを着用し、拳銃やショットガンを手にしていた。

19

富永はベッドを見下ろした。

病室には富永と西しかいない。西は点滴を打たれた状態で、ベッドに寝かされ、首にはガーゼが貼られていた。医者の見立てによれば、首と腹を鈍器のようなもので殴られ、ひどい打撲傷を負っているという。八神が特殊警棒で打ったに違いなかった。

打撲傷よりも深刻なのは、肺炎を起こしかけ、三十九度近くの高熱を発していることだった。目は開いているが、焦点はまるで合っていない。鎮痛剤と抗生物質を打たれ、意識が朦《もう》朧《ろう》としているようだった。富永が来たというのに、なんの反応も示さない。

病院側は、富永の入室を短時間だが認めてくれた。条件として消毒液で手を念入りに洗い、マスクと病院服を着用しなければならなかったが。

西は、関越道の路側帯に転がっていたという。通りすがりのトラック運転手に発見された。119番通報によって救急車に拾われ、練馬の救急病院に担ぎこまれた。

事件性の有無を確かめるために、練馬署員が西にあれこれ尋ねたが、彼は「自殺しようと考えた」と答えたという。身体の打撲傷については、死ぬために自分で叩いたと供述。血液から薬物反応は出なかったため、練馬署員は西を疑いつつも、事件性はないと判断して帰っていった。

元部下の田辺からその知らせを受けた富永は、署の仕事を中断して練馬の病院にまで駆けつけたのだった。

富永は顔をしかめた。無残な有様だ。数日前に会った西は、額をてかてかに脂ぎらせ、蛇に似た冷たい眼光と、毒々しい精力にあふれていた。

今はすっかり別人だ。八神に打ちのめされ、手ひどい拷問を受けたのだろうが、一気に十歳は老けこんだように見える。顔は死人のように白く、頬はやつれている。

富永は西の肩を揺すった。

「一体、なにがあった」

西はのろのろと瞳を動かした。富永を見やった。彼の存在にようやく気づいたのか、表情を強張らせ、ゆっくりと首を振った。

「なにがあったと訊いてる。声ぐらいは出せるだろう」

しかし西は首を振り続けるだけだった。富永は彼の頬を軽く叩いた。

「どうした。やられたら十倍にやり返すのが、君の流儀じゃないのか？　彼女は昨日の夜、どこでなにをやっていた。君は捕えられて、なにをされた。答えろ。君は私に雇われた身だ。最後まで報告する義務がある」

西は視線を合わせた。富永は背に寒気を覚えた。彼の目はひどく虚《うつ》ろだった。鎮痛剤や高熱のせいではない。魂を抜かれたような暗い瞳をしていた。

警察組織にいれば、嫌でもこの瞳によく出遭う。親や子を殺された被害者遺族。長い間、肉親に売春を強要されていた少女。愛した男を詐欺師と見抜けず、こつこつと溜めていた貯金を根こそぎ奪われた中年女性。ショックや恐怖のあまり、精神を粉々に破壊された者の目だった。

「……なんにも覚えてねえ」

西は、肺をぜいぜいと鳴らしながら呟いた。

富永は拳で壁を叩いた。

「ふざけるな」

八神は、西の肉体に身体的なダメージを与えただけではない。一夜で心の芯をへし折ってみせた。田辺が西の秘密を見抜いたのと同様に、八神もそこをついたのだろう。西は首と胸に打撲を負ったが、肛門や性器を傷つけられたとは聞いていない。レイプはされなかったものの、それに匹敵するほどの屈辱と恐怖を植えつけられたのだろう。

富永は彼の耳元で囁《ささや》いた。

「わかった。君の意志を尊重しよう。調査はこれで中止だ。私は君になにも依頼はしていない。永遠に口にチャックをしておくんだな。さもなければ、君の悪事を徹底的に暴きだしてやる。刑務所に送られるのは避けたいだろう。とくに君の場合はな」

西は表情を凍りつかせ、全身をがたがたと震わせた。西がダメージを負って、身もだえする姿を充分に見つめてから、富永は踵《きびす》を返した。また八神に出し抜かれ、怒りで視界が赤くなった。

エレベーターで降り、病院の玄関を出る。すでに太陽は沈み、周囲は闇に包まれている。病院の駐車場や道路を、ヘッドライトをつけた車が行き交っている。人気のない裏口へと回り、あたりを確かめてから携帯電話をかけた。

相手は八神だ。数回、呼び出し音がしてから相手が出た。

〈お疲れ様です。八神です〉

電話に出た八神は、わざとらしく声を弾ませた。富永は奥歯を噛んだ。とたんに歯茎に痛みが走り、血の味が口に広がる。

「やってくれたな」

〈なんのことでしょうか〉

「とぼけるな！」

〈あまりに突然で、なにを仰っているのかさっぱりわかりません。まずはそちらがへりくだって、腹のうちをさらすべきでしょう。それが敗北者の礼儀というものよ〉

富永は口を動かそうとしたが、八神の挑発に喉がつまった。声がうまく出てこない。彼女が訊いた。

〈もしもし？　聞いてます？〉

「……聞いているとも。勝ち誇った札つき警官の声をな。君が西になにをしたのか。どんなに時間をかけてでも、やつから訊きだし、君の不正を暴いてみせる」

〈健闘を祈ってます。話はそれだけ？〉

八神の口調からは余裕が感じられた。完全に見透かされている。当然だった。西は貝のように口を閉ざす。それを見越したうえで、彼を解放したのだ。

かりに西が正直に口を開けば、面倒な事態に陥るのは、むしろ富永のほうだ。西が事件化されまいと必死に嘘をついても、携帯電話の履歴を調べられれば、会話をした富永が疑われる。きっと彼の携帯電話は八神が握っているはずだ。練馬署に彼の所有物を送りつけることぐらい、彼女は平気でやるだろう。富永としても、元刑事の民間人に、部下を監視させたと言えるはずはない。

　富永は自分自身に、冷静になるよう言い聞かせた。

「本題はこれからだ。耳をすませて、よく聞くといい。かりに君の行動が確認できなくとも、なにをしているのかは推測できる」

〈あいにく、負け犬の遠吠えに耳を傾ける暇なんてないわ〉

「君の目的はグラニソだ」

　八神は初めて沈黙した。やられっ放しだが、ようやく手応えを感じた。

　富永は外事一課の田辺にカナダの事件を調べてもらった。ソノラ・カルテルの麻薬を扱っていたカナダのディーラーが、当局に情報を漏らそうとし、一家ごと粛清《しゅくせい》された事件だ。カナダ国内でも話題となり、ネットからでも事件の情報を知ることができた。

　富永の記憶はやはり確かだった。ディーラーを始めとして、妻子を含めた全員の舌と手が切断され、バンクーバーの公園に放置された。

　田辺は、ソノラ・カルテルに関する資料を、ＦＢＩと王立カナダ騎馬警察《RCMP》を通じて入手した。資料によれば、ソノラ・カルテルはロス・ブラソスなる残虐な私兵集団を飼い、メキシコ国内だけでなく、カナダの事例を始めとして、国外でも暴れ回っている。そのロス・ブラソスは、要人暗殺用として〝雹《グラニソ》〟なる殺し屋を抱えている。カナダの殺人事件は、そのグラニソによる犯行だと言われている。

やつはアメリカのロサンゼルスでも仕事を行っている。ロス在住の会計士一家全員が自宅で殺害され、会計士とその家族の舌と手が、ハイウェイの路側帯に捨てられていた。

会計士は、地元のドラッグディーラーの資金洗浄《マネー・ロンダリング》に関与していたが、それを麻薬取締局《DEA》に知られ、当局との司法取引に応じようとした。

ドラッグディーラーの取引相手であるソノラ・カルテルは、会計士の口封じのために、グラニソをロスに派遣したという。

富永は確信した。上野公園の事件は、カルテルが放った刺客による犯行だと。

暗殺者が来日する理由はある。ソノラ・カルテルは日本に販路を見出し、日本で人気の高い覚せい剤《メタンフェタミン》を大量に輸出している。だが関東ヤクザの印旛会は、需要と供給のバランスを崩しかねないメキシコ産を嫌った。それゆえ八神のようなマル暴刑事に、密売情報を積極的にリークした。

印旛会の重鎮である有嶋組長が、なぜ八神を南伊豆まで呼び出したのかも、これで理解できた。メキシコ産覚せい剤を、日本のどの組織が引き受け、どのようなルートを経て、売りさばいているのか。実態はまだ解明されていない。しかし、関東の大組織以外で、大量のドラッグを扱える団体となればかなり限定される。

富永は言った。

「今回の覚せい剤の黒幕は、関西の華岡組だろう。むろん、彼ら自身がタッチすることはない。不良外国人グループや愚連隊にさばかせている。華岡組の目的は、裏社会の全国統一を果たす一方で、マフィア化を推し進めることだ。東京での勢力拡大を図るため、覚せい剤を都内で集中的に売りさばいている。だが、印旛会もみすみす黙ってはいない。なんらかの対抗手段に出たのだろう。そのため華岡組は、メキシコから刺客を招へいした。おおよそ、こんなところじゃないか？」

〈逆にこっちが問いたいわ。その頭でひねりだした机上のお話に、どうつきあえばいいの？〉

「私をナメるな。もうひとつ、その机上のお話とやらを言わせてもらう。グラニソはまだ仕事を終えていない。上野公園の事件に続いて、さらに殺人を重ねるつもりだろう。印旛会の有嶋から依頼をうけた君は、その暗殺者の行方を追いかけている」

〈…………〉

「君は警官だ。連中に恩を売って、情報を得るつもりだろうが、そんな凶悪犯を暴力団に売り渡してみろ。君は警察組織にとって敵でしかない」

〈西みたいなクズをよこしておいて、よく言うわ〉

「君が持っている情報をすべてよこすんだ。相手はプロの暗殺者だ。特殊急襲部隊《SAT》や銃器対策部隊《ジュウタイ》でなければグラニソを捕えることなど――」

　そのときだった。富永の言葉を遮るように、受話口から大きな音がした。なにかが爆発したかのような。富永は思わず耳からケータイを遠ざけた。

「もしもし？　なにが起きた！　八神！」

　再びケータイを耳に押しつける。しかし八神からの返事はなかった。通話が途切れていた。

　リダイヤルを試みたが、つながらなかった。

20

　比嘉は自分の頬を手でつねった。

　バカみたいだと思っても、やらなきゃ気が済まない。自分が手りゅう弾なんてものを投げつける日が来るとは。予想を超える轟音に、投げた彼自身が驚き、舞い上がる砂煙に見とれた。

　グラニソが比嘉の尻を叩く。

「ほら、ボヤボヤしない。もう一発」

「あ、ああ」

比嘉は、手りゅう弾のピンを抜いた。一発目と同じく、助走を充分につけてから、プレハブ施設目がけて、力いっぱい放り投げた。

比嘉らがいる日原街道は、採石場よりも高い位置にある。街道から敷地までは、かなり距離があるものの、ターゲットのいるプレハブ施設の近くまで投げつけることができた。

手りゅう弾は、一発目と同じく、プレハブ施設の側に落ちた。またすさまじい音とともに破裂し、火薬の臭いが混じった爆風が比嘉がいる場所まで吹きつけてきた。採石場の敷地内は、煙と埃で覆われた。

「やるじゃないか。君はあれだね、今から野球選手を目指したらいいんじゃないかな」

完全武装のグラニソがのんきな口調で言った。どこかの国の軍隊が使用しているという茶色い迷彩服。それに同じ迷彩柄の覆面で頭をすっぽりと覆っている。

武器は華岡組が用意してくれたが、戦闘服はメキシコから航空便で取り寄せたものだった。彼の腰には拳銃とサバイバルナイフ。手には大きなライフルがあった。姿は兵士そのものだ。別世界の住人。改めて比嘉は思った。

「もう一発投げたら、作戦開始だよ」

「わかってる！」

比嘉は、地面に置いていた最後の手りゅう弾を拾い上げた。ピンを抜き、三発目を投げつける。力を抜いたつもりはなかったが、プレハブ施設までは届かず、なにもない平地のまん中に落ちた。

それが爆発し、地面の土を舞い上がらせるのを見届けてから、比嘉は全力で走りだした。採石場へといたる脇道を駆け降り、入口近くのタンクを目指した。

威勢よく返事をしたものの、比嘉は作戦を理解していない。ただグラニソの言うがままに従っているだけだ。

――本当に大丈夫なんだろうな。

この採石場に向かう途中、グラニソは言った。

――心配ない。ぼくの言うとおりにやれば、ケガひとつしないよ。図体がでかいわりには、君は本当に肝が小さいな、アントニオ。

――うっせえな。やりゃいいんだろう？

――その意気だ。本当に心配ないったら。だいたい君に死なれちゃ困るからね。

比嘉は走りながら、プレハブ施設のほうを見やった。爆発による砂煙が薄まりつつある。手りゅう弾による奇襲に腰を抜かしたのか、それともじっと息を潜めているのか、不気味なくらいに静まり返っている。

いつ銃弾が飛んでくるかわからない。がむしゃらにタンクの陰を目指した。

※

瑛子は床に身を伏せていた。ひどい耳鳴りがする。

一階のプレハブ施設のガラス窓はすべて砕け、侵入防止のために積まれた机や椅子が、爆風によって床に転がっている。三発目の手りゅう弾は、施設近くまで届かなかったものの、二度の爆発で一階はすっかり荒れ放題になった。火薬の臭いのする煙と埃で視界は濁り、ガラス片が床に散らばっている。モニターやPCを載せたテーブルもひっくり返っていた。

広瀬と部下たちも床に伏せていた。頭にはヘッドセットをつけ、手には拳銃を持っている。戦闘集団らしく、すばやくうつ伏せになり、頭を抱えて爆風をやり過ごしていた。並みのヤクザなら、取り乱して、爆風でやられていただろう。砕けた椅子の破片やガラス片で傷を負い、頭から血を流しているものもいたが、仲間がよこしたタオルで止血に取りかかっている。

広瀬が床に寝そべりながら、ヘッドセットのマイクに語りかけた。

「キタハラさん、そっちは無事か？　それならいい。ベッドの下でじっとしてろ。窓の近くには絶対寄るな」

彼はキタハラと連絡を取りながら、モニターを抱えている角刈りを指差した。画面を凝視していた角刈りが吠える。

「プレハブ周辺のカメラ三台がすべて破損！　爆発に乗じて一号タンクの下に、侵入者がひとり潜りこみました！」

広瀬は角刈りに訊いた。

「グラニソか？」

「わ、わかりません。大きな男のようでした」

入口近くのタンクから、プレハブ施設までは二百メートルほどの距離がある。角刈りが報告する。

「タンクの下に動きはありません。今のところ、侵入者はひとりのようです」

「ここからライフルで殺るか……」

広瀬は顎に手をあてた。それから八神に尋ねる。

「どう思う？　警部補」

彼女は髪についた埃とガラス片を手で払った。

「やめたほうがいい。きっと囮《おとり》よ」

「だろうな。タンクの下に潜りこんだのは比嘉アントニオだ。おれたちを誘《おび》き出すつもりだろう。グラニソ君は釣り師のようだ」

広瀬は床に落ちた雑誌を三冊拾い上げた。実話系の男性誌だ。表紙には、人相の悪い格闘家や、強面で知られる俳優の顔が載っている。それを近くにいた部下らに渡す。部下たちは受け取ると、匍《ほ》匐《ふく》前進して、一階の窓の下に陣取った。

広瀬が部下に号令をかけた。

「上げろ」

広瀬と部下が、雑誌をそれぞれ窓辺にかざした。外に表紙を向ける。

三度の銃声がした。同時に広瀬らが持っていた雑誌が吹き飛んだ。ライフル特有の尾を引くような音。銃弾によって千切れた雑誌の紙片が室内を舞う。紙くずと化した雑誌を見て、広瀬は口笛を鳴らした。

「当たりだな」

「上の街道からライフルで撃ってきてる。比嘉を囮にして、こちらを狙い撃ちにするつもりだったようね」

「いい腕はしてるが、あわてんぼうだな。目論見がバレた以上、やつはどう動くかな」

広瀬は腰から拳銃を抜いた。大口径の軍用拳銃だ。彼は瑛子に言った。

「警部補、あんたは二階に行っててくれ。ここはヤバすぎる」

「わかった」

瑛子は素直に従った。床を這いながら階段へ向かう。ここはもう戦場だった。いくら瑛子が銃を持っているとはいえ、この場にふさわしいのは警官ではなく、チームワークの取れた兵隊だ。瑛子は戦闘の邪魔になるだけだった。

モニターを見つめる角刈りが伝える。画面の光が彼の顔を青く照らす。

「タンク下の侵入者に動きはありません。新たな侵入者も、今のところ確認できません」

瑛子は階段を這い上った。まずは踊り場の陰に身体を隠す。そっと一階を見下ろした。不気味な静寂が広まった。セミの鳴き声みたいな耳鳴りが続き、口のなかはカラカラに乾いている。スラックスで掌の汗をぬぐう。

広瀬が角刈りに訊いている。

「動きは？」

「ありません」

広瀬は眉をひそめた。瑛子がいる位置からでも、彼の顔が確認できた。その表情が凍りついた。

「まずい――」

広瀬は腰をかがめ、窓の下を離れた。声を張り上げる。

「テーブルを盾にしろ！　やつはいるぞ！」

瑛子は目を見開いた。広瀬の指示が理解できない。だが、彼の言葉を裏づけるように、窓から丸い物体が放りこまれた。それが手りゅう弾と気づき、瑛子はしゃがみこんだ。

一階で起きた爆発は、瑛子の鼓膜を震わせた。衝撃で建物が大きく揺れ、爆風が彼女を床に押し倒した。

※

「やべえ……」

比嘉はタンクの下から這い出した。

グラニソは、プレハブ施設の窓から手りゅう弾を投げ入れた。

建物内で爆発が起きると、グラニソは覆面を取り、すかさず拳銃を握って、窓越しに室内へと連射した。マズルフラッシュが闇を照らす。

比嘉はタンクにつけられた監視カメラを見やった。夜間にも対応する暗視カメラ。これでグラニソは敵の目を欺《あざむ》いたのだ。彼の全身を覆う迷彩服は、対赤外線加工がなされている。暗視カメラには彼の姿が映らないのだ。

グラニソが言うには、赤外線や紫外線対策を施した迷彩服自体は珍しくなく、どこの国でも採用されているという。しかし国によって、その性能に差があり、彼が着用しているのは、もっともステルス性に優れた某国のものだという。

比嘉はようやくグラニソの作戦を理解した。手りゅう弾とライフルで敵を釘づけにし、暗視カメラに依存させ、〝透明人間〟と化して急襲した。採石場を音もたてずに駆け抜けるグラニソは、名前の通り、突然降り落ちる雹を思わせた。

グラニソは、拳銃の弾をすべて撃ち尽くすと、その場で屈んだ。建物内から反撃があったが、散発的で力がない。手りゅう弾とグラニソの射撃が、敵に大ダメージを与えたようだ。素人の比嘉にもわかった。

グラニソは拳銃のマガジンを取り替えると、すばやく立ち上がって、再び銃弾を容赦なく叩きこんだ。

弾倉が空になるまで撃つと、彼は窓から室内へとダイブした。比嘉の視界から姿を消す。

室内から銃声が二度した。グラニソの拳銃と異なる発砲音だ。まだ一階に敵がいる。比嘉はプレハブ施設へと走った。

「グラニソ！」

タンクの下に潜《もぐ》っていればいい。グラニソからは命じられていた。比嘉自身もそうしていたかった。彼が得意とするステゴロとは、まったく別次元にある殺し合いだ。むしろ、逃げ出したかった。

だが、足はなぜか戦場のまん中へ行こうとする。銃や手りゅう弾の煙が目にしみた。涙で視界が歪む。逃げ出した東京同盟の幹部や、汚れ仕事を押しつける臆病なヤクザとは違う。比嘉は自分に言い聞かせる。

プレハブ施設までたどりつく。息を切らせつつ、比嘉は窓からなかを見やった。血と排泄物の臭いがした。

室内の中央には、ふたりの男が立っていた。ボクシングのインファイトのように、互いに身体を密着させている。ひとりはサバイバルナイフを手にしたグラニソ。もうひとりは、長い髪を後ろで束ねた長身の男だった。グラニソと同じく、ごついサバイバルナイフを握っている。ふたりは胸のあたりでナイフの刃をぶつけ合い、激しい鍔迫《つばぜ》り合いを繰り広げている。

長髪の男は顔を苦しげに歪めながら、なぜか口元に笑みを浮かべていた。口のなかが赤く染まっている。獲物を食い終えた野生動物を思わせた。

彼らの周りには、多くの死体と木片、砕けたパソコンやモニター類が散乱していた。手りゅう弾で吹き飛ばされたのか、手足があちこちに転がり、天井には肉片や血がべっとりとついていた。全員が同じ作業服を着用していたが、自分の血や臓物にまみれている。

ふたりの間で動きがあった。グラニソが左手で敵の顔に目つぶしを放った。だが、長髪の男は首を捻《ひね》り、グラニソの指をかわす。

長髪の男は、グラニソを力で押し返し、前蹴りを放った。重たそうなブーツを履いていたが、そのキックはムチのようなスピードと鋭さがこめられていた。グラニソは腹に受けた。重い衝撃音がし、グラニソは後ろへ吹き飛ばされた——膝立ちになって、転倒をふせぐ。

比嘉は目を見開いた。長髪の男も怪物だ。

男は、床に落ちた拳銃を左手で拾った。蹴りを食らったグラニソに向けて、無造作に引き金を引いた。発砲音が耳をつんざく。比嘉は思わず首をすくめる。

長髪の男が連射した。グラニソは横転して弾丸をかわすと、長髪の男の懐へと飛びこんだ。長髪の男とグラニソのナイフが再び交錯した。グラニソの左腕が深々と刃に貫かれる。

グラニソのナイフは、長髪の男の喉をえぐっていた。長髪の男の口から血があふれる。

グラニソがナイフを抜いた。相手の喉から、噴水のように血が噴き出す。グラニソは血をまともに浴びながら、左腕に刺さった刃を引き抜いた。

長髪の男は、顔と喉を血だらけにしながら膝をついた。口元に微笑を浮かべたままだった。やつはうつ伏せに倒れる。

「グラニソ！」

比嘉は窓から呼びかけた。グラニソは自分のナイフをしまうと、長髪の男の左手から拳銃をもぎ取り、持ち主の背中に銃弾を浴びせて、トドメを刺した。それから室内を見渡し、息のある人間を探す。

壊れたモニターを抱えた角刈りの男が、床のうえで身をよじっていた。グラニソは彼の後頭部を撃った。乾いた銃声と薬きょうが床に落ちる音がした。

グラニソは一階を制圧すると、窓にいる比嘉を見やった。左腕を刺されたにもかかわらず、目は爛々と輝き、死んだ長髪の男と似たような微笑を浮かべている。

「うまくいったよ。アントニオ、君のサポートのおかげだ」

比嘉は当惑した。胸に熱いものがこみ上げたが、室内は無残な死体だらけだ。どんな顔をしていいのか、わからなかった。

「う、腕は大丈夫なのか？」

「こんなのかすり傷さ」

グラニソは自分の太腿に手をやった。迷彩服の大腿部には、黒いストラップが巻かれている。刺された左の上腕部を、右手と口できつく縛った。

「車を取ってきてくれ。それまでに任務を完了させる」

「まかせろ」

比嘉は元来た道を戻った。グラニソの昂ぶりが伝染したのか、彼は全力で駆けながら、大きな笑い声をあげていた。

※

瑛子は窓を見つめていた。

壁に背をつけながら、両手でリボルバーを握る。二階の窓は手りゅう弾の衝撃でヒビが入っている。

窓から飛び降りるべきか。すぐにその考えを取り下げる。たとえ瑛子が無事に降りられたとしても、キタハラがケガもせずに着地できるとは思えない。グラニソの俊敏な動きを計算に入れれば、どう考えても逃げ切れるはずはない。

銃のグリップがぬめる。何度も掌をスラックスでぬぐったが、汗が止まらなかった。なぜグラニソがこのプレハブ施設に近づけたのか。答えが出ない。しかし現実に彼は近づき、手りゅう弾を一階に投げこんだ。

銃声や激しい物音がした。誰かが応戦したようだが、グラニソに殺害されたようだ。逆にやつを討ち取れば、なんらかのアクションがあるはずだった。

「一階は、やられてしまったようですな」

キタハラはベッドの下から這いでた。床にあぐらを掻く。

「じっとしてて。下のグラニソに位置を知られる」

彼はシガリロをくわえた。ガスライターで火をつける。煙を吐きつつ、乱れた髪をなでつける。顔に怯えらしいものは見えず、諦めの気配を漂わせていた。

瑛子は口を曲げた。叱りつけてやりたかったが、そんな余裕はない。グラニソの動きに集中しなければならない。もともと、キタハラの力はあてにしていない。下手にパニックに陥って、ドタバタと動かれるよりマシだ。

二階には瑛子を含めて三人。彼女とキタハラ、それに部屋のドアにいたショットガンの男だ。

彼女はショルダーバッグから、化粧道具の入ったポーチを取り出す。ジッパーを開け、コンパクトを摑んだ。それを開き、腕をドアから廊下へと突き出した。コンパクトの鏡で廊下の様子をうかがう。

二階の階段の側には、膝立ちになって、ショットガンを構える男がいた。じっと壁の陰に身を潜め、下方向に狙いを定めている。

キタハラが言った。

「ひとつ訊いてもよろしいですか」

「できれば、あとにしてくれる？」

瑛子は鏡を睨み続ける。気だるげにシガリロの煙を吐く音が耳に届く。

「たいした質問じゃありません。なぜ、あなたはこんな仕事を引き受けたのですか？　命を危険にさらしてまで」

「簡単よ。偉いヤクザに気に入られるため。連中は情報も金もたくさん持ってる」

「不思議と悪徳警官には見えませんな。それどころか、とてつもなく大きな獲物を狙ってる」

「生き残ったら教えてあげる。今は口を閉じてて」

キタハラの意図が読めなかった。なぜ、こんなときに。彼のほうに目をやろうとしたが、廊下で重い発砲音が鳴り響いた。コンパクトの鏡に、ショットガンを連射する男の姿が映った。フォアエンドをスライドさせ、薬きょうを次々に排出しながら撃つ。

別の発砲音が混ざる。瑛子は息をのんだ。ショットガンの男の頭が弾けた。ショットガンの銃口が上を向き、男は天井を撃ちながら床に倒れた。

階段をゆっくりと上る靴音がした。グラニソらしき男が二階の廊下に現れたところで、瑛子はコンパクトを閉じた。再び拳銃の発砲音。ショットガンの男にトドメを刺したのだろう。ドアから飛び出して応戦するか、部屋に籠城すべきか計算する。

思考を途中で遮られた。後頭部に金属物を押しつけられた。冷たい感触が頭皮に伝わる。

「一体、なんの真似よ」

キタハラが瑛子の頭に拳銃を突きつけていた。シガリロの香りが鼻に届く。

「銃をよこしなさい。早く」

瑛子は肩越しにコルト・ディテクティブを渡した。

「キタハラさん……あなた」

「生き残ったら、教えてあげます。ベッドの下に隠れてください」

キタハラは彼女を押しのけた。右手に自動拳銃、左手に瑛子のリボルバーを握り、彼は部屋を飛び出した。頭から廊下へとスライディングする。

「グラニソ！」

キタハラは吠えた。

今までとは違い、建物を震わせるかのような、凄まじい声だ。彼が握る二丁の拳銃が火を噴いた。猛然と弾を発射する。

グラニソも反撃の連射をしてきた。キタハラの胸や腹が弾けた。防弾ベストをしているが、かなりの衝撃がキタハラを襲っているはずだ。それでも彼は引き金を引き続けた。

キタハラの左手から血が噴いた。グラニソの銃弾が、左手のリボルバーを弾き飛ばした。

だが、彼は右手の拳銃で対抗する。

瑛子はキタハラの両脚を摑み、部屋のなかに引きずりこんだ。ドアを閉め、留め金をかけた。

キタハラの防弾ベストは銃弾でボロボロだった。被弾した左手は、指が三本なくなっている。彼は口を歪ませた。

「邪魔をしてほしくなかった」

「それはお互い様よ」

瑛子は腰から特殊警棒を取り出した。それを引き伸ばし、ドア近くの壁に身を寄せる。

それと同時にドアが、部屋の内側へと飛んでいった。木がへし折れるような音。迷彩服の脚が見える。グラニソがキックでドアを吹き飛ばしたのだ。

やつは身を低くかがめながら室内へ駆けこんできた。褐色の肌をした若い男。着ている迷彩服は血みどろだ。止血帯を巻いた左腕をぶらぶらさせている。だが、右手に持っている自動拳銃は、床に伏せているキタハラを狙っていた。

瑛子は特殊警棒を振った。グラニソの横顔を狙う。

硬い金属の手応え。特殊警棒を通じて、手に電流が走る。やつは瑛子の一撃を拳銃の銃身で受け止めていた。瑛子は歯を嚙みしめる。

胸に強烈な衝撃。野球バットで殴られたような威力だ。身体が後方へと吹き飛ぶ。グラニソが後ろ回し蹴りを放っていた。

瑛子は背中をベッドの木枠にうちつけた。胸と背中の激痛に息をつまらせる。空気を求めてあえぐ。

床に横たわるキタハラが自動拳銃を撃った。グラニソの側頭部をかすめ、やつの左耳が弾けた。

瑛子は足に力をこめた。激痛が上半身を支配している。肋骨をやられた。痛みに耐えて強引に立ち上がり、再びグラニソに向かって警棒を振り下ろした。出血で濡れたグラニソの首を打った。

グラニソの身体が傾きかけた。倒れない。細面の美青年で、口元に微笑を浮かべている。瑛子の肌が粟立つ。

瑛子はもう一度、警棒を振った。今度は空を切った。グラニソの姿が消える。

ガラスが割れる音がした。彼は部屋の窓へと駆け、ガラスを突き破って外に出た。

瑛子はキタハラの手からリボルバーを奪い、窓へ寄ってグラニソに狙いをつけた。彼は二階から落下した。だが、それでダメージを負った様子はなく、すばやく大型のSUVに乗りこんだ。大柄な黒人風の男が運転席にいる。比嘉アントニオだ。SUVは砂煙をあげ、採石場から脱出する。

キタハラが身を起こした。指が千切れた左手の出血がひどい。

「……我々も行きましょう」

「じっとしてなさい。じきに救急車が来るはずだから」

瑛子はベッドのシーツを剝がした。キタハラの左手をくるむ。白のシーツがたちまち赤く染まる。手首の止血点を押さえて、シーツを縛った。

彼は首を振った。額に脂汗をにじませて訴える。

「私はあの男を殺さなければなりません」

「どうやら、そうみたいね。一杯、食わされたわ」

瑛子はキタハラの顔を直視した。目には、今までにないギラギラとした光があった。彼女はキタハラに肩を貸した。

「約束通り生き残ったんだから、すべて教えてもらう。じっくりとね」

※

比嘉はちらちらと助手席を見やった。

グラニソの防弾ベストには何発も銃弾が食いこんでいる。左耳の上半分がなくなっていた。側頭部の頭皮を弾丸に削り取られ、顔が血まみれだ。左の上腕部もナイフで刺し貫かれている。

にもかかわらず、車に乗ってから、彼はずっとクスクス笑っていた。車内は血と火薬の臭いが充満している。

まさかグラニソが失敗するとは。二階にも化物がいたってことなのか。彼はプレハブ施設の二階から、窓をぶち破って脱出した。

日原街道から国道に出て、山梨方面に向かった。東京都内をうろつけば、どうやっても逃げ切れないだろう。くねくねとした暗い山道を、できるだけスピードを出して突っ走った。いくら山奥の採石場とはいえ、あれだけ派手にドンパチをやれば、近くの集落の住民が通報しているかもしれない。

比嘉は訊いた。

「お前、なにがそんなにおかしいんだよ。痛みで頭がおかしくなっちまったのか？」

「おかしいさ。アントニオ、君も見ただろう。一階にいた長い髪の男。あいつの腕はロス・ブラソスの教官クラスだ。退屈な仕事だと思ってたのに、こんなに遊べるなんて思わなかった。こんなゾクゾクした感覚、何年ぶりだろう。おまけにキタハラにも騙《だま》された。あいつ、ただのネズミじゃない」

「どういうことだ？」

「あいつはぼくから逃げてたんじゃない。ぼくを誘き出すために、わざわざカルテルを裏切ったんだ。すごい目で睨んでたよ」

「なんだよ、そりゃ……お前と殺り合うだなんて。とち狂ってるぜ。何もんなんだ」

「さあ」

「どうしてケロッとしてる。お前、ハメられたんだぞ」

グラニソは、大量の血で汚れた迷彩服を後部座席に放った。ズボンも脱ぎ、ショーツだけの姿になった。

「べつに珍しくはないよ。世界のあちこちで仕事してきたから、恨みを持ってる人間は腐るほどいる。でも、こんなに遊べるやつは、めったにいない。あそこにはきれいな顔をした女もいたよ。ぼくのキックを浴びて、立ち上がる女なんて、初めて見た。キタハラもその女もまだ生きてる。あいつらとまた遊べると思うと、おかしくてしょうがないんだ」

暗いカーブ続きの山道だ。わき見運転などできる状況じゃない。しかし、思わず裸のグラニソに目を奪われた。

褐色の身体には、無駄な肉が一切ついていなかった。ボクサーやサッカー選手の肉体を思わせる。

ただし、傷や銃創《じゅうそう》だらけだ。むしろ傷のない部分を探すほうが難しい。太腿には大きな火傷《やけど》の痕があり、皮膚が引きつれている。その肉体は、彼の人生を雄弁に物語っていた。

グラニソは、武器と一緒に積んでいた救急キットを、引っ張り出した。ガーゼや包帯を取り出す。消毒薬の臭いが届く。グラニソは傷を負った頭と耳にガーゼをあて、そのうえから包帯を巻いた。

「あーあ、故郷に戻ったら、また手術だな」

グラニソの顔は、身体と対照的に傷は見られない。きれいなものだった。

「整形手術か？」

「頭と顔をね。変えなきゃ特徴を覚えられるだろう？　問題は耳だけど、これはどうなるのかな」

比嘉は冬の暗い森を見やった。ハイビームのライトが寒々しい裸の木々を照らす。

「なあ……お前、なんでそこまでするんだ？」

グラニソは包帯を巻く手を停めた。怪訝《けげん》な顔を見せる。

「どういうこと？」

「その腕も耳も、死ぬほど痛えだろうが。つうかよ、死にそうになったことだって何度もあるだろう。怖くねえのか？」

「だったらアントニオ、君はどうして毎日毎日、何度もご飯を食べるんだ？」

「……………」

「単純だよ。生きるためさ」

比嘉は口をつぐんだ。我ながらボケた質問をした。グラニソの身体を見て、つい訊かずにはいられなかった。

メキシコの麻薬戦争の凄まじさは、比嘉もある程度は知っている。カルテルの意思に背いた村人や、賄賂を受け取らない警官は虐殺され、麻薬組織同士が血で血を洗う抗争を繰り広げている。なかでもロス・ブラソスは、処刑の様子をネットでさらすような血も涙もない集団だ。そんな連中に育てられた以上、殺しを続けなければ、すぐに用済みとして処理されるのだろう。

グラニソは肩をすくめた。

「メシを食べたり、眠ったりするのに、好きも嫌もないだろう？　呼吸もしなければならないし、うんこもしなきゃならない。どれも止めたら死ぬじゃないか」

「そうだけどよ」

グラニソは鎮痛剤の容器を開けた。なかの錠剤をざらざらと口に放り、ラムネ菓子みたいにぼりぼりとかじる。口から粉を吹いて語った。

「ぼくはこの人生に満足しているんだ。アントニオ、しっかりと前を向いて運転しなよ。ぼくが嫌いなのは、生き方にケチをつけられたり、憐れむような目を向けられたりすることさ」

比嘉は背筋を伸ばした。心臓の鼓動が速まる。

「だ、誰が、お前みたいなモンスターを憐れむかよ。何度、小便ちびりそうになったと思ってんだ」

「その調子、その調子。もうじき終わるさ。キタハラの目的がぼくである以上、わざわざ探す手間はなくなったからね。楽しみだな。どうやって殺ろう」

グラニソは再び笑いながら、自分の治療を再開させた。

21

駐在所の前で、若い制服警官が赤い誘導棒を振っていた。

ジュラルミンの盾とヘルメット姿だ。ものものしい装備で身を固めているわりには、赤いパイロンをいくつか道に置いているだけで、検問にあたっている警官もひとりだけだった。

国道４１１号線の古里《こり》駅付近だ。ここにたどりつくまでに、何台かの消防車とすれ違っている。

奥多摩町には警察署がない。奥多摩駅近くに交番があり、いくつかの駐在所が点在している。管轄は隣町の青梅警察署になる。対応にタイムラグが生じる。おそらくグラニソらは、山梨方面に向かったのだろう。そうでなければ、目の前の警官は殺されていたはずだ。

冬場で交通量は少ない。国道といっても、前には二台の軽トラックが並んでいるだけだった。ドライバーに免許証を提示させ、警官が車内や荷台をチェックしている。

警官は瑛子のスカイラインを導いた。笛を吹き、停車を命じる。

彼女は運転席の窓を開けた。車内の暖気が外に漏れ、冷風が彼女の横顔と髪をなでた。若い警官は腰をかがめ、スカイラインの車内を見渡した。なかには彼女ひとりしかいない。

警官が口を開く前に、彼女は警察手帳を見せた。思わぬ仲間との出会いに安堵したのか、若い警官の表情が緩んだ。瑛子に向かって敬礼をする。

「上野署ですか。ご苦労さまです」

「どうかしたの？　だいぶ騒がしいようだけど」

警官は弱ったように首を傾けた。

「いや、それが、まだ自分もよくわかっていません。日原地区の採石場で、爆発事故が起きたとの通報があったのですが、それからしばらくして、青梅署から緊急配備の指令が下りまして。どうやら爆発事故ではなく、何者かが作業員宿舎に爆発物を投げこんだらしく、多数の死傷者が出ているようです」

「爆発物……」

瑛子は眉をひそめた。

「あの採石場はヤクザの企業舎弟《フロント》と、昔から噂にはなってましたけれど……失礼ですが、警部補はどちらから――」

「今日は非番で、丹波山村にいる親戚に会いにいったの。山梨県側から、ここまで走ってきたけど、爆弾なんて抱えてそうな不審車両は見かけなかったわ。なにか手伝うことはある？」

「いえ、大丈夫です。あと数分で青梅署から応援が来る予定ですから」

「不審車両を見かけたら、すぐに連絡するわ。あなたの名前は？」

「は、古里駐在所の小寺功《こでらいさむ》です。よろしくお願いいたします」

声を張り上げる警官にうなずき、瑛子は車を走らせた。軽く息をつく。

さらに青梅方面へ。若い警官の言葉通り、サイレンを鳴らしたパトカーや捜査車両のワゴン車が、猛スピードで対向車線を通り過ぎて行った。

同じ奥多摩町の川井駅に着いた。コテージ風の小さな無人駅だ。駅前の駐停車スペースに停めた。車を降りる。あたりをチェックしてからトランクを開けた。火薬の臭いが漂う。

なかには毛布で包まれたキタハラがいた。出血で顔は白く変わり、汗にまみれている。しかし、その目は銃撃戦のときと変わらず、強い光をたたえていた。

「あまりに静かだったから、死んだかと思った」

彼の右手を摑んで、身体を引き起こした。左手は、グラニソの銃撃で潰されている。キタハラは苦笑しつつ、トランクから降りた。足取りはしっかりとしている。瑛子は助手席のシートを倒し、彼を寝かせた。

銃弾でボロボロになった防弾ベストを脱がせた。グラニソが持っていた自動拳銃の種類までは判別できなかった。日本の暴力団社会では、旧共産圏の軍用銃であるトカレフが幅を利かせている。トカレフ弾は初速が速く、弾芯が低コストの鉄製で出来ているため、貫通力が高い。軽装の防弾ベストなら、突き破られる可能性が高かった。

彼のシャツのボタンを外し、下着をめくった。幸いにも、弾丸は彼の身体には届いていない。

瑛子は彼の肉体を見つめた。一見すると、なで肩で非力そうなキタハラだったが、老化による皮膚のたるみがあるものの、ストイックなまでに鍛え上げられていた。脂肪のない胸は鉄板のように硬く、腹筋は六つに割れている。肉体は死んだ広瀬らと比べても見劣りしない。刺青の数も負けてはいない。割れた腹筋には、オールドイングリッシュの字体でスペイン語のタトゥーが彫られてあり、胸にはおどろおどろしい骸骨や聖母マリアが描かれている。血管が透けて見えそうなくらいに白い肌をしているため、刺青がより一層鮮やかに見えた。うだつの上がらないサラリーマン風の顔と、まったく正反対の身体をしている。銃弾を受けた胸やわき腹には、青黒い痣ができていた。

彼女は痣のあたりに軽く触れた。唇をきつく結んでいたキタハラだったが、顔を苦痛で歪ませた。

「肋骨が折れてるみたい」

「それは、あなたもでしょう。やつの蹴りを食らって、無事でいられるはずがありません」

彼の左手の出血は止まっているようだ。手を包んでいるシーツの血は乾いている。

キタハラの身体を確認してから、瑛子は車の移動を再開させた。国道に出て奥多摩町を抜けると、大胆にスピードを上げた。追い越し禁止を示す黄色いラインがひたすら続く一車線の道路だが、前を走るトラックやダンプを抜き去った。

キタハラが口を開いた。

「なぜ、警官に突き出さなかったんです？　私はあなたや広瀬さんを騙したというのに。あの場で殺されても、文句は言えなかった」

「突き出すかどうかはこれから決める。殺すのなんて、いつでもできるわ。ひとつでも嘘をつけば、百八十キロのスピードで、あなたをこの車から突き落とす。まずひとつめ。あなたはアメリカやメキシコの潜入捜査官なの？」

「違います」

「でしょうね。グラニソに銃弾をぶち込むあなたは、鬼みたいな顔をしていた。ソノラ・カルテルというより、グラニソ個人にひどく恨みを抱いているみたいだし。まずは自己紹介をしてくださる？」

「本当の名はデニス・ハカマダと言います。日本人の血が流れているのは本当ですが、あとの経歴はすべて偽りです。国籍はアメリカ。食品工場のドラ息子などではなく、かつてロサンゼルスで会計士をしていました」

「はじめまして。ハカマダさん。それで？」

「私には妻とひとり娘、それにふたりの孫がいましてね。ドイツ系の娘の夫もやはり会計士でした。私よりも優秀な男で、幅広い顧客を抱えていました。土地開発会社やスーパーマーケット、あるいはセレブご用達の整形外科や有名カウンセラーなどです。それだけじゃ飽き足らず、実業家の仮面をかぶったドラッグディーラーともつきあいがありました」

「そのディーラーは、ソノラ・カルテルの麻薬を扱っていたのね」

「そうです。麻薬で荒稼ぎした金の資金洗浄を手がけていましたが、麻薬取締局《DEA》に嗅ぎつかれ、義理の息子は脱税ほう助と組織犯罪規制法違反に問われました。ＤＥＡの狙いはドラッグディーラーでしたから、義理の息子は司法取引を持ちかけられます。裏帳簿の在《あ》り処《か》や、資金洗浄の仕組みから、ディーラーの取引相手、それらをきれいに喋れば、ムショ暮らしは免除、家族の身の安全も保障すると持ちかけられました。義理の息子は願ってもないと、取引に応じたようです。しかし、最悪な結果が待ってました。カナダの麻薬ディーラー一家と同じですよ」

ハカマダは淡々と語った。瑛子は前を走るセダンを追い抜いた。クラクションを浴びせられる。

「……全員なの？」

「妻も、遊びに行ってました。娘の家に」

彼女はそれ以上の質問を思わずためらった。この山奥で命を失った雅也と、自分の腹のなかにいた子供が頭をよぎる。

ハカマダは自分から話を続けた。

「残念だったのは、義理の息子は、土俵際に追いこまれているにもかかわらず、最後までその危機を家族に打ち明けなかったことです。私の妻と娘も、彼がなんらかのトラブルを抱えているのは知っていました。悩める夫のために、ドイツの家庭料理を作っている最中に、あの死神はやって来ました。カナダの件と違いがあるとすれば、あちらは護衛の警官ふたりが殉職しましたが、娘の家を監視していたDEAの役人たちは、グラニソが仕事を終えて立ち去っても、まるで異変に気づかず、車内でハンバーガーをパクついていたことぐらいでしょうか」

「そのとき、あなたは？」

「ひとりで自分の家にいました。義理の息子とは、仲が冷えきっていたのでね。以前から彼の仕事には疑問を抱いていたので、厳しく問いつめて、大ゲンカになったことがあります。なんらかの不正に関わっていると疑ってはいましたが、すべて後の祭りです。私だけが生き残ってしまった」

「あなたはグラニソを殺すために、ソノラ・カルテルに近づいていったのね」

　瑛子は話を先に進めた。彼の家族に起きた悲劇について、それ以上訊く気にはなれない。ハカマダの妻や娘、孫たちの手や舌が切断されたかどうかなど、語らせる気にはなれなかった。

「ロサンゼルス市警《LAPD》に、古い友人がいましてね。だいぶ世話になりました。それまでの私は、銃規制に賛成していたクチだったので、銃など撃ったこともありません。一から身体を鍛え、友人の紹介で身分証の偽造屋を紹介してもらい、キタハラという架空の人間に成りすましたのです」

「スペイン語も誰かに教えてもらったの？」

　ハカマダは首を振った。

「今のロスで働くには、どの業界でもスペイン語は必須です。もとから話せます。メキシコに渡ると、カルテルの下っ端がやっている海賊版ＤＶＤ店の店員として潜りこみ、二か月で店長に昇格を果たしました。効率化と分析で売り上げを伸ばし、ソノラ・カルテルから徐々に注目されるようにと、連中が経営する企業の経理部門を渡り歩きました」

「だけど、グラニソには会えなかった」

「いくら認められたところで、私はしょせんよそ者でしかありません。電卓やパソコンのキーを叩きながら、合間を見ては、カルテルの本拠地である〝村〟を調査しました。普段のグラニソはそこで暮らしていましたから。しかし、どうしても近寄ることはできません。政府軍さえ蹴散らす要塞ですから」

　次々に車を抜き去った瑛子だが、スカイラインの速度を落とす。警察車両がまた数台、赤色灯を照らしながら、対向車線を走る。

「そこで、あなたは発想を変えたのね。やつに近づくよりも、誘き出すことを考えた。日本で裏切り行為を働けば、きっとグラニソがやって来ると。あなたの策略通りになったけれど、おかげでこちらは、とんでもないとばっちりを食らったわ」

彼はフロントガラス越しに遠くを見やった。

「広瀬さんたちには、地獄で詫びようと思います。今ここで、あなたに車から突き落とされても文句は言えません。しかし、やつを討ち果たす場は、この日本しかないと結論づけました。ロス・ブラソスの悪名は世界的に轟《とどろ》いてますから、日本に入国するのは難しい。荒っぽい連中中で、東京を火の海にしかねない。それは提携先の華岡組もむろん望みません。おまけにたかが経理屋を始末するだけなら、グラニソで充分だとカルテルは考えるはずだと。そして事実、そうなりました。広瀬さんという強力な助っ人もいる。準備は万端でしたが、あの死神はそれをも上回る能力を持っていた。予定ではやつの頭をぶち抜くはずでしたが、残念ながら耳を吹き飛ばしただけで、せっかくのチャンスを逃してしまった。これがすべてです。訊きたいことはありますか？」

ハカマダは喋り疲れたのか、声の音量が徐々に小さくなった。瑛子は首を振った。

「残りはあとに取っておくわ。熱があるだろうから、脱水症状にならないように気をつけて。あなたに死なれちゃ、なんのために死ぬ思いをしたのかわからない」

瑛子は飲みかけのペットボトルを渡した。なかにはミネラル・ウォーターが入っている。

ハカマダのようなひどい出血はないが、彼女もグラニソに痛烈な一撃をもらっている。三か月前、中国人の悪党に車ではねられたが、グラニソの回し蹴りは、その車に匹敵するほどの威力を感じた。呼吸をするたびに、胸に熱い痛みが走る。

ハカマダは、ペットボトルの水をちびちびと口に含んだ。

「今度は私の番です。なぜあなたは、そんな死ぬ思いをしてまで、ヤクザの下働きをしてるのですか。なにか弱みでも握られているのですか？」

「それもあとでかまわないでしょう」

「できれば、今、教えていただけますか」

ハカマダは歯を覗かせた。微笑を浮かべたつもりらしい。ただし、瑛子を見る目は真剣そのものだった。

「一度、煮え湯を飲まされた以上、あなたの話をほいほい信じるつもりはないけど、すべて真実なのだとしたら、あなたと私は似た者同士ということよ」

今度はハカマダが押し黙った。瑛子はかまわず告げた。雑誌記者だった夫が謎の死を遂げ、腹の子も失ったことを。

「あなたと違うのは、私はまだ敵の正体を摑んでいないところね。ようやく糸口を摑みかけている。あなたを守りきれば、もう少し仇敵の形がはっきりする予定なの」

瑛子の横顔を見つめていたハカマダは、再びシートに身体を預けた。

「……たしかに似ていますね。奇妙な縁さえ感じます」

「本当にね」

瑛子は携帯電話を取り出した。車は山道を抜け、青梅市の市街地に入る。国道沿いはロードショップが並んでいる。

連絡を取らなければならない相手が山ほどいる。まずは劉英麗に電話をかけた。

22

署長室の富永はストレッチをした。手首の腱を伸ばす。

ミントタブレットを口に放った。歯痛のために嚙むことはできず、舌のうえで飴《あめ》のように転がす。

未決裁のトレーには、うず高く書類が積まれている。署長の決裁を待っている副署長や幹部連から、恨みがましい目を向けられている。本来なら今日は、部屋にこもって書類に目を通し、マシーンのごとくハンコをつかなければならなかった。年末はイベントへの参加だけでなく、書類仕事もさらに増える。西の容体を確かめるためとはいえ、練馬の病院になど、行っている場合ではなかった。そして上野公園の死体遺棄事件にも、顔を突っこんでる場合でもない。

富永はブラックコーヒーを飲んだ。

落ち着かない。いくら書類に目をやっても、文字が頭のなかに入ってこない。頭を掻きむしった。今の富永ができるのは、じっと報告を待つか、ひたすらハンコをつくことぐらいだ。わかっていながらも、しょっちゅうハンコを放っては、机に置いてある携帯電話に手を伸ばした。

八神に電話をかけた。やはり、つながらない。電源自体は入っているようだが、ドライブモードにしているようで、女性アナウンスによる自動音声が流れる。今夜だけで、果たしてこの声を何十回耳にしただろう。

上の階にいる捜査本部の捜査員たちは、ほとんど外に出ている。山奥の採石場で爆発物と銃器で、多数の人間が殺害されたのだという。捜査主任の沢木と班長の川上も、上野公園の死体遺棄事件との関連を調べるために、事件現場へと向かっていた。

※

——上野と奥多摩は同一犯だ！

数時間前、富永は練馬の病院から上野署に戻り、沢木と川上に告げた。突然の発言に、ふたりは呆気《あっけ》にとられたように口を開けた。その時点では採石場の爆発は、事故か事件かもわかっていなかったのだ。

　富永は、ソノラ・カルテルと暗殺者グラニソについて語った。見せしめに手と舌を切り取るメキシコ人の殺し屋が、日本にやって来ていると。メキシコ産覚せい剤が都内に蔓延している現状と、ＦＢＩや麻薬捜査局《DEA》、王立カナダ騎馬警察《RCMP》からの情報をもとに、グラニソがカナダやロス、メキシコ国内で残忍な犯行を重ねており、上野公園の死体遺棄事件にも関わっていると語った。

　もっとも、当初のふたりの反応はかんばしくなかった。むしろ富永をうさん臭そうに見やるだけ。物証や目撃証言から真実を組み立てていくリアリストの捜査官には、単なる大ボラとしか聞こえないようだった。突拍子もない彼の推論に困惑していた。

　沢木は複雑な表情を見せた。

　――その署長の仮説は、興味深いものがありますが……。

　川上は唸った。

　――たしかに組対部では、メキシコ産覚せい剤の流入に手を焼いていると聞いてます。理屈こそ通ってはいますが、捜査というものは……。

　富永はうなずいた。

──わかっている。しかし、私に教えてくれたのは八神警部補だ。彼女はメキシコ産覚せい剤の流通ルートを捜査している。その過程で上野公園の遺棄事件が、メキシコ産をめぐるトラブルによる犯行だとの情報を摑んだようだ。

沢木と川上は顔を見合わせた。八神の名を聞いて表情を変える。ふたりとも八神の実力をよく知っている。三か月前の殺人事件でも、事件解決に導く決定的な情報をもたらしたのは彼女だ。

富永は嘘をついていた。彼女は富永になにも打ち明けてなどいない。だが西による調査と、電話でのやり取りで確信した。八神はグラニソを追っている。

沢木の目が鋭さを帯びた。

──その八神女史は今どちらに？

富永は顔をうつむかせた。

──わかりません。これこそ、私の推測でしかないのですが、奥多摩ではないかと思います。採石場の爆発が発生してから、ケータイが通じなくなっています。

川上は大きな拳で机を叩いた。

──また、あいつ、暴走しやがって。

沢木が携帯電話をかけた。相手は上司である捜査一課長のようだった。彼は採石場での件を尋ねた。沢木の表情がみるみる強張っていった。

電話を終えた沢木が、富永らに告げた。

――採石場は事故じゃありません。手りゅう弾と銃で撃たれた死体《マンジュウ》が、八体発見されたようです。

富永と川上が同時に訊いた。

――八神は？

沢木は首を振った。

――すべて被害者《ガイシャ》は男性だとのことでした。

富永は深々と息を吐き、自分の胸をさすった。心臓が破裂しそうな勢いで鼓動が速くなっていた。

※

富永は、室内にあるテレビをつけた。

夜のニュース番組は、やはり採石場での事件に時間を大きく割《さ》いている。厚着をしたリポーターが、現場前で事件の内容を伝えている。手りゅう弾や拳銃が使用された凶悪事件。興奮した調子で報告している。

机の携帯電話が震えた。富永は液晶画面に目をやる。かけてきたのは八神だった。

富永は手を伸ばした。あわてるあまり、ケータイを床に取り落とす。拾い上げて、通話ボタンを押した。

「八神！」

〈すみません、署長。お電話をいただいていたようで。気づくのが遅れました〉

彼女はぬけぬけと言い放った。しかし怒りよりも、まず安堵が胸のうちに広がった。

「生きていたんだな」

〈がっかりしました？〉

富永は噴き出した。なぜか笑いがこみあげてくる。鼻の奥がつんと痛む。目頭が熱くなった。

「冗談じゃない。生きてもらわなければ困る。君のような危険人物を、警視に特進させる気はない。今、どこにいるんだ。すぐに署に戻って報告をしてもらう」

〈戻りません〉

「なに？」

〈あなたの推理のとおりよ。この国にグラニソはやって来た。メキシコ産覚せい剤の販売を邪魔しようとする人間を殺すために。私はやつの顔を目撃しているし、情報も仕入れすぎて

しまった。署に戻った私を、やつは殺そうとするでしょう〉

「それなら本庁に要請して、SATや護送車で迎えに行かせ——」

八神が遮った。

〈私のことよりも、グラニソの確保を最優先でお願いします。署長が夕方仰ったように、やつはSATや銃器対策部隊《ジュウタイ》でなければ止められない。情報をすべて提供するわ〉

富永の目は、すでに乾いていた。

「珍しく協力的だな。なにを企んでる」

〈身のほどを知っただけ。採石場の修羅場を聞いているでしょう。印旛会が用意した凄腕の護衛よ。グラニソはひとりで片づけて、まんまと標的の人物をさらっていったわ。おそらく数日中に、またどこかで、バラバラ死体が放置されるでしょう。そうなる前に、グラニソを捕えなければならない。拉致されたのはルイス・キタハラ・サントス。カルテルのメンバーの日系メキシコ人。上野公園の手と舌の持ち主は、キタハラの部下だった朴正勲《パクジョンフン》という韓国人よ〉

富永はペンを走らせた。メモ帳に書きとめながら感じた。八神は性懲りもなく、なにかを隠している。そのなにかがわからなかった。

八神は次々に情報を明らかにした。ソノラ・カルテルと華岡組の協力関係。華岡組系東堂会を通じ、ドラッグを売りさばく不良集団の東京同盟。その幹部である比嘉アントニオというブラジル系日本人が、ガイド役を務めていること。点と線が一気につながっていく。富永はメモを取りながら、改めて戦慄《せんりつ》を覚えた。この女の情報収集能力に。

富永は疑問を投げかけた。

「このキタハラという男。なぜ組織を裏切ろうとしたんだ」

〈残虐非道なソノラ・カルテルに見切りをつけて、他の組織に寝返るつもりだったらしいわ。アメリカやメキシコ政府、それに国民を激怒させたからには、ソノラ・カルテルはもう終わりだというのが、彼の持論だった。残念ながら、このままだと策士策に溺《おぼ》れることになりかねない〉

富永は自分が記したメモを見やった。途方もない事件だ。世界最大の麻薬組織の日本進出、それに関西と関東の暴力団の暗闘。新興の不良集団も加わり、人間凶器と呼ぶべき暗殺者が暗躍している。

「それで、君はどうする」

〈なにもしない。ここ数日は、山奥の温泉にでも隠れさせてもらう。それだけの働きはしたでしょう。石丸課長によろしく伝えておいてください〉

「嘘をつくな。君がじっとしているはずがない」

〈私を追及する暇があったら、グラニソを追いかけるのね〉

「これだけは言っておく。バカな真似はするなよ。あくまで君を――」

八神が声をあげて笑った。

〈追い出してみせる。心得てるわ。では、よろしく頼みます〉

通話が切れる。それと同時に富永は、どっと疲れに襲われた。身体の力が抜ける。彼女がなにかを企んでいるのは確かだ。

しかし、思案にふけっている暇はない。富永は未決裁の書類の山をどかし、ビジネスフォンの受話器を取った。

23

瑛子は富永との話を終えた。ケータイをしまう。

「ありがとうございます」

見計らったようにハカマダが言う。彼は簡易ベッドに身を横たえている。

「礼なんかいらない。その代わり、警察がグラニソを捕えたとしても、文句を言わないでね」

「わかっています。逮捕されても、やつはすぐに脱走するでしょうから」

ハカマダはうなずいた。

「こら、動くな」

マスクをした自称医者がハカマダに命じた。灰色の髪と分厚いメガネが特徴の老人だ。医師免許を持っているのかは知らないが、腕が確かなのを瑛子は知っていた。三か月前に瑛子が負傷したとき、彼の治療を受けている。

自称医者は手術の真っ最中だった。ハカマダの破損した左手を、生理食塩水で念入りに洗うと、手に麻酔注射を打った。テーブルを手術台代わりにし、ハカマダが失った指の形成手術を行っていた。飛び出した指の骨をハサミやメスで削っている。ときおり、爪を切るみたいに、バチッバチッという音がした。

瑛子は自称医者に尋ねた。

「先生、こんなところで手術して大丈夫なの？」

「いいわけがないだろう」

自称医者はそっけなく答えた。

瑛子たちがいるのは、福生市の街道沿いにある中華料理屋だ。潰れたコンビニの建物を利用した、安っぽい作りの店だった。油とにんにくの香りが漂っている。

「こんなところで悪かったわね」

入口近くのテーブルで、劉英麗がラーメンをすすっていた。スーツを着たふたりの護衛を従えながら。人が手術をしているすぐ横で、平気な顔でメシを食っている。相変わらず、でたらめな図太さを発揮していた。メンをずるずるすするたびに、自称医者のこめかみが痙攣していた。

店のオーナーは英麗の部下だ。中国人のコックは店を閉め、テーブルや椅子をどかすと、簡易ベッド用のスペースを作り、負傷した瑛子たちを出迎えた。

それから、すぐに二台の車がやって来た。英麗自らが運転する黄色いハマーと、自称医者を乗せた護衛のセダン。いつもの英麗は、スーツやドレスに身を包んでいるが、今はMA―1のジャケットにジーンズという男っぽい恰好だ。護衛に簡易ベッドを作らせると、コックに夕食用のラーメンをオーダーした。コックはおそるおそるラーメンを運び、彼女に何度も頭を下げて、店の裏口から出て行った。

瑛子は彼女に言った。

「ごめんなさい。もちろん感謝してる。ハカマダさん、お礼ならこの方に言ってあげて。こうして治療を受けられるのも、この老板《ボス》のおかげよ」

英麗は瑛子に箸を突きつけた。

「そのとおり。それに指の手術なら問題ないはずよ。先生の超得意分野だから。最近はヤクザの指詰めも暴対法で引っかかるから、ケジメをつけた組員が病院に行けなくて、先生のところに駆けつけるらしいの。たぶん日本で一番、指の手術をしてるんじゃないかしら」

瑛子は医者に頭を下げた。

「先生にも感謝してます」

自称医者は鼻を鳴らした。

「君はいつぞや言ったな。私の常連客になるつもりはないと。舌の根が乾かんうちにこのざまか」

「治療を受けてるのは、私じゃありませんけど」

「痩せ我慢をするな。さっきから肋骨の悲鳴が聞こえてるぞ。特別に診てやる。その代わり、治療代は覚悟しておくんだな」

英麗は膝を叩いて笑った。

「先生、ぼったくってあげて。このおねえさんったら、お金をしこたま貯めこんだまま、あやうく三途《さんず》の川を渡るところだったんだから」

自称医者はあきれたように首を振る。

「それ以上のお喋りは止めてくれ。私はなにも聞いとらんし、聞きたくもない」

英麗は瑛子を手招きした。椅子に座るよう箸で指す。瑛子は対面に腰かけた。彼女はラーメンのスープを飲んでから囁いた。中国語だった。

「警察にグラニソを狩りださせて、どうするつもりなの？　まさか、あのおじさんとつるんで殺る気じゃないでしょうね。下手にとぼけて、あたしを怒らせたりしないでね」

「そのつもりよ」

　英麗はため息をついた。顔を近づけ、さらに声の音量を下げる。

「あなたは知恵も度胸もある。あたしほどじゃないけど。でも、ときどきおかしな行動をする。もっと合理的な手段があるでしょう」

「どんな？」

「要するに印旛会は、メキシコ産のシャブを東京から追い出したいんでしょう。その具体的な流通ルートは、あのおじさんの頭のなかにある。指の傷にくれてやるのは、麻酔の注射じゃなくてこの箸よ。ルートを全部吐いてもらって、あなたは印旛会にそれを伝える。用済みになった彼を、グラニソに差し出せば、きれいに片がつく。あなたも、印旛会もぬる過ぎるのよ」

「おとなしく吐くような男じゃない。妻と娘、それに孫までグラニソに殺されたそうよ。それから何年も、やつを殺すために生きてきた。そういう男を痛めつけても、こちらがくたびれるだけ」

英麗は顔を曇らせた。ハカマダを見やる。

「なるほど……肉体がジェイソン・ステイサムみたいにムキムキなのも、そういう理由だったのね。で、同じく愛する人と子を亡くしているあなたは、彼にすっかり情が移ってしまった」

「好きに解釈してくれてかまわない。私としては、これまで通りにやるだけよ。彼を死なせず、グラニソの行方を追う」

「警察にグラニソを追わせた以上、印旛会も動きが取れなくなる。あの採石場が印旛会の息がかかっていることだって、すぐに突き止めるでしょう。それに印旛会の秘密兵器だった戦闘集団が皆殺しにされたことは、もう裏社会に広まってる。助っ人は期待できない」

「条件はグラニソのほうが圧倒的に不利よ。警視庁は東堂会と東京同盟を完全にマークしてる。グラニソとガイド役には、広域緊急配備が敷かれている。もう自由には動けない」

英麗はグラスの冷水をあおった。おもしろくなさそうに、氷をガリガリと噛み潰す。彼女は隣のテーブルの護衛らを指差した。

「このふたり、人民解放軍出身で腕がいいから、リースしてあげてもいいけど？」

瑛子は微笑を浮かべた。

「あなたのほうこそ情が移ったの？　英麗姐さんともあろう人が。華岡組を敵に回すつもり？」

「あたしは情なんかじゃ動かない。八神瑛子という金の卵を産む鶏を、みすみす失いたくないだけよ。むろん刑事は辞めてもらって、あたしのもとで働いてもらう」

「今回は遠慮しておくわ。この隠れ家を用意してくれたお礼は、生き残ったうえで必ずするから」

英麗は両手でテーブルを叩いた。グラスが横に倒れ、箸が転がる。自称医者や護衛たちが目を剝く。

「まったく……」

彼女は、根負けしたように息を吐くと、椅子から立ち上がった。瑛子を指さす。

「なるべく傷を負わないでね。とくにツラよ。あなたは上玉なんだから」

英麗は護衛に命じた。自称医者が治療を終えたら、診療所に送るようにと。黄色のハマーを運転し、ひとりで街道を走り去っていった。瑛子はそれを黙って見送った。

英麗流の友情に恩義を感じたが、あくまで彼女はマフィアの首領だ。返し切れないほどの大きな借りを、作るわけにはいかない。

瑛子はケータイを取り出した。瑛子には黒社会以外にも味方がいる。しかし、通話ボタンを押そうとする指が止まった。今回はあまりに危険が大きすぎる。

とはいえ、彼女の力を借りなければ、グラニソを孤立させることは不可能だ。瑛子は通話ボタンを押した。

しばらく呼び出し音が鳴ってから相手が出た。突風のような雑音が耳に届く。

「もしもし？　里美《さとみ》？」

〈……ああ、八神さんっすか……ご無沙汰してます〉

雑音の正体がわかった。電話の相手である落合《おちあい》里美の呼吸音だ。トレーニング中だったらしく、ぜいぜいと息を切らせている。

「久しぶり。先月の飲み会以来だったかしら」

里美は息を整えてから答えた。

〈そうっすね。モツ鍋、超うまかったっすよ。なんかホント、いつもご馳走になってばかりで、すみません〉

「お互いさまよ。気にしないで」

元女子プロレスラーの里美は、実家の酒屋で働きながら、瑛子の裏仕事を手伝っている。

三か月前には、功夫《カンフー》の使い手である中国人の悪党を、里美とタッグを組んで叩きのめした。里美は悪党に頭を何度も殴られたが、きつい練習としごきで有名な女子プロ団体で、レスラー稼業をしてきたため、身体の頑丈さとスタミナは図抜けている。

先月は田町のモツ鍋屋で食事を奢った。安くてうまいと評判だったが、里美が十三人前のモツと野菜を胃に収め、店の業務用樽生ビールを空にしたために、財布がだいぶ軽くなったのは事実だった。

里美は言った。

〈やります〉

「え？」

〈仕事の話じゃないんですか？〉

「そうだけど、どうして――」

〈やります〉

「待って。そう言ってくれるのは嬉しいけど、仕事の中身もギャラも聞いてないでしょう」

〈いや、なんか……瑛子さんの声、いつもよりヤバい気がしたんで……〉

里美はとぼけた女だが、ときおり妙に鋭い勘を発揮する。

「当たりよ。この前頼んだ仕事も危険だったけど、あのときはたしか一日三万、ボーナスが五十万だったわね」

〈そうっす〉

「日給もボーナスも、いくら払っていいのかわからないの。ボーナスは最低でも五倍は払う。

正直に言えば、それでも断然安いくらいなの」

〈やります〉

瑛子は指でこめかみをマッサージした。里美は相手の調子を狂わせる天才だ。現役時代、道場では敵なしだったらしいが、肝心の試合となると、相手と息の合ったファイトができず、ブレイクを果たせないまま団体をクビになった。

「まずは仕事の中身をちゃんと聞いて。もしかすると、命さえ失いかねない。採石場のニュースくらいは知ってるでしょう。相手は武装した殺し屋なの」

〈いけるっす。あたし、武器使ったハードコアマッチもこなしてきましたから。それに、あの功夫野郎よりヤバいってことは、そんだけ熱いファイトがやれるわけですよね〉

里美は低く笑った。獣の唸り声を思わせた。彼女の闘志が萎《な》える様子はなかった。

里美との通話を終えると、次に千波組の甲斐に電話をかけ、グラニソらを誘き出すための作戦を開始した。

24

比嘉は身を震わせた。

エンジンを切っているため、車内はすっかり山の寒さに支配されている。アイドリングさせて暖房を効かせたかったが、ガソリンがもう尽きかけていた。厚着でなんとかしのごうとしたが、生まれ育った土地がブラジルだったせいか、日本の寒さには未だに慣れない。山梨の山奥となれば、なおさらだ。

比嘉らは都留《つる》市のキャンプ場に身を潜めていた。ゴルフ場よりさらに山道を登ったところにある。キャンプ場の入口は、一本のチェーンでふさがれていたが、支柱ごと引っこ抜いて敷地内に侵入した。そこの駐車場で身を休めた。

腹の音がさっきから鳴りっぱなしだ。ガソリンも食料も確保したかったが、警察はさっさと網を張り、グラニソと比嘉を捕えようとしているという。プレハブ施設の二階にいたという女か、もしくはキタハラが警察に情報を流したのだろう。指名手配として一般に氏名や写真は公開されてはいないものの、それも時間の問題だ。都留市のドライブインにある公衆電話で、東京同盟の仲間たちに連絡を取った。

思いつく人間すべてに電話をしたが、あらかた話し終えた比嘉は受話器を電話機に叩きつけて破壊した。どいつもこいつも泣き言をたれるばかりで、からっきし役に立たない。東堂会の事務所には、盾を持った機動隊がびっしりと張りつき、幹部たちの住居には刑事たちの監視がついているという。そのうえ関西の本家から、組員の完全待機の命が下された。つまり外出禁止令だ。

ヤクザどもの事情など知らない。東堂会の組員に電話し、比嘉が武器の補給を願いたいと申し出ると鼻で笑われた。組員は、むしろグラニソの失敗を責め立てた。

東京同盟の幹部たちも同様だ。連中が経営している西麻布のクラブやメンバーたちの住居は、警察に厳しくマークされているらしい。東京同盟はヤクザと違って、組織実態をまだ警察に把握されていないはずだ。比嘉は、逃走用の車や隠れ家を用意するよう頼んだが、どいつもこいつも理由をつけて断ってきた。「おまわり上等」と吠えていたくせに、いざとなると動かない。リーダー自体が韓国にトンズラしている。非常時は人の性根を露《あらわ》にする。比嘉は思い知らされた。

――このヘタレども！　首吊って死ね、バカ野郎！

保身のために動かない仲間を怒鳴りつけ、公衆電話をぶち壊したのだった。

比嘉は手をこすり合わせた。彼自身は、大柄で黒い肌の身体に誇りを抱いている。ストリートを歩けば、ほとんどの人間が脇に退《の》く。退かないバカは、拳で無理やりどかした。野性味あふれる見た目のおかげで、多くの金持ちやセレブに持てはやされた。

しかし、今はどうしようもない。最近、警察や市民の目をかい潜《くぐ》って、何年も逃亡した指名手配犯が話題となった。しかし比嘉にはどう考えても無理だ。三日と経たないうちに捕まるだろう。派手なコーンロウの頭髪を刈り、丸坊主にでもしようかと考えたが、無駄な足掻きと思い返した。マスクで顔を覆っても、ますます怪しく思われる。キタハラを追うどころか、こちらが兵糧攻めに遭っているようなものだ。

それはグラニソにしても同じだ。比嘉ほどでないにしろ、頭に包帯を巻いたメキシコ系の外国人が、怪しまれないはずがなかった。血にまみれた迷彩服をそこいらに捨てるわけにもいかず、車内は相変わらず血と火薬の臭いが漂っている。

グラニソといえば、比嘉の心配をよそに、後部座席で眠りこけていた。寝袋に入った状態で、窮屈そうに身を縮めている。めちゃくちゃな量の鎮痛剤が効いたのか、ときおりイビキさえ掻いていた。

比嘉は後ろを向いた。普段から幼い顔つきをしているが、唇の端からヨダレをたらした彼の寝顔は、十代の少年としか思えなかった。比嘉の脳裏に、愛知にいる中学生の末弟の顔がよぎった。寝姿を見ていると、先ほどの非情な戦いぶりを忘れそうになる。

いくら薬を飲んだとはいえ、よくこんな状況で眠れるもんだと、半ばあきれる。麻薬戦争の地獄が続くメキシコと比べれば、大したことではないのかもしれない。やつも空腹と寒さに襲われているはずで、おまけに重傷を負っている。それなのに余裕を感じさせる。余裕というよりも、危機を危機とも思わない狂気がある。もし自分の頭上に核ミサイルが落ちてきたとしても、グラニソは最後までニコニコしているだろう。

仲間をタマナシと罵倒したものの、比嘉自身もどうしていいかわからない。空腹と寒さが落ち着けば、もう少し頭が働くだろうが、嫌な想像ばかりが泡みたいに浮かぶ。

警察に捕まれば、何年ムショにぶちこまれるだろうか。たとえ、比嘉自身が殺人を犯していなくとも、共犯として裁かれるだろう。殺害された人間の数が数だけに、長期刑どころか死刑が待っているかもしれない……。

また胃が音をたてる。比嘉は前を向いてケータイを取り出した。電源を切っているため、液晶画面は真っ黒だ。

彼はケータイを睨んだ。グラニソに脅されて、殺人の手伝いをやらされた。かりに電源を入れて、警察にこの場所をメールで伝えるだけで、量刑はだいぶ変わってくるかも……。

背後で唸り声がした。比嘉は反射的に身体を弾ませる。

「違う、おれはなにも——」

彼はあわてて後ろを振り返った。しかし、後部座席のグラニソは変わらず眠ったままだ。比嘉の身体から汗が噴き出す。グラニソの寝姿を注視した。彼は口をむにゃむにゃと動かすだけだった。

比嘉は運転席のヘッドレストにしがみついた。そうでもしなければ、身体が崩れ落ちてしまいかねない。

比嘉は口のなかで呟いた。

「ね、寝言かよ」

グラニソは眠ったまま眉をしかめた。再び小さく声をあげる。彼はうなされているようだった。辛そうな表情を浮かべる。こんなグラニソの顔を見るのは初めてだ。

比嘉はおそるおそる声をかけた。

「どうした。傷が痛むのか」

グラニソは呼びかけに答えない。寝言を呟くだけだ。

また悪戯でもしかけようとしているのか。比嘉は顔の汗をぬぐい、彼を見下ろす。

「おうちに……」

グラニソは言った。比嘉は目を見開いた。

「どこに連れてくの……おうちに帰して。ママ……嫌だよ、嫌だよ……」

グラニソは小さく首を振った。つむった目から涙があふれる。

「……殺さないで」

比嘉は唾を呑んだ。手にしていたケータイをしまう。電源は入れていない。彼は運転席のドアを開けて車を降りた。ドアをできるだけ静かに閉めた。

瑛子は街道沿いにあるセルフ式のガソリンスタンドに入った。給油機に横づけし、運転席の下のレバーを引き、車の給油口を開いた。ハカマダは車を降り、給油ノズルを手に取って燃料を入れる。

瑛子は後部座席に置いたバッグを掴んだ。なかからタブレット型端末を取り出す。起動させて、ネットにつなぐ。

彼女は複数のメールアドレスを持っている。ハカマダに教えたのは、英麗や甲斐といった大物の情報提供者とやり取りするさいに使用しているアドレスだ。

たしかに受信箱には一通のメールが届いていた。なんの挨拶もなく、本文のところに、そっけなくURLが貼りつけられてある。そのURLのサイトへ飛ぼうとすると、ログインIDとパスワードを求められた。

給油を終え、精算を済ませたハカマダが車に乗りこんだ。

「IDは私のメアドを入れてください。パスワードはいささか長いのですが、妻と娘と孫たちの名前です。ケニー、スコット、ジェイミー、メリッサ。ハイフンは入りません」

IDとパスワードを入力すると画面が切り替わる。そこには、いくつかのデータファイルがアップロードされてあった。ファイル名には、企業や団体名が記されてある。海運業者や海洋土木専門の建設会社、観光定置網漁の水産業者といった民間業者、それに税関や県警といった行政機関、中南米の大使館など、多岐に及んでいる。

「これって……」

膨大なファイルのなかから、ひとつを選んで開くと、表計算ソフトが起動した。

そこには千葉の水産業者が、中南米船籍の貨物船などから、房総沖でメキシコ産覚せい剤を授受した履歴が記されてあった。取引した覚せい剤の重量、日時、位置までもが詳細に記されている。

ハカマダはうなずいた。

「あなたや印旛会が、欲しがっていたものです。メキシコ産覚せい剤のルートは複雑です。メキシコ船籍だけでなく、中南米や南米の船で運ぶときもあれば、大使館員を買収して、荷物に積ませるやり方もあります。華岡組の琢磨組長のお膝元である中京地域には、彼に飼われている警察官や税関職員が少なからずいて、名古屋税関を通じて運ばれてもいます。あとでゆっくりご覧ください。これで贖《あがな》えるとは思っていませんが、お詫びする手段はこれしかありません」

瑛子はタブレット型端末を睨んだ。ハカマダの言うとおり、密売ルートは予想以上に大がかりなものだ。北海道から東海まで、手のこんだ手段と多くのルートが、都内への大量流入を成功させてきたのだろう。

ハカマダはドアノブに手をかけた。再び降りようとする。

「ここでお別れです。目的地まではタクシーで行きますので。あなたの仕事はこれで完了です」

「ひとりでやるつもり？　そのケガを負ったままじゃ、勝ち目なんて百パーセントありえない。犬死にするだけよ」

ハカマダは首を振った。

「利き腕が残っていれば充分ですよ。左手も人差し指は残ってるので、引き金ぐらいはどうにか引けます。それにやつだって負傷しているんです。この機会を逃せば、再戦はもう望めないかもしれない」

瑛子はキーを回した。エンジンを始動させる。

「どうかしら。私はあいつを警棒で殴ったし、この情報を知ったからには、私を消しにくるかもしれない。ひとりで戦ったあなたは死に、私はあいつの影に怯えて生きる。そんなのはまっぴらよ」

ハカマダは無表情になった。ジャケットの内側に右手を伸ばす。瑛子はホルスターの拳銃に手をやった。

「あなたも頑固な人だ」

キタハラが取り出したのはシガリロの箱だ。一本取り出して、それを口にくわえた。

「車を出してください。スタンドにいたんじゃ、火がつけられない」

瑛子は微笑み、拳銃のグリップから手を放した。ハンドルを切って、国道に戻った。

※

比嘉はコインを公衆電話に入れた。

キャンプ場の近くにあるコンビニ。個人商店の匂いがする田舎らしい店舗で、深夜の今はとっくに閉まっている。

キャンプ場を隠れ場所に選んだのは、人気がないうえに公衆電話が近くにあるからだ。ケータイが使えない以上、連絡は公衆電話に頼るしかない。ヤクザも仲間も、クソの役にも立たない連中ばかりだが、状況を確かめるために情報を得なければならなかった。

比嘉は番号をプッシュした。相手は東堂会の蒲生《がもう》。東京同盟にシャブをさばかせ、そこからカスリを得ているヤクザだ。なにかといえば、巨大組織の華岡組の系列に入れたことを自慢するアホで、採石場を脱出してからは、比嘉らをなじってばかりいる。

意外にもワンコールで相手が出た。他の仲間たちと同様に、もう関わり合いを避けるだろうと思っていた。

「もしもし。比嘉です」

〈アントニオ！　てめえ、もっと早くかけてこい。バカ野郎！〉

蒲生が怒鳴りつけてきた。

「どうかしたんすか？」

比嘉は投げやりに応じた。蒲生も口ばかりで動こうとしない。そんなヤクザに偉そうな口を利かれる筋合いはなかった。

〈ヤサだ、ヤサ！　例のターゲットの隠れ家がわかったんだ。今すぐ殺し屋を向かわせろ〉

比嘉は受話器を握り直した。

「マジですか」

〈マジだ、バカ野郎。マジに決まってんだろう。これが華岡組の力ってやつよ。日本中、どこに隠れようと、華岡《ロッカク》組の代紋からは逃げられねえ。殺し屋に言っとけ。また下手《ヘタ》打ったら、魚の餌にするとな！〉

「わかりました。速攻で向かいますよ」

比嘉は隠れ家の場所を聞いた。

八王子市と昭島《あきしま》市の境目にある潰れたラブホテルだ。キタハラは採石場から逃れたあと、そこに身を潜めているという。

〈印旛会は、虎の子の兵隊を皆殺しにされてびびってる。大した護衛もいねえはずだ。気ぃ引き締めてかかれよ、コラ〉

比嘉は笑みを浮かべた。

「お前みてえなチンカスに言われるまでもねえ。ありがとうよ」

「ああ？　なん――」

比嘉は受話器を下ろして、蒲生の怒声を封じた。グラニソが待つキャンプ場へと急いで戻った。

※

瑛子らは潰れたラブホテルに到着した。敷地を囲む塀は、スプレーの落書きで汚れている。千波組の甲斐を通じ、印旛会が用意した隠れ家だ。経営難に陥った業者から、印旛会系の経営コンサルタントが、経営権を買い取った。近々リニューアルするつもりだったという。

平屋建ての建物がいくつも並び、その横にはガレージが併設されている。外壁の白いペンキは剝がれ落ち、軒や雨どいはカビで黒ずんでいた。

敷地内の私道に、一台のワンボックスタイプのヴァンが停まっている。瑛子のスカイラインを見かけると、ヴァンから三人の男が降り立った。三人とも老人だった。黒いジャンパーやコートを着こんでいる。千波組の組員たちだ。

瑛子はヴァンの後ろに停めた。彼女らも車を降りる。

彼女は単刀直入に切り出した。

「ご苦労様。頼んだものは持ってきてくれた？」

ジャンパーの老人が、ヴァンのリアドアを開けた。甲斐に依頼した荷物が積まれてある。どれも日本で売っている合法品ばかりで、用意するのに手間はかからない。

――〈そんなものだけでいいのか？〉

中華料理店でハカマダが治療を受けている間、甲斐に電話をかけた。彼女は甲斐に告げた。

――本音を言うなら、また広瀬のような男たちがほしい。だけど、それは無理でしょう？

甲斐は沈黙した。彼には、ハカマダにまつわる事実を伝えていない。キタハラという人間に化け、グラニソを狙うために呼び寄せた。事実を知れば、匿った印旛会も一杯食わされたことになる。英麗がアドバイスしたとおり、今度は彼を守るどころか、拷問してでも、覚せい剤の流通ルートを訊き出そうとするだろう。

甲斐は言った。

――〈姐さん、グラニソはもうじき警察にとっ捕まるか、日本を出て行くかのどちらかだ。無理に勝負をする必要はないだろう。きっちりとした隠れ家を用意する〉

——無理ね。華岡組のネットワークは並みじゃない。昭和のときみたいに暴れまわったりはしないけれど、その代わり、情報収集能力は抜きんでてる。印旛会の内部事情は筒抜けよ。採石場の襲撃で、はっきりしたでしょう？　それなら情報をわざと漏らして、さっさとケリをつけたほうがいい。

甲斐は苦しげにうめいた。

——〈わかった。あんたが頼んだブツは、きっちり運ばせる。できることはさせてくれ〉

甲斐は言葉通りに動いてくれたようだ。瑛子とハカマダは、ヴァンから荷を下ろした。

彼女は老人たちに言った。

「助かったわ。早くここを離れて。採石場の件は知ってるでしょう？」

ジャンパーの老人は硬い表情で答えた。

「おれたちも残る。組には世話になりっぱなしだったんでよ。務めを果たさなきゃならねえ」

「はあ？」

瑛子は三老人を改めて観察した。金儲けのうまい甲斐や、大親分の風格を漂わせた有嶋と違い、枯れた空気と老人臭を漂わせている。三人とも内臓の具合が悪そうで、ドス黒い顔色をしている。瑛子は口を曲げた。

かつて暴力団の鉄砲玉といえば、組織の若い人間がなるのが慣習となっていた。若いうちに懲役を経験させ、出所後には幹部に取り立てる。抗争で敵の命《タマ》を獲るのは最高の名誉と考えられた。

時代は変わった。暴力団への圧力が厳しくなり、抗争の実行犯には、無期懲役か死刑という重罰が待っている。芋づる式で組の上層部まで逮捕される可能性もあり、組織にとってもヒットマンにとっても、現在の抗争にはなんの旨味もない。広瀬のような集団は稀であって、二十一世紀の暴力団のヒットマン要員といえば、余命短い老組員がなるケースが多かった。

ジャンパーの男はジッパーを下ろし、ズボンに差した拳銃を見せた。痩せた身体つきだが、下腹がぽっこりと突き出ている。コートを着た老人は肥満で動きは鈍重そうだ。戦闘服を着た老人は最年長らしく、頭が禿げ上がり、顔の皮膚は皺だらけだ。ひ孫までいても、おかしくはない。

瑛子は首を振った。

「気持ちだけいただくわ。相手は殺しのプロよ。勝負にならない」

ジャンパーの男は顔を赤くした。

「おれに恥かかせねえでくれ。ねえちゃん。おれはあんたが生まれる前から、何度も修羅場を潜り抜けてきたんだぜ」

瑛子は口を曲げた。つまらない揉め事で、時間をロスするわけにはいかない。

瑛子の脇にいたハカマダが動いた。右手をジャケットの内側にやり、すばやく自動拳銃を抜く。老人たちに銃を突きつける。その滑らかな動作に、三人はまったく反応できなかった。

ハカマダの銃に、三人の視線が集中する。その隙に瑛子もリボルバーを抜いた。ジャンパーの男に向ける。

ハカマダは苦笑した。

「申し訳ありませんが、足手まといにしかなりませんな。グラニソは、私よりもさらにすばやく動き、正確に敵を貫きます。下手にパニックに陥られて、同士討ちになるのがオチです」

瑛子はジャンパーの男の拳銃を奪った。

「気持ちと銃だけはもらっておく。こちらから甲斐さんに話をしておくから。あなたがたのメンツを潰させたりはしない」

ハカマダが残りふたりの拳銃を奪った。

「……わかった」

ジャンパーの老人は肩を落とした。その顔は、残念がっているようにも、ほっと胸をなで下ろしているようにも見えた。三人は素直に従った。ヴァンに乗り、ホテルの敷地から出て行く。

ハカマダは自分の銃をしまった。奪った銃をアスファルトに置き、ひとつひとつチェックする。

「水を差されましたね」

「あなたの実力が、はっきりわかっただけでも収穫よ。そう思わないと、やってられない」

瑛子はケータイを手に取り、甲斐に電話をかけた。すぐに彼につながる。

〈荷は届いたか?〉

「おかげさまで。ご老人には帰っていただいたけれどね」

甲斐は咳払いをした。キレ者の彼にしては、らしくない失策だ。

〈……すまない。少しでも戦力になればと思ったんだが。ヤキが回ったようだ〉

「みんなそうよ。それだけグラニソは手ごわいってことね」

〈あんたに死なれちゃ困る。劉英麗も言ってただろう〉

瑛子は軽く笑った。

「ええ。意外とモテるみたいね。いろんな人から言われてる。こっちも死ぬ気なんて、さらさらないわ。有嶋組長にもそう伝えておいて」

ラブホテルの敷地に新たな車が入ってくる。里美が運転するミニヴァンだ。これで人材と道具は揃ったことになる。至急、準備に取りかからなければならない。

瑛子は甲斐に告げた。

「それと、ここを管理している人には、今のうちに謝っておいて。かなり派手にぶっ壊すと思うから」

25

比嘉は暗視スコープを覗いた。

連中がいるというラブホテルを見やる。壁は落書きだらけで、建物もボロボロだ。入口にはなんの障害物もない。自由に入ってくれと言わんばかりだ。

ダウンジャケット姿のグラニソが訊いた。

「なにか見えるかい？」

「いや、なにも。露骨に怪しいけどな。きっと罠が仕かけられてるぜ」

何度かホテルの周りを車で巡回した。周囲は畑と雑木林で囲まれている。人の姿はない。

グラニソは自動拳銃のスライドを引いた。

「だろうね。入口まで行ってくれないか」

「どうすんだよ」

「どうもしないさ。相手はきっと少人数。変な小細工はいらない」

グラニソの目が輝きだした。比嘉は思わずうつむく。うなされていたときの彼を、どうしても思い出してしまう。

比嘉は頼んだ。

「一丁、銃を貸してくれよ。おれも行く」

グラニソは意外そうに口を開けた。

「急にどうしたんだい？」

「おれも一緒に戦いたいんだ。足手まといになるだけだろうけどよ。盾ぐらいにはなるだろう？」

グラニソは比嘉の顔を見つめた。視線は冷たかった。

「ぼくは言ったはずだよ。憐れまれるのが嫌だって」

「そんなんじゃねえ。そりゃお前はめちゃくちゃなやつだ。マジでぶっ殺してやりてえと思ったときもある。同情や憐みなんかじゃねえ。これでもお前をリスペクトしてる。役に立ちたいんだ」

比嘉は両手を組んだ。そうしなければ、身体が震えてしまいそうだった。グラニソの射るような視線が顔に刺さる。

彼は生きている限り、人を狩り続けるだろう。世間からすれば、とんでもない害悪だ。それでも比嘉自身は彼を失いたくなかった。

「ありがとう」

グラニソは笑った。目を和ませる。今から人狩りに励もうというのに、屈託のない柔らかな笑顔だった。

「じゃあ――」

グラニソは首を振った。

「連れていきたいけれど、弾が残り少ないんだ。すぐに済ませるから、いつでも逃げられるように、運転席にいてほしい」

比嘉は唇を嚙みながらうなずいた。

「そういや、おれ、一発も撃ってねえし」

「ぼくの国に来ればいい。嫌になるほど撃たせてあげるよ」

「それも悪くねえな」

比嘉は先のことを考えるのを止めていた。この仕事を終えてから、ゆっくり考えればいい。

グラニソは手を差し出した。比嘉は握る。やつの手は小さかったが、拳や指は鉱物みたいに硬かった。

比嘉は道路に赤い唾を吐いた。

「おもしれえ、やってやろうじゃねえか」

拳のフシをボキボキと鳴らした。素手喧嘩《ステゴロ》は比嘉の得意分野だ。世の中には化物みたいなやつが大勢いる。そう思わされた数日間だった。

大女が低く突進してきた。比嘉の両足にタックルしてくる。彼は両足を後ろに下がらせ、タックルを切る。大女の闘牛じみた突進力を受け止め、分厚い背中に拳を振り下ろした。大女の勢いを削ぐ。

比嘉は反撃に出た。女の茶色い髪を摑み、顔面に膝蹴りを叩きこんだ。大女の上体が浮き、鼻から盛大に出血させる。後ろに下がった。

たいがいのやつなら、膝蹴り一発で眠ってしまう。だが、大女は倒れない。自分の鼻血を舌で舐めとり、不気味な微笑さえ浮かべる。

ラブホテルの敷地から銃声がした。しかし、比嘉は大女の動きに集中した。相手も同様に彼をじっと睨んでいた。

※

瑛子はリボルバーを撃った。

だがグラニソには掠《かす》りもしない。ろくに身を隠そうともせず、ジグザグに私道を駆けながら、みるみる近づいてくる。

瑛子は射撃訓練は定期的に行っている。動かない的が相手なら、いくらでも当てられる。しかし相手は野を駆ける肉食獣ような速さで動き続ける。瑛子はガレージの陰に隠れ、私道の対岸のガレージにいるハカマダにうなずいた。

ハカマダは酒瓶を握った。瓶の口に入れたボロキレに、ライターで火をつける。灯油が染みたボロキレが燃える。酒瓶には灯油が入っている。彼は火炎瓶を約二十メートル先にいるグラニソに投げつけた。甲斐が用意してくれた荷のひとつだ。

グラニソは初めて後退した。瓶はグラニソがいた位置に落下し、私道を舐めるように火炎のラインができる。廃墟がわずかに明るくなる。

グラニソはダウンジャケットを着こんでいる。採石場のときと違って、カジュアルな恰好だった。その姿だと、ごく普通の二枚目な青年にしか見えない。炎で姿形《なり》がはっきりすると、瑛子とハカマダは道の両脇から発砲した。

炎で照らされ、複数の銃弾を放たれても、グラニソは物陰に隠れようともしない。足を使うボクサーみたいにステップを踏み、相手の射線を先読みして、身をかわす。やつの顔には笑みがあった。

「グラニソ！」

ハカマダが自動拳銃を連射した。彼の射撃の腕は、瑛子よりも上だ。グラニソのダウンジャケットの袖が弾け、なかの羽毛を飛散させる。

しかしグラニソは怖気《おじけ》づくことなく、さらに前進してきた。瑛子らの弾切れを誘っているのは明らかだ。わかっていても、撃たなければグラニソに押し切られる。やつの巧みなガンさばきは、採石場で思い知らされている。

ハカマダは瑛子に手を振った。それを合図に、ふたりは同時に銃を撃ちながら、後退を始める。火炎瓶の炎から遠ざかり、暗闇に支配された敷地の奥へ退く。

瑛子は別のガレージの陰に隠れる。撃ち尽くしたリボルバーをしまい、老ヤクザが持っていたトカレフを腹から抜いた。スライドを引き、グラニソに狙いをつける。

やつは低い姿勢のまま、時おり建物の陰に身を潜めつつ、着実に前進を続けていた。ちょうど最初に瑛子たちが潜んでいた位置までやって来る。

そして当たり前のようにジャンプした。瑛子は舌打ちする。私道には、膝ぐらいの高さで釣り糸を張っていた。転倒を誘うために仕かけた罠だが、まんまとかわされた。

グラニソは空中で、銃弾をハカマダに発射した。銃を構えていたハカマダの左肩が弾けた。肉体とスーツジャケットが貫かれ、血が飛散した。

瑛子はトカレフの引き金を引いた。弾は予想以上にそれる。銃はひどい粗悪品だ。瑛子が身を隠すのと同時に、グラニソの銃が火を噴いた。銃弾は瑛子が立っていた位置を突きぬけ、顔のすぐ横を通り過ぎていく。冷たい汗が背中を流れた。

今度は瑛子がハカマダに手を振った。肩の痛みに顔をしかめるハカマダがうなずく。彼は、事前にガレージに用意していた火炎瓶を手に取った。火をつけてグラニソに放つ。やつは建物の陰に隠れ、炎をかわした。瑛子はトカレフの引き金を引き、数発の弾を発射して、陰から出てこようとするグラニソをけん制した。

ふたりは敷地の奥にある部屋へと走る。ハカマダが、錆びついたスチール製のドアを開けた。グラニソが発砲してきたが、銃弾はドアに当たる。

ふたりは玄関へと侵入すると同時に息を止めた。土足のまま上がりこみ、部屋に通じるドアを開ける。呼吸を止めたまま移動する。

大型のベッドと安っぽいウレタンのソファが、スペースのほとんどを占める狭い部屋。甲斐が用意してくれた最大の荷が置かれてあった。ふたつのプロパンガスのボンベだ。部屋の隅と洗面台に置かれている。栓を開けっ放しにしているため、シューシューとガスを漏らし続けている。室内はガスでいっぱいだ。

ふたりはトイレへ駆けこんだ。ドアは開けっ放しにしている。そこには小窓があった。人間がなんとか出入りできる程度の大きさだ。窓を慎重に開き、まずは瑛子が窓枠を摑んで、建物の裏へと出た。

左肩を負傷したハカマダが汗だらけになりながら、窓から地面へと落下した。

「やつが来ました。早く」

グラニソが玄関ドアを開けたらしい。扉が軋む音がした。トイレの窓を閉め、ふたりは建物から距離を取った。建物の裏側。最後の火炎瓶があった。瑛子は拾いあげる。

ハカマダがライターで火をつけた。瓶が炎をまとう。

それをトイレの窓へと投げつけた。ガスが充満した建物内へ――。投げると同時にふたりは身を伏せた。火炎瓶が窓ガラスを破る。

地面を揺らすほどの衝撃が走る。鼓膜を震わせるほどの爆音。巨大な火柱が、窓や外壁を突き破って噴き出した。吹き飛んだ屋根の一部が、瑛子らの側に落下する。建物は炎に包まれた。

※

腹の底まで響くような爆音がした。

「なに――」

比嘉の注意が思わずそれる。

大女は隙を見逃さなかった。比嘉の首に腕を回す。彼にさんざん殴られ、顔を腫れあがらせているというのに、ひるむ様子をまったく見せない。大女は比嘉の頭を脇に抱えた。ヘッドロックをかけられる。比嘉の顔が太い腕で締め上げられる。

「放せ、コラ」

比嘉は力をこめて、大女の腰や背中を殴った。拳の皮膚は擦りきれている。

大女の腕は緩まない。比嘉の頭を抱えたまま駆けだす。首を引っこ抜かれるような痛みが走り、比嘉の脚もつられて動く。

脳天に激痛と衝撃が走る。ヘッドロックをかけられた彼は、頭をSUVのドアに叩きつけられた。視界がぐらつく。

負けられねえ。自分の誇りと、メキシコから来た仲間のためにも。それでも脚に力が入らない。

背後から腰を摑まれた。比嘉の足が地面から離れる。身体がふわりと浮いた。彼の目に夜空が映る。星は見えなかった。

バックドロップをかけられた比嘉は、後頭部を激しくアスファルトに打ちつけた。一瞬の痛み。視界が揺れ、まっ白に変わる。

※

瑛子らは身体を起こした。

ガス爆発で炎上する建物を見やる。ハカマダに肩を叩かれた。

「行きましょう」

ふたりは建物の玄関側へと回りこむ。私道には、くの字に曲がった玄関ドアが転がってい
た。

肝心のグラニソの姿が見当たらない。建物と一緒に焼かれたのか――。

他の建物やガレージに銃を突きつける。

「危ない！」

ハカマダが瑛子を突き飛ばした。同時に銃声が轟く。

私道に倒れながら瑛子は、ハカマダを見やった。彼の胸を銃弾が穿つ。彼は背中から倒れ
た。

「ハカマダさん」

瑛子は、銃声がしたほうにトカレフを向けた。暗闇からグラニソが姿を現した。ガス爆発
でダメージを負っている。

褐色の肌は、重度の火傷を負い、皮膚が剝けている。衣服は千切れ、顔や手足は黒く焦げ、ピンク色の肉が見えた。右腕の肘から先が消え失《う》せ、太腿には大きな木片が突き刺さっている。

それでも左腕に拳銃を手にし、戦い続けようとしていた。端整な顔は火傷で崩れていたが、微笑みをたたえたままだ。スペイン語で何かを呟いている。

やつの銃口が瑛子に向く。動きは緩慢だ。先に彼女が引き金を引いた。粗悪な拳銃だったが、お互いの距離はほとんどない。瑛子の放った銃弾は、グラニソの額を貫いた。

彼の膝が崩れ落ち、前のめりに倒れた。顔をアスファルトに押しつけたまま、動こうとはしなかった。瑛子は、グラニソが持っている拳銃を蹴とばすと、ハカマダのところへ駆け寄った。

瑛子は顔を歪めた。ハカマダの胸の中央に穴が開き、血液が大量にあふれている。彼女はジャケットを脱いで、傷口をふさごうと試みた。

「待って。助けを呼ぶから」

ハカマダは首を小さく振った。右手を差し出す。なぜか名刺入れがあった。

「これを……」

「え？」

「形見です……受け取ってもらえますか？」

「なにを言ってるのよ」

ハカマダは口からも血をあふれさせた。

「代わりにその銃を……指紋を拭いて……握らせてください」

瑛子は動けなかった。ハカマダが口の血を飛散させながら叱りつける。

「早く！」

瑛子はグリップをハンカチで拭いた。ハカマダの右手から名刺入れを受け取り、トカレフを代わりに握らせた。彼の目の焦点が合っていない。

「これで……いいのです。行ってください。グラニソは私が殺しました……この私が討ち取ったのです。これでようやく地獄へ行けます」

「私とデートをするんじゃなかったの？」

ハカマダは微笑んだ。もう返事はなかった。

瑛子は、開かれたままの彼の目を閉じてやった。

地獄か天国か。死後の世界の仕組みなどわからない。どこへ旅立つにしろ、彼が妻や娘たちと再会できることを祈った。

瑛子は目をぬぐった。

「いずれ、会いましょう」

彼女は立ち上がった。敷地の端のガレージに停めていたスカイラインへと駆ける。車に乗りこみ、ラブホテルの敷地を出た。

入口近くには、窓をぶち破られ、ボディのへこんだSUVが停まっていた。路上には、失神した比嘉アントニオが倒れている。

「大丈夫？」

里美の顔は二倍くらいに膨らんでいた。腫れや痣をいくつもこさえている。

「超痛かったっす。でも、おかげでいいファイトができました」

「帰りましょう。こっちも終わったから」

里美はうなずいた。悲しげな目を敷地のほうに向ける。ハカマダがいない理由を、彼女は訊いてはこなかった。

消防車のサイレンが遠くから聞こえた。騒がしくなる前に、瑛子たちは戦場から離れた。

26

瑛子はタクシーを降りた。

日比谷にある高級ホテルの玄関だ。コートを着たドアマンが一礼する。

ロビーには、正月用のしめ飾りや、大きな鏡餅が置いてある。「賀正」と筆文字で書かれた額などが飾られている。

エレベーターで最上階に向かう。そこには日比谷公園を見渡せるカフェテラスがある。

店に入ると、窓辺のテーブルに有嶋がいた。シャツのうえに赤いセーターを着ている。品のいい富裕層の老紳士に見えた。テーブルにはジャムをつけたスコーンとミルクティーがあった。

周囲のテーブルには、スーツを着た護衛らが六人も座っていた。

「あけまして、おめでとうございます」

有嶋がうなずくと、瑛子は席についた。ウェイトレスにコーヒーを頼んだ。

彼は彼女にスコーンを勧めた。下手な遠慮はせず、瑛子は手を伸ばして齧《かじ》りついた。

「ケガのほうはどうだい」

「ボチボチです。肋骨は治るのに時間がかかりますから」

「こちらも時間がかかった。事件の後処理にな。もっと早く会いたかったが、しばらくおれも身動きが取れなかった」

「ご面倒をおかけします」

「礼を言うのはこちらのほうだ。まったく手ごわい〝雹〟だった。丈夫な屋根を用意したつもりだったが、いとも簡単に突き破って、大切な畑や作物を荒しやがった」

瑛子は、運ばれてきたコーヒーに口をつけ、彼の言葉に耳を傾けた。

「今回の件で、こちらの予想以上に関西に侵食されたこともわかった。情報管理も根本から見直さなければならん。その状況のなかで、あんたはよくやってくれた。キタハラなる男も、〝雹〟に復讐するために、おれたちを利用したとはな。そんな状況であんたは結果を出してくれた。警察庁の幹部も満足しているようだ。今の長官はとにかく華岡組を壊滅に追いやりたいと必死だからな」

彼女は窓に目をやった。正月の東京は、連日のように雪が降っていた。今も羽毛みたいな雪が舞っている。

キタハラことハカマダが残した資料をもとに、警察庁を始めとして、警視庁や各県警の組対部は捜査を開始している。

華岡組はメキシコ産覚せい剤の販売から早々に手を引き、今は証拠隠しに追われている。これから密売に関わった民間業者や企業舎弟たちが、続々と逮捕されるだろう。華岡組の本丸まで切り崩せるかはわからないが、都内に蔓延していたメキシコ産覚せい剤のルートは壊滅状態にあり、極端に覚せい剤の供給量が減っている。密売人たちのバブルはすぐに弾けた。

採石場とラブホテルでの抗争事件は、多くの謎を呼んだ。採石場で発見された人間たちは、元暴力団員ではあったが、とうの昔に在籍していた組は解散している。全員に失踪届が出され、現在では死亡扱いとなっていたからだ。

彼らを襲撃したのは、グラニソことカルロス・アビラ・アルバレスというメキシコ人だ。パスポートから身元が判明したが、それが彼の本当の名前なのか、彼女にもわからなかった。

捜査本部はラブホテルの跡地で、キタハラとグラニソが同士討ちしたと判断した。ふたり以外にも、戦闘に加わったものがいる。捜査本部は暴力団員を中心対象に捜査を展開させたが、未だに判明していないという。

上野公園での遺棄事件の犯人もグラニソと断定。遺体のDNA鑑定で被害者も特定されている。捜査本部は殺し屋グラニソが、キタハラを始末するために来日し、彼の部下を捕えて殺害したものの、肝心のキタハラとは同士討ちに終わった。そう結論づけた。

唯一の生存者で、グラニソのガイド役である比嘉アントニオは、現在も黙秘を続けている。なぜか彼は、自分を失神に追いこんだのは、屈強な男だと供述している。

有嶋は言った。

「こちらも関西に負けんように、情報収集に力を入れる必要がある。元刑事の探偵……なんて言ったかな」

「西義信です」

「なかなか鼻の利く犬のようだ。やつに印旛会のスパイを狩り出させる」

瑛子はうなずいた。退院した西には、千波組の仕事に励むよう命じてある。彼に拒否する権利はない。

「喜んでもらえてなによりよ。それじゃ、約束どおり話をしてくださいますか？」

有嶋は目を泳がせた。

「約束とは？」

瑛子は笑顔を見せた。スーツジャケットの内側を見せる。周りの護衛たちが血相を変える。瑛子は拳銃を携帯していた。

有嶋は手を静かに上げ、護衛たちを制した。

「わかっているよ。あんたの夫の件だな」

彼女はコーヒーをすすった。

「夫が追っていた芦尾会長の秘密。教えていただきます」

「約束したからにはきちんと話す。ただし、私の名前は出すな。つまり、それほどやっかいな闇が潜んでいる。その闇に向かえば、旦那と同じ運命をたどることになるかもしれん」

「これからも注目させてもらう」

「どうぞご自由に」

瑛子はホテルを後にした。

すぐ側の地下鉄の階段を降りた。

通路を歩きながら、バッグからパスケースを取り出した。なかには写真が入っている。雅也と妊娠中の瑛子が写っている。三年前、山中湖に旅行に出かけたときに撮影した。ふたりの後ろには湖が広がっている。

瑛子は写真に語りかけた。

「もうすぐよ」

ケースには、もう一枚の写真が入れてある。

キタハラことデニス・ハカマダの写真。ロスのベニス・ビーチをバックに、この世を去った彼と家族たちが、瑛子に笑いかけている。ハカマダの名刺入れにしまってあった。

名刺入れには鍵も一枚入っていた。八丁堀のトランクルームのキーだ。暗証番号は、彼がメールでくれたデータのなかに記されていた。

トランクルームには、現金が入ったブリーフケースが三つ置いてあった。グラニソを討つための活動資金であり、ハカマダの遺産でもある。詳しく数えていないが、数千万円には上るだろう。
足を止めて、しばらくハカマダの写真を見つめた。
やがて写真をパスケースにしまう。再び歩き出し、瑛子は改札口を通過した。

（第二話 了）

中国語監修
山上　聖子

スペイン語監修
おおつき　ちひろ

主要参考文献

『現代メキシコを知るための60章―エリア・スタディーズ91』（明石書店）
『極道のウラ情報』（宝島ＳＵＧＯＩ文庫）
『暴力団』（新潮新書）
『ミステリーファンのための警察学読本』（アスペクト）
『ヤクザ１０００人に会いました！』（宝島社）

この作品は書き下ろしです。原稿枚数575枚(400字詰め)。

アウトクラッシュ

組織犯罪対策課《そしきはんざいたいさくか》 八神瑛子《やがみえいこ》Ⅱ

深町秋生《ふかまちあきお》

平成24年3月30日　初版発行
令和4年3月25日　8版発行

発行人——石原正康
編集人——永島賞二
発行所——株式会社幻冬舎
〒151-0051東京都渋谷区千駄ヶ谷4-9-7
電話　03(5411)6222(営業)
　　　03(5411)6211(編集)
　　振替00120-8-767643
印刷・製本—中央精版印刷株式会社
装丁者——高橋雅之

幻冬舎文庫

ISBN978-4-344-41834-9　C0193　ふ-21-2